KING LEAR

셰익스피어 4대 비극

리어 왕

—

윌리엄 셰익스피어 지음

이태주 옮김

WILLIAM

SHAKE

SPEARE

prsg

리어 왕

초판 1쇄 인쇄 · 2022년 1월 25일
초판 1쇄 발행 · 2022년 2월 5일

지은이 · 윌리엄 셰익스피어
옮긴이 · 이태주
펴낸이 · 김화정
펴낸곳 · 푸른생각

편집 · 지순이 | 교정 · 김수란, 노현정 | 마케팅 · 한정규
등록 · 제310-2004-00019호
주소 · 서울시 마포구 토정로 222 한국출판콘텐츠 402호
대표전화 · 02) 2268-8707
이메일 · prun21c@hanmail.net / prunsasang@naver.com
홈페이지 · http://www.prun21c.com

ⓒ 이태주, 2022

ISBN 979-11-92149-07-3   03840
값 19,000원

셰익스피어의 비극 세계는 선과 악이 혈투를 벌이는 무대입니다. 햄릿은 클로디어스와 대결합니다. 리어 왕은 고네릴과 리건과 대결합니다. 에드거는 에드먼드와 대결합니다. 이아고는 오셀로와 대결합니다. 맥베스는 덩컨 스코틀랜드 왕과 대결합니다. 코델리아는 왜 죽어야 합니까. 데스데모나는 왜 죽어야 합니까? 리어 왕, 햄릿, 오셀로, 덩컨은 왜 그렇게 죽어야 합니까? 글로스터 백작은 왜 두 눈을 빼앗겼습니까? 거트루드는 왜 독약을 마셔야 했습니까? 싸움은 끝나지 않습니다. 전쟁은 계속됩니다. 선은 악이 제압하고, 악은 자멸합니다. 세상은 말세의 혼란이요 황무지입니다. 셰익스피어는 이런 문명의 황야 속에서 펜을 들었습니다. 그는 역사와 대결합니다. 그는 악의 근절을 위해, 평화와 질서를 위해 싸웁니다. 그의 작품은 악에 대한 저항의 선언이요, 절실한 기도요 통곡입니다.

비극을 읽고 참담했을 때 아리스토텔레스는 위안이 되었습니다. 비극이 주는 정화작용, 카타르시스(Katharsis) 때문입니다. 비극은 인간의 마음에 건강한 효과를 미친다는 것입니다. "연민과 공포를 통해 감정을 정화시킨다"는 것입니다. 병적인 정서는 다분히 주관적이고, 개인적이며, 자기중심적인 요소가 됩니다. 우리는 비극을 통해 비극적 인물과 그 상황에 동화되면서 자기중심적인 몰입에서 차츰 벗어나 '외부'로 자신의 존재가 확산되는 것을 알게 됩니다. 동정(同情)을 통한 영혼의 확대는 심리적이며 도덕적인 건강에 이롭게 작용합니다. 비극이 인간 생활에서 일어날 수밖에 없는 불가피성을 비극의 수용자는 인식하게 되고, 우리의 통찰력은 고통을 극복하고 얻어지는 조화로운 정신적 안정을 모색하게 됩니다. 이 때 도달되는 정화작용을 통해 정신은 새로운 삶의 인식에 도달합니다. 비극작품은 행동의 모방을 통해 동화작용을 일으키면서 개인의 영역을 벗어난 보편성(universality)을 얻게 됩니다. 비극작품은 질서와 조화의 가능성과 필요성을 역설하는 수단이 됩니다. 아리스토텔레스는 그의『시학(Poetics)』을 통해 이 같은 요지의 견해를 피력했습니다.

세상에서 가장 많이 읽히는 책은 성서와 셰익스피어 작품이라고 합니다. 성서는 하느님의 메시지입니다. 셰익스피어 작품은 인간에 관한 기록입니다. 셰익스피어 작품에는 성서에 관한 수많은 인용이 있습니다. 성서 속에 셰익스피어가 있고, 셰익스피어 속에 성서가 있습니다. 당시 셰익스피어는 제네바 판 성서를 읽었습니다. 엘리자베스 시대는 르네상스 문화 속에 있었지만, 여전히 중세는 짙게 남아 있었습니다. 그 가운데서도 종교입니다. 국민들은 매주 의무적으로 교회에 가서 성경을 읽었습니다. 교회에 모습이 보이지 않으면 우범자로 낙인 찍혔습니다. 의무적으로 교회에 가는 것도 아닙니다. 교회에 가서 기도를 올리지 않으면 안

되는 세상이었습니다. 기근과 전염병이 시도 때도 없이 발생했습니다. 종교적 갈등과 반목이 심화되었습니다. 사람들이 체포되어 투옥되고 고문당하고 처형되었습니다. 런던 다리 난간에는 대역 죄인의 시체가 수시로 걸려 있었습니다. 엘리자베스 시대 영국은 태평천하를 외쳤지만 외세의 침략과 반란은 국민적 불안의 요인이었습니다.

셰익스피어는 어릴 적부터 어머니로부터 성서를 배우고, 문법학교에서 성서를 이수했습니다. 매주 교회에 참례하면서 그의 머리는 성서로 가득 찼습니다. 그의 작품에 성경 구절이 광범위하게 깔리는 이유입니다. 비극작품 시대가 끝나고 마지막으로 발표한 작품이 〈템페스트〉입니다. 이 작품은 인생에 대한 셰익스피어의 고별사입니다. 원수들이 탄 배를 마술로 난파시켜 자신의 동굴 앞에 일행들을 끌고 와서 복수를 하려는 순간 프로스페로는 연민의 정을 느껴 자신을 파멸시킨 원수를 용서했습니다. 그때의 그의 대사입니다.

> 이자들의 극심한 악행은 뼈에 사무치고 치가 떨리지만
> 고귀한 이성의 힘으로 분노의 정을 억제하자.
> 용서하는 미덕은 복수보다
> 더 거룩한 행위가 된다.

용서하고, 기도하는 기나긴 생의 과정을 셰익스피어와 그의 시대는 되풀이하고 있었습니다. 그의 작품 37편은 그런 과정을 품고 있는 다양한 인간의 기록입니다. 프랑스의 소설가이며 문화부장관을 지낸 앙드레 말로는 말했습니다. "신이 나에게 인간이란 무엇인가라고 묻는다면, 나는

루브르 박물관을 보여주겠다." 그렇습니다. 수많은 그림도, 셰익스피어의 작품도 인간이 살아오고 살아가는 생생하고 피눈물 나는 생생한 기록입니다. 셰익스피어의 비극은 복수극입니다. 그 대표적인 작품이 〈햄릿〉입니다. 햄릿은 복수의 길에서 용서의 길로 마음의 행로를 바꿉니다. 코델리아는 자신을 버린 리어 왕을 용서합니다. 포샤는 법정에서 유대인 고리대금업자 샤일록에게 자비심을 베풀고 용서하라고 강권합니다. 〈심벨린〉에서 이모진의 부친 심벨린은 "모든 사람을 용서한다"고 선언합니다. 〈겨울 이야기〉에서 레온티즈는 질투심에 눈이 멀어 온갖 복수극을 자행하지만 그의 아내와 딸은 자비심을 베풀어 그를 용서합니다. 이 같은 용서의 덕행이 절정에 도달한 작품이 〈템페스트〉입니다. "원수를 사랑하라"는 기독교의 이웃사랑은 용서하는 행동에서 시작됩니다. 누가복음은 전하고 있습니다. "하느님 아버지시여, 이자들을 용서해주십시오. 그들은 자신들이 무슨 일을 하고 있는지 모르고 있습니다." 셰익스피어 작품에는 허다한 용서의 장면이 펼쳐지고 있습니다.

셰익스피어는 전성기를 지나면서 자신의 인생, 자신의 작품을 회고합니다. 맥베스에서 그는 인생에 대한 체념을 전달하고 있습니다. "인생은 바보들의 넋두리요, 온갖 소리와 분노로 가득하지만 아무런 의미도 없다." 리어 왕은 비극의 근원을 건드립니다. "인간은 울면서 이 세상에 태어났다. 알고 있는가. 처음으로 공기를 들이마실 때, 우리는 고통 속에서 울며불며 아우성쳤다." 충신 켄트는 리어 왕의 참극을 보면서 울부짖었습니다. "이것이 세상의 종말인가?" 셰익스피어는 햄릿을 통해 실토합니다. "우리들 인간은 모두가 죄인이다. 누구 하나 믿을 사람이 없다." 이 말은 사도 바울이 로마인의 편지 속에서 언급했던 내용 그대로입니다. 셰익스피어는 자신의 인생관을 정리하면서 〈템페스트〉를 들고 런던에 작별을 고하면서 이 작품의 주인공 프로스페로가 되었습니다. 이 작품에서 전달한 셰익스피어의 고별사는 다음과 같습니다.

> 이제 여흥은 끝났다. 지금까지 연기를 했던 배우들은
> 이미 말했던 것처럼 모두 요정들이다.
> 대기 속으로, 아련한 공기 속으로 녹아 들어갔다.
> 환상 속의 가공의 현상처럼
> 구름에 닿는 마천루도, 화려한 궁전도
> 장엄한 사원도, 거대한 지구 자체도
> 지상에 있는 모든 것은 결국 녹아들어
> 지금 사라진 환영처럼 그 자리에는
> 아무런 흔적도 없이 사라진다.
> 우리 인간은
> 꿈같은 실타래로 짜여지고 있다네.
> 하염없는 인생을 꾸미는 것은 잠이다.

기도와 자비심과 용서는 셰익스피어가 작품에서 남긴 유언의 '키워드'입니다. 셰익스피어 비극의 끝머리는 항상 그렇게 마무리되었습니다. 셰익스피어는 〈햄릿〉, 〈리어 왕〉, 〈오셀로〉, 〈맥베스〉 등 비극의 주인공들이 겪은 환멸과 절망 너머로 인간의 가능성과 희망을 보았습니다. 그의 비극을 읽는 희열과 행복은 바로 이것입니다.

2021년 12월
옮긴이 이태주

리어 왕

King Lear

등장인물

리어_ 영국 왕
프랑스 왕
버건디 공작
콘월 공작_ 리건의 남편
알바니 공작_ 고네릴의 남편
켄트 백작
글로스터 백작
에드거_ 글로스터의 아들
에드먼드_ 글로스터의 서자
큐런_ 궁신
노인_ 글로스터의 하인
의사
광대
오즈월드_ 고네릴의 하인
부대장_ 에드먼드의 부하
시종_ 코델리아의 시종
전령관
콘월의 하인들
고네릴, 리건, 코델리아_ 리어 왕의 딸들
그 밖에_ 리어 왕의 기사들, 부대장, 장교들, 사신들, 병사들, 시종들

장소

영국

제1막

제1장 리어 왕의 궁정 알현실

켄트, 글로스터, 에드먼드 등장.

켄 트 제 생각엔 왕께서 콘월 공작보다 알바니 공작을 더 사랑하시는 것 같아요.

글로스터 저도 늘 그렇게 생각했습니다만 영토 분배를 보니, 어느 공작을 더 아끼시는지 분간이 안 가더군요. 두 공작의 비중은 똑같으니까요. 저울에 단 듯이 양쪽이 똑같기 때문에 어느 공작이 더 유리한지 말할 수 없습니다.

켄 트 이분이 아드님이신가요?

글로스터 내가 기르고 있어도 내 아이라고 말하기엔 얼굴이 붉어집니다. 이젠 낯가죽도 두꺼워질 대로 두꺼워졌습니다만.

켄 트 무슨 말씀이신지.

글로스터 글쎄, 이 아이 어미가 내 씨를 받은 겁니다. 그래서 애 어민 배가 둥글게 부풀어 올라 잠자리를 같이 할 남편을 얻기도 전에 아들 하나를 요람에 뚝 떨어뜨렸답니다. 그러니 아무래도 뒤가 구리지 않겠어요?

켄 트 뒤가 구려도 훌륭한 아들을 얻었으니, 꼭 나쁘다고만은 볼 수 없지 않습니까?

글로스터 정식으로 법 절차를 밟고 얻은 자식이 하나 있긴 하지요. 이 아이보다 한 살 위죠. 그렇다고 해서 더 귀엽다는 것은 아닙니다. 이놈은 부르기도 전에 주제 넘게 세상에 태어났지만 이 아이 어민 예뻤습니다. 아이를 만들어내느라 재미깨나 봤지요. 그 일을 생각하면 사생아이긴 해도 이 아이를 내 자식으로 인정해 줘야 했어요. 에드먼드야, 너 이분을 아느냐?

에드먼드 모르겠는데요.

글로스터 켄트 백작이시다. 앞으로는 나의 존경하는 친구분으로서 잘 기억해둬라.

에드먼드 잘 부탁합니다.

켄 트 자네가 좋아졌네. 앞으로 친숙하게 지내세.

에드먼드 열심히 노력해서 각하의 뜻에 보답하겠습니다.

글로스터 이 아이는 구 년 동안 외국에 나가 있었어요. 또다시 나갈 예정입니다. 왕께서 오시는군요.

　　나팔 소리. 왕관을 든 시종, 리어 왕, 콘월, 알바니, 고네릴, 리건, 코델리아, 시종들 등장.

리 어 글로스터, 프랑스 왕과 버건디 공의 접대를 부탁하오.

글로스터 알겠습니다, 폐하. (글로스터와 에드먼드 퇴장)

리 어 이제부터 나의 은밀한 계획을 말하겠다. 거기 있는 지도를 이리

다오. 알다시피 나는 왕국을 이미 삼등분해놨다. 이제 늙은 이 몸에서 근심 걱정을 다 떨어버리고 젊고 활기 넘치는 자에게 국사를 넘겨주고 싶어서다. 죽을 때까지 홀가분한 기분으로 지내고 싶은 것이 나의 바람이다. 사위 콘월과 알바니, 두 사람 다 내 맘에 꼭 든다. 오늘 나는 두 딸이 차지할 지참금을 발표할 결심이다. 이렇게 해두면 후일의 싸움을 막을 수 있지 않겠느냐. 프랑스 왕과 버건디 공은 내 막내딸의 애정을 서로 다투어 차지하기 위해 이 궁전에 구혼차 장기 체류하고 있는데, 오늘 그 회답을 듣기로 되어 있다. 자, 내 딸들아, 오늘 부왕은 통치권과 영토 소유권과 국사의 근심 걱정을 몽땅 양도할 생각인데, 너희들 중에서 누가 나를 가장 극진히 사랑하느냐? 말해다오. 성품이 좋고 공로가 큰 딸에게 제일 큰 재산을 양도하겠다. 고네릴, 내가 맏딸이니 먼저 말해보아라.

고네릴 말로 다 할 수 없을 정도로 아버님을 사랑합니다. 시력보다도, 공간보다도, 자유보다도 더 사랑합니다. 훌륭하고 고귀하신 아버님은 그 무엇보다도 소중하신 분입니다. 우아하고 건강하고 아름답고 영예롭고 생명처럼 소중하신 분입니다. 자식된 자로서 여태껏 알려진 적이 없을 만큼의 최대의 사랑으로써 아버님을 모시겠습니다. 내뿜는 숨결이 초라해질 만큼의 효성으로, 말로 다 할 수 없는 그런 사랑으로, 모든 것을 다 바치는 사랑으로 저는 아버님께 정성을 바치겠습니다.

코델리아 (방백) 코델리아는 뭐라고 말해야 좋담? 아버님을 사랑하고는 있지만 잠자코 있자.

리 어 (지도를 가리키며) 이 경계선 내에 있는 이 선에서 여기까지, 그늘
진 수풀과 기름진 들판, 그리고 물고기 넘실대는 이 강물, 그 주
변의 넓은 목장을 너에게 주겠다. 이것은 영원히 너와 알바니의
후손들 것이다. 콘월의 아내인 내 사랑하는 둘째 딸 리건도 할
말이 있으면 하라.

리 건 저도 언니와 한마음 한뜻이므로, 제 효심의 값어치도 언니와 같
은 줄로 압니다. 진심으로 말씀 올립니다만, 언니가 저의 효심
을 있는 그대로 전한 셈이 되었습니다. 다만 언니의 말에 보충
해서 말씀드린다면, 저는 이 세상에서 가장 고상하고 완전한 기
쁨이라 할지라도 그것이 효도 이외의 즐거움이라면 그것을 원
수로 삼아, 오직 아버님께 바치는 지고한 사랑에서만 가장 큰
행복을 느낍니다.

코델리아 (방백) 다음은 가엾은 코델리아 차례로구나! 하지만 그렇다고
사랑이 빈약한 건 아니야. 내 효성은 정말이지 혀로 말할 수 없
을 만큼 훨씬 더 풍성해.

리 어 이 훌륭한 왕국의 나머지 광대한 삼 분의 일은 넓이로나 가치로
나 기쁨을 주는 일에 있어서 결코 고네릴에게 준 것 못지않다.
이 땅을 너와 네 자손들에게 물려주마. 막내이긴 하나 언니들
못지않게 나에게 기쁨을 안겨다 주는 코델리아, 포도밭을 많이
가진 프랑스 왕도, 기름진 목장을 가진 버건디 공도 너의 애정
을 구하려고 안간힘을 쓰고 있다마는, 언니들의 땅보다도 더 큰

세 번째 영토를 너의 소유로 하기 위해서 네가 할 수 있는 말이 무엇인지, 말해보렴.

코델리아 할 말이 없습니다.

리 어 없다고?

코델리아 없습니다.

리 어 말이 없다면, 아무것도 받을 수 없다. 다시 말해보라.

코델리아 불행하게도 저는 진심을 입 밖에 낼 줄 모릅니다. 자식의 도리로서 효성을 다할 뿐입니다. 그 이상도 이하도 저로서는 할 수 없는 일입니다.

리 어 코델리아! 어떻게 그따위 소리를 감히 할 수 있느냐? 너의 행운에 금이 갈 수도 있으니 다시 한번 말해보아라.

코델리아 아버님, 아버님은 저를 낳으시고 기르시고 사랑해주셨습니다. 마땅히 그 답례를 올리는 것이 저의 의무입니다. 아버님께 복종하고 아버님을 사랑하며 아버님을 존경합니다. 언니들이 정말 아버님을 그토록 사랑한다면, 어째서 남편을 얻었단 말입니까? 저도 만약 결혼을 한다면, 아마도 저의 배우자인 주인께서 제 애정과 관심과 의무의 반은 빼앗아갈 것이 틀림없습니다. 저는 절대로 언니들같이 결혼하지 않을 겁니다, 아버님께 효도를 다하기 위해서라면.

리 어 그 마음이 진심이냐?

코델리아 그렇습니다.

리 어 그토록 어린 네가, 어쩌면 그토록 옹고집일 수 있단 말이냐?

코델리아   어리긴 해도 진정입니다.

리 어   네 멋대로 해라. 네 진정을 지참금으로 삼아라. 태양의 거룩한 광채에 맹세해서, 어둠의 여신 헤카테와 밤의 신비에 맹세해서, 우리들에게 생명을 주고 박탈하는 천체의 모든 작용에 맹세해서, 아버지로서의 관심과 혈연관계를 부인할 뿐만 아니라 나는 앞으로 영원히 너를 생판 타인으로 취급하겠다. 식욕을 채우기 위해서는 자기 육친까지도 먹어치운다는 스키티아의 야만인이 지금까지 나의 딸이었던 너보다도 더 가깝고 측은하게 생각되어 차라리 그를 도와주고 싶어지는구나.

켄 트   폐하!

리 어   닥쳐라, 켄트! 딸애와 내 분노 사이에 끼어들지 마라. 한때 나는 저 딸애를 가장 귀여워하여 저 애의 보살핌만을 받으면서 여생을 보내고 싶었다. (코델리아를 향해) 썩 물러가라, 보기도 싫다! (켄트에게) 저 아이에게 아비로서 마음을 의탁하지 않는 한 이제 무덤만이 나의 안식처가 되겠구나! 프랑스 왕을 불러라. 누가 가겠느냐? 버건디 공을 불러라. 콘월 공작과 알바니 공작은 두 딸에게 준 영토에다 셋째 딸에게 주려 했던 몫까지 나눠 가져라. 코델리아는 자만심을 '솔직함'이라고 착각하고 있는 모양인데, 자만심하고나 결혼하라고 해라. 나의 권력과 최고의 지위와 왕권에 따르는 모든 혜택은 두 공작에게 넘겨주련다. 나는 그대들이 마련해줄 백 명의 기사를 거느리고, 매달 번갈아가며 그대들의 집에 머무르고자 한다. 다만 국왕의 칭호와 자격만은 내가 보유하기로 하고 통솔, 수입, 그 밖의 집행권은 사랑하는 두 사위에게 넘겨주겠다. 그 증거로 이 왕관을 줄 테니, 두 공작이 번갈아가며 사용토록 하라. (왕관을 준다)

켄 트 국왕으로서 항상 제가 받들어 모시고 부친처럼 효성을 다 바쳐 온 폐하, 상관으로서 따르며 저의 은인으로서 기도할 때마다 잊지 않았던 리어 왕이시여…….

리 어 활은 이미 팽팽히 당겨졌다. 화살을 피해 섰거라.

켄 트 차라리 쏘아주십시오. 화살 촉이 제 심장을 꿰뚫어도 좋습니다. 폐하께서 제정신이 아니신데 켄트쯤 무엄하게 군들 어떻습니까? (리어 왕이 격노하여 칼을 잡는 것을 보고) 노왕이시여, 무엇을 하시렵니까? 왕이 아부하는 자에게 굴복한다고 해서 충성을 다하는 자가 진언하기를 두려워할 줄 아십니까? 왕의 위엄이 섣불리 농락당할 때, 명예를 존중하는 자는 모름지기 정직해야 합니다. 왕권을 그대로 보존하십시오. 매사에 신중하시어 이 경솔한 처사만은 중단하십시오. 제 목숨을 걸고 한 말씀 올립니다만, 막내딸이 막내라 해서 효성도 꼴찌에 처지는 것은 아닙니다. 낮은 음성이라 할지라도 정성만 깃들여 있으면 그 사람의 마음은 빈 것이 아닙니다.

리 어 켄트, 목숨이 아깝거든 그만두어라.

켄 트 이 목숨은 폐하의 적들에게 내던져진 담보에 지나지 않습니다. 폐하의 안전을 위해서라면 제 목숨은 버려도 좋습니다.

리 어 내 눈앞에서 썩 꺼져라!

켄 트 리어 왕이시여, 똑똑히 보십시오. 그리고 저를 언제나 폐하의 눈동자 한복판에 자리 잡게 해주십시오.

리 어 정녕 아폴로 신께 맹세하여…….

켄 트 정녕 아폴로 신께 맹세하여 말씀드리건대 폐하, 폐하는 헛되이 제신들에게 맹세하고 계실 뿐입니다.

리 어 이 못된 놈! 제 분수도 모르고! (칼에다 손을 가져다 댄다)

알바니, 콘월 폐하, 참으십시오.

켄 트 칼을 빼십시오. 의사를 죽이고 저주스러운 병마에 사례를 하십시오. 폐하의 결정을 취소하지 않으시면, 제 목에서 소리가 나는 한 계속해서 폐하의 잘못된 소행을 지적해드릴테니까요.

리 어 듣거라, 이 버릇없는 놈! 충절을 지키려면 명령에 복종하라. 나는 아직껏 한 번도 나의 결정을 번복한 적이 없다. 그런데 너는 나를 변절자로 만들려고 하는구나. 매우 건방지게도 내 결정과 권위를 침범하려 하였으니 내 천성으로 보나 지위로 보나 참을 수는 없는 일이다. 왕의 권위가 어떤 것인지, 너는 벌을 받아봐야 알 것이다. 세상으로부터 받을 재난을 피할 수 있도록 닷새 동안의 여유를 주겠다. 그러나 엿새째에는 그 밉살스러운 등을 돌려 이 나라를 떠나도록 하라. 만약 열흘째가 되어 추방된 그대의 몸이 국내에서 발견되면 그땐 사형이다. 자, 가라. 주피터 신에 걸고 맹세하건대, 이 결정은 절대로 취소할 수 없다.

켄 트 폐하, 안녕히 계십시오. 자유가 떠난 이 나라엔 추방만이 남는군요. (코델리아에게) 공주님의 생각은 그지없이 훌륭하였습니다.

제신들이 공주님을 그들의 피난처로 인도해주기를 기원합니다. (고네릴과 리건에게) 과장된 말씀이 실천되어 사랑의 말씀에서 좋은 결과가 생겨나기를 빕니다. (일동에게) 켄트는 이제 여러분에게 작별 인사를 드리려 합니다. 새로운 나라에 가서도 그전처럼 뜻을 펴며 살아가겠습니다. (켄트 퇴장)

  나팔 소리, 글로스터가 프랑스 왕과 버건디 공을 안내해서 다시 등장. 시종들이 이들 뒤를 따른다.

글로스터 프랑스 왕과 버건디 공이 오셨습니다.

리 어 버건디 공, 우선 공에게 묻겠소만, 공은 우리 딸을 얻기 위해 프랑스 왕과 경쟁하셨소. 구혼 조건으로 딸의 지참금을 요구하려면 최소한 얼마나 요구하실 것이오?

버건디 국왕 폐하, 폐하께서 하사하시는 것 이상을 바라진 않습니다. 또한 폐하께서 생각보다 적게 주시리라고도 생각지 않습니다.

리 어 고귀하신 버건디 공, 그 딸애가 나에게 귀중한 존재였을 때에는 그만한 재산을 주려고 했지만, 지금은 그 애의 가치가 하락하였소. 저기 지금 그 딸애가 서 있소. 저 아이에게 딸린 것이라고는 내 노기밖에 없소이다마는, 저 딸애의 마음과 그 자체만으로도 공의 마음에 든다고 하면 저기 서 있으니 아내로 삼도록 하시오.

버건디 뭐라 답변을 드려야 할지 모르겠습니다.

리 어 저 애는 결점투성이오. 친구도 없소. 짐으로부터는 오직 미움만을 사서 짐의 저주를 지참금으로 얻었고, 저 애와는 아주 남이 되기로 나는 맹세까지 했소. 저 애를 아내로 삼겠소, 아니면 단념하겠소?

버건디 (리어 왕에게) 폐하, 매우 죄송한 말씀이오나, 그런 조건으로는 혼담이 성립될 수 없겠습니다.

리 어 그렇다면 포기하시오. 나를 만드신 제신들을 걸어 맹세하겠소만, 저 애의 소유물은 내가 말한 그대로요. (프랑스 왕에게) 국왕이여, 나는 귀하가 나에게 베푼 그동안의 호의를 배반할 수 없소. 따라서 내가 미워하는 딸과 결혼해주십사고 청할 수가 없구려. 그러니 인정머리라곤 하나도 없는 창피스러운 우리 딸애와 결혼하기보다는 더 가치 있는 여자를 사랑하는 것이 더 보람된 일임을 말씀드리고 싶구려.

프랑스 왕 참으로 해괴한 일이군요. 지금까지 폐하에게 있어 최고의 존재였고 찬양의 대상이었으며 노령의 위로였던, 착하고 사랑스러운 공주님이 순식간에 엄청난 죄를 범하여 애호의 옷자락을 열 겹, 스무 겹 찢기어 빼앗기다니, 그 죄목이 심상치 않은 것만은 확실합니다. 그렇지 않으면 폐하께서 지금까지 보여주신 애정은 허물투성이라는 얘기가 될 테니까요. 공주께서 큰 죄를 범했다는 말씀은 기적 없이는 도저히 믿을 수 없는 일입니다.

코델리아 폐하, 부탁입니다. 저는 마음에 없는 소리를 혀끝으로 놀리지 못합니다. 제 결점은 바로 그것이죠. 저는 일단 마음먹은 것은 말하기 전에 먼저 실천하는 성격입니다. 제가 아버님의 총애를 잃은 까닭이 나쁜 결점이나 살인, 불미스러운 행실, 부정하고 불명예스러운 행동에 있는 것이 아니라, 실은 갖고 있지 않을수 록 훌륭한 것, 즉 애걸하는 눈짓과 또 제가 갖고 있지 않아서 다행인 그런 혓바닥, 바로 그런 허울 좋은 언변을 지니고 있지 않기 때문이라는 것을 한 말씀 첨가해주십시오.

리 어 마음에 들고 안 들고는 차후의 문제다. 너 같은 것은 태어나지도 말았어야 했어.

프랑스 왕 그뿐입니까? 마음속에 하고픈 얘길 그대로 간직해두고 만 것, 그것뿐입니까? 그럼 버건디 공, 이 공주님을 어떻게 생각하시오? 핵심에서 벗어나 타산적으로 흐르는 사랑은 사랑이 아니오. 그녀와 결혼하시겠소? 그녀의 지참금은 오직 그녀 자신뿐인데요.

버건디 (리어 왕에게) 폐하, 당초에 제의하신 것만이라도 주십시오. 그러면 코델리아 공주를 버건디 공작부인으로 삼겠습니다.

리 어 아무것도 줄 수 없소. 나는 맹세했소. 결심은 이미 굳었소.

버건디 (코델리아에게) 매우 죄송합니다. 부왕을 잃다 보니 남편까지 잃게 되었군요.

코델리아 버건디 공은 입을 다무세요! 재산을 탐내어 사랑을 하는 사람에게는 시집가기 싫습니다.

프랑스 왕 코델리아 공주님, 아주 훌륭하십니다. 당신은 가난하므로 가장 풍성하시고, 버림을 받았으므로 가장 소중하며, 경멸을 당했으므로 더욱 사랑스럽습니다. 당신과 당신의 미덕을 이 손으로 꼭 붙잡겠습니다. 버려진 것을 주웠는데 누가 감히 뭐라 하겠습니까! 실로 이상한 일입니다만, 사람들이 냉담하게 돌보지 않는 코델리아에게 저의 사랑은 불꽃이 되어 타오르고 있습니다. 리어 왕이시여, 지참금도 없이 내동댕이쳐진 당신의 따님, 코델리아 공주를 이제부터 우리나라 국민 전체의, 프랑스의 왕비로 삼겠습니다. 둘러대기 잘하는 버건디 공작 같은 이들이 아무리 많이 몰려와도 값으로 따질 수 없을 만큼 귀한 코델리아 공주님을 제게서 사갈 수는 없을 것입니다. 코델리아, 저분들은 불친절한 사람들이지만 작별 인사만은 하시구려. 이곳을 잃은 대신 더 좋은 곳을 발견하게 될 것이오.

리 어 프랑스 왕이여, 그 애는 당신 것이오. 당신 것으로 삼으시오. 나는 그런 딸은 필요 없을뿐더러 그 애의 얼굴도 두 번 다시 보지 않을 것이오. 그러니 가주시오. 우아하고 사랑에 넘친 축복의 말도 줄 수 없소. 자, 버건디 공, 갑시다. (나팔 소리. 리어 왕, 버건디, 콘월, 알바니, 글로스터, 시종들 퇴장)

프랑스 왕 언니들에게 작별 인사를 하시오.

코델리아 아버님의 보석인 두 언니들, 코델리아는 눈물을 흘리며 작별합니다. 언니들의 사람됨은 누구보다도 제가 잘 알고 있습니다. 동생으로서 언니들의 결점을 낱낱이 든다는 것은 괴로운 일입니다. 아버님께는 부디 효도를 다하여주십시오. 말로써 다짐하고 있는 언니들의 효성에 아버님을 맡기겠습니다. 만약 제가 아버님 눈밖에만 나지 않았어도 아버님을 더 좋을 곳으로 모실 수 있었을 텐데. 언니들, 안녕히 계십시오.

리 건 우리가 할 일은 누구이 들어서 다시 설명할 것도 없다.

고네릴 남편을 기쁘게 해드리는 데나 힘써라. 너는 그분의 자선 행위 덕에 구제되었어. 너에게 부족한 것은 복종이야. 네가 당하고 있는 이 곤경도 지극히 당연한 결과지 뭐니.

코델리아 때가 되면 술책을 부린 위선도 천하에 폭로될 것입니다. 악을 숨기고 있는 자도 언젠가는 창피를 당하게 될 거고요. 안녕히들 계세요.

프랑스 왕 자, 갑시다, 코델리아 공주. (프랑스 왕과 함께 코델리아 퇴장)

고네릴 애야, 우리 둘에게 직접 관계된 여러 가지 해둘 얘기가 있다. 아버님은 오늘 밤 이곳으로 돌아오시지 않을 거야.

리 건 틀림없이 그렇겠죠. 먼저 언니한테 가실 거예요. 다음에는 우리 집 차례고요.

고네릴 나이 탓으로 망령이 심하셔. 우리가 본 것만 해도 한두 가지가 아니잖아. 아버님은 언제나 막내 동생을 사랑하셨는데, 그렇게 막무가내로 내쫓으시다니 너무하셨어.

리 건 나이가 드셔서 머리가 흐려지신 게지. 당신 자신에 관한 것은 별로 알지 못하고 계셔.

고네릴 정신이 온전했을 때에도 성미는 급하셨어. 이제 나이를 잡숫다 보니, 오랜 세월 동안 몸에 밴 고약한 버릇들뿐만 아니라, 노년의 허약증으로 성미를 부리는 걷잡을 수 없는 망령까지 우리들 몫이 된 셈이지.

리 건   켄트 백작을 추방할 정도의 심술궂은 망령이 우리에게도 벼락처럼 닥쳐올 테죠.

고네릴   프랑스 왕과 아버님의 작별 인사가 아직 끝나지 않았을 거야. 무슨 일이 있어도 너와 나는 한마음 한뜻으로 단짝이 되어야겠다. 만약 아버님께서 지금과 같은 망령 들린 태도로 위세를 부리신다면 이번에 유산으로 주신 영토도 거북살스러워질 게다.

리 건   그 점에 대해선 더 생각해보자구요.

고네릴   무슨 수를 쓰긴 써야겠어. 그것도 빨리 말야. (퇴장)

제2장 글로스터 백작의 성

에드먼드, 편지를 들고 등장.

에드먼드   그대 자연이여, 나의 여신이여, 그대의 법칙에 나는 복종하고 있다. 무엇 때문에 내가 습관의 희생이 되고 세상의 시끄러운 잡소리에 굴복하며 권리를 빼앗기지 않으면 안 되는가. 일 년 남짓 내가 형님보다 늦게 태어난 까닭이냐? 어째서 내가 사생아란 말이냐? 어째서 내가 천하단 말이냐? 나도 몸에 균형이 잡혀 있고, 마음씨도 관대하고, 모습 또한 정실 부인의 아들처럼 아버지를 꼭 닮고 있다. 어째서 세상 사람들은 우리들에게 낙인을 찍느냐! 천하다고? 야비하다고? 사생아라고? 천하다고? 천해? 무감각하고 넌덜머리 나는 지긋지긋한 잠자리 속에서 자는지 깼는지 모르는 사이에 생긴 이 세상 바보 천지들과는 달리, 남의 눈을 속여가며 즐기는 야성적 즐거움 속에서 생겨난 우리가 더 많은 생명력과 기운찬 활력을 이어받았을 게 아닌가. 좋아, 정실 자식 에드거야, 네 영토를 내가 먹어주마. 아버님의 애정도 사생아인 에드먼드나 정실 자식 에드거에 대해서나 별 차이가 없다. '정실'이라는 말은 훌륭한 단어지! 좋아, 나의 '정실' 형님, 만약 이 편지가 잘 가서 내 계획이 성공하면 사생아 에드먼드는 정실 형님을 누르게 되는 것이다. 나는 커진다. 나는 출세한다. 아, 하늘에 계신 제신들이여, 사생아들의 편을 들어주소서.

글로스터 등장.

글로스터 켄트가 그렇게 추방되었구나! 프랑스 왕은 화가 치밀어 떠났고! 폐하께서는 오늘 밤 출발하셨네! 왕권을 이양하시고 부양받으며 여생을 보내신다나! 그런데 이 모든 일이 순식간에 일어난 일이라니! (에드먼드가 옆에 있는 것을 눈치채고) 아니, 에드먼드! 무슨 일이라도 있는 거냐?

에드먼드 (편지를 숨기면서) 아니올시다. 아무것도 아닙니다.

글로스터 어째서 편지를 숨기느냐?

에드먼드 아무 일도 아닙니다.

글로스터 뭣을 읽고 있었느냐?

에드먼드 아무것도 읽지 않았습니다.

글로스터 안 읽었어? 그렇다면 그렇게 깜짝 놀라 편지를 주머니 속에 넣을 필요가 없잖느냐? 아무것도 아니라면, 황급히 감출 이유가 없을 것이다. 어디 보자, 아무것도 아니라면, 안경도 필요 없을 것이다.

에드먼드 부탁입니다, 용서하십시오. 이 편지는 형님한테서 온 것입니다. 아직 다 읽어보지 않았습니다. 제가 대강 훑어본 바로는 읽지 않으시는 편이 나을 듯합니다.

글로스터 편지를 보여달라.

에드먼드 보여드리나 안 보여드리나 기분이 상하시는 것은 매한가지일 겁니다. 아직 잘은 모르겠지만 내용은 지독히 좋지 않습니다.

글로스터 그 편지를 보여달라.

에드먼드 형님을 변호하기 위해서 한 말씀 드린다면, 이 편지는 형님이 저의 효심을 시험하고 떠보기 위해 쓴 것인 듯합니다.

글로스터 (읽는다)

노인을 존경해야 한다는 세상의 관습으로 인하여 인생의 꽃인 우리 청춘은 괴롭고 고달프다. 우리가 재산을 양도받을 때쯤이면 이미 늙은 합죽이가 되어 있어 우리는 인생을 마음껏 즐길 수 없을 것이다. 노인이 폭력을 휘두르는 것은, 그들에게 실력이 있어서가 아니라 우리가 그들에게 복종하기 때문인데, 나는 노인의 독선적 압력이 부질없고 어리석은 속박인 것을 통감하기 시작했다. 이 문제에 대해서 더 얘기를 나누고 싶으니, 이곳으로 와다오. 만약 아버님께서 내가 깨울 때까지 푹 잠이 들어 계신다면, 너는 아버님의 수입의 반을 영원히 차지할 수 있을 뿐 아니라 형 에드거의 사랑을 받으며 살아갈 수 있을 것이다.

에드거로부터

으음, 음모로구나. '만약 아버님께서 내가 깨울 때까지 푹 잠이 들어 계신다면, 너는 아버님의 수입의 반을 영원히 차지할 수 있을 뿐 아니라……'

에드먼드 누가 들고 온 것이 아닙니다. 참 희한한 일도 다 있지요, 제 방의 창문 앞에 던져져 있었습니다.

글로스터 네 형의 필체가 확실하냐?

에드먼드 편지 내용이 좋다면 형님 필체겠습니다만, 그렇지 않으니 형님의 필체라고 생각하고 싶지 않습니다.

글로스터 네 형의 글씨다.

에드먼드 형님의 필체이긴 합니다만, 이 내용에 진심이 스며 있는 것은 아닐 겁니다.

글로스터 전에 이런 일로 네 마음을 떠본 일은 없었느냐?

에드먼드 없었습니다. 하지만, 간혹 형님이 ― 아들이 훌륭히 성장하고 부친이 노쇠하면, 부친은 아들의 신세를 지고 아들은 부친의 수입을 처리하는 것이 온당한 일이라고 말하는 것을 들은 적은 있습니다.

글로스터 지독한 놈이다, 지독한 놈! 이 편지도 바로 그 얘기나 다름없 잖느냐! 가증스러운 놈! 부친의 정도 모르는, 흉악한 짐승 같은 악당 놈! 짐승만도 못한 놈! 가서 그놈을 찾아오너라. 그놈을 잡 아야겠다. 지독한 놈! 그놈이 어디 있느냐?

에드먼드 잘 모르겠습니다. 하지만 형님에 대한 노여움을 잠시 거두시 고, 음모의 증거를 본인으로부터 직접 들으실 때까지 기다리시 는 것이 상책인 듯싶습니다. 반대로, 형님의 진의를 잘못 파악 하여 난폭한 행동을 하신다면, 아버님의 명예를 더럽힐 뿐만 아 니라 형님의 효심까지 산산조각으로 찢어놓게 되고 말 것입니 다. 형님이 이것을 쓰신 것은 아버님에 대한 저의 애정을 시험 하기 위함이었지, 달리 어떤 위험한 의도가 있었던 것은 아닐 것입니다.

글로스터 그렇게 생각하느냐?

에드먼드 만약 아버님께서 동의하신다면, 저희 형제가 이 문제에 대하 여 서로 얘기할 장소로 아버님을 안내해드리겠습니다. 그곳에 서 주고받는 저희들 얘기를 직접 들으시고 그 진상을 확인하신 다음 만족을 얻으십시오. 더 지체할 필요도 없이, 오늘 밤 가보 도록 하시죠.

글로스터 에드거가 그런 괴물 같은 놈은 아닐 텐데…….

에드먼드 물론이죠. 절대로 그럴 리 없습니다.

글로스터 ……이토록 알뜰하게 몸 바쳐 사랑하는 아비에게! 하늘이여, 땅이여! 에드먼드, 찾아내라. 그놈의 속셈을 알아내어 나에게 좀 알려다오. 네 생각대로 일을 꾸며봐라. 내 신분을 희생해서라도 이 일만은 진상을 캐보련다.

에드먼드 곧 찾아보겠습니다. 수단 방법을 다하여 일을 진척시켜 진상을 알아내는 대로 아버님께 알려드리겠습니다.

글로스터 요즘에 있었던 일식과 월식이 모두 우리에게 불길한 징조였구나. 천지의 법칙을 아는 이는 이 현상에 대해 그 원인을 설명해주긴 하지만, 천지이변이 있은 뒤의 결과는 언제나 인심을 들뜨게 하는 법이다. 사랑은 식고 우정은 쇠퇴하며, 형제들은 서로 흩어지고 문안에서는 반란이 일어나고 시골에서는 서로 반목하며, 궁중에서는 모반이 발생하고, 부자간의 유대도 끊어진다. 의리 없는 내 아들 놈에게도 이 예언은 적중하고 있지 않느냐. 아들은 어버이에게 등을 돌리고, 왕은 자연의 정도를 벗어나고, 어버이는 아들과 반목하고, 이 세상 꼴이 말세로다. 음모·경박·반역·파멸의 근원인 온갖 소동들이 우리 뒤를 끈질기게 쫓아와서 우리를 무덤까지 몰아세운다. 에드먼드, 그 악한을 찾아내어라. 너에게는 해를 끼치지 않겠다. 조심해서 하라. 아, 그래서 진실하고 고결한 켄트가 추방되었구나! 다만 정직하다는 죄목 때문에! 심상치 않은 일이로다. (글로스터 퇴장)

에드먼드 이 얼마나 어리석은 꼴이냐. 불행이 닥쳐올 때에는 대개 — 자업자득인 경우가 많은데 — 자신의 재난을 태양이나 달이나 별의 탓으로만 돌리다니. 마치 우리가 어쩔 수 없이 악당이 되고, 천체에 강요되어 바보가 되고, 어떤 특별한 별의 세력으로 악한

이나 도둑이나 반역자가 되고, 떠돌이별의 영향력에 억지로 복
종하여 주정뱅이, 거짓말쟁이, 간부(奸夫)가 되고, 신통력에 눌
려 여러 불한당이 생겨나는 것처럼. 음탕한 인간이 자신의 음탕
한 성질을 별 탓으로만 돌리니, 참 희한한 책임회피로다! 내 아
버지와 어머니가 대룡성(大龍星) 꼬리 밑에서 서로 좋아 지냈기
때문에 나는 대웅성(大熊星) 아래에서 태어났고, 그래서 내 성격
이 거칠고 음탕하다 이거지. 그러나 펑! 하고 이 사생아가 세상
에 태어날 때 하늘에서 제일 밝은 별이 빛나고 있었다 하더라
도, 나는 여전히 오늘의 이 모양 이 꼴이 될 수밖에 없었을 것이
다. 아, 에드거 형님이군.

   에드거 등장.

꼭 알맞은 때 와주었구나. 옛 희극의 결말 같다. 내 역할은 심한
우울에 빠져 있는 일이다. 미친 거지마냥 계속 한숨만 푹푹 내
쉬는 거다. 오, 일식과 월식이 일어나 이 같은 불화가 일어나는
구나! 파, 솔, 라, 미.

에드거   어이, 에드먼드! 뭘 그렇게 상을 찌푸리고 심각하게 생각하고
       있느냐?

에드먼드   요즘의 일식, 월식에 연이어 또 어떤 일이 일어날 것인가 하는
       예언서를 얼마 전에 읽은 적이 있는데 형님, 그것을 생각하고
       있었어요.

에드거   너 그런 것에 정신이 팔려 있는 거냐?

에드먼드　거기 씌어 있는 예언의 결과가 영 심상치 않게 계속해서 일어
나고 있어요. 자식과 부모 간의 불화, 변사, 기근, 오래된 우정
의 절교, 나라 안의 분열, 국왕과 귀족에 대한 공갈, 모략, 중상,
근거 없는 의심, 친구의 추방, 군대 내의 반란, 부부의 이혼, 그
밖의 여러 가지 예가 그 조짐이긴 합니다만, 도무지 뭐가 뭔지
를 알 수 없군요.

에드거　너 언제부터 그런 점성술 공부를 했느냐?

에드먼드　그건 그렇다 치고 형님께서 아버님을 가장 최근에 뵌 것이 언
제입니까?

에드거　간밤이었지.

에드먼드　이야기를 나누셨나요?

에드거　그럼, 두 시간가량 함께 있었는걸.

에드먼드　기분 좋게 헤어지셨습니까? 아버님의 말씀이나 안색에 불쾌
한 흔적은 없었나요?

에드거　전혀 없었다.

에드먼드　아버님의 비위를 거슬리게 한 일이 없었나 잘 생각해보세요.
부탁이니 시간이 지나서 불쾌감이 수그러질 때까지 아버님을
만나 뵙지 않는 게 좋겠어요. 지금 머리끝까지 화가 치밀어 올
라 계시기 때문에, 아버님께서 형님에게 아무리 지독한 위해를
가하신다 해도 그분의 분노는 사그러들 것 같지 않으니까요.

에드거　어떤 몹쓸 녀석이 내 욕을 지껄여댄 모양이군.

에드먼드　제 걱정이 바로 그것입니다. 아버님의 노여움이 가라앉을 때

까지 잠시 꾸욱 참고 있는 거예요. 제가 시키는 대로 제 방에 들어가 계세요. 아버님께서 말씀하시는 것을 형님이 직접 들으실 수 있도록 해드리겠습니다. 자, 가십시다. 열쇠는 여기 있습니다. 그리고 외출하실 때에는 무기를 잊지 마세요.

에드거 무기를 갖고 다니라고?

에드먼드 형님, 진정으로 드리는 충고입니다만, 무장을 갖추고 외출하십시오. 솔직히 말씀드려서 형님에게 호의를 가진 사람은 한 사람도 없어요. 제가 보고 들은 것을 말하는 것뿐입니다. 하지만 막연한 윤곽만을 전했을 뿐 무서운 진상을 있는 그대로 다 말씀드릴 수는 없습니다. 자, 가십시다.

에드거 곧 소식을 전해주겠지?

에드먼드 이 문제의 해결을 위해 애써보겠습니다. (에드거 퇴장) 남을 잘 믿는 아버지, 그리고 고상한 성격의 형님은 천성적으로 남을 해칠 줄을 몰라 남을 의심할 줄도 모르지. 그 우직성 덕에 내 책략은 착착 순조롭게 진행될 거다! 이 일의 결말이 눈에 훤히 보이는구나. 혈통으로 영토를 얻지 못할 땐, 지혜를 짜서 얻어야 한다. 내가 제대로 꾸미기만 하면, 만사 어긋나는 일은 없을 것이다. (에드먼드 퇴장)

제3장 알바니 공작 저택의 어느 방

고네릴과 그녀의 집사 오즈월드 등장.

고네릴 바보광대를 나무랐다고 해서 아버지가 우리 기사를 때리셨단 말이오?

오즈월드 그렇습니다.

고네릴 밤낮으로 나를 괴롭히시는군. 매시간마다 이래저래 몹쓸 짓만 저지르시는 바람에 온 집안이 싸움판 되었네. 더 이상 참을 수 없어. 어버님의 수행 기사들은 점점 난폭해지고, 아버님은 아무 것도 아닌 일로 우리들을 야단만 치신단 말야. 사냥에서 돌아오셔도 인사도 안 드릴 작정이니, 내가 아파서 앓고 있다고 전해요. 그전처럼 시중드느라 부지런 떨지 않아도 좋아요. 성의가 없다고 누가 뭐라 하면 그 책임은 내가 질 테니.

오즈월드 지금 오시는 모양입니다. 소리가 들리는데요. (안에서 뿔나팔 소리)

고네릴 멋대로 게으름을 피우면서, 진력이 나 못 견디는 척해. 당신과 당신 동료들이 왜 모두 그 모양 됐느냐고 물으시도록 유도하란 말이야. 싫으시면 동생한테나 가라고 하지. 그렇지만 동생이나 나나 짓눌린 채 살 수 없다는 생각이야. 일단 양도한 권력을 마음대로 휘두르겠다는 것은 망령도 이만저만이 아니지! 정말이지 늙은이들은 다시 어린애가 되는 것 같아. 비위 맞추는 일이 악용되고 있으니, 비위만 맞추지 말고 나무랄 땐 호된 맛을 보여드려야 해. 내 말을 잘 기억해둬요.

오즈월드 잘 알겠습니다.

고네릴 아버님의 기사들한테도 그전보다 쌀쌀한 태도를 취해요. 결과가 어떻게 되든 상관할 바 없어. 당신 동료들한테도 그렇게 전해요. 무슨 일이 일어나도 좋아. 아니, 일어나도록 해야지. 그것을 트집 잡아야 하고 싶은 말을 다 할 수 있거든. 동생에게는 곧 편지를 보내서 내 방침대로 일을 진행하도록 일러둬야겠어. 저녁식사를 준비하세요. (두 사람 퇴장)

제4장 같은 집의 큰 방

켄트 백작, 변장을 하고서 등장.

켄 트 여기다 목소리까지 바꾸어 내 말투를 감출 수만 있다면, 변장까지 해가며 이루려고 하는 내 뜻에 성과를 볼 수 있을 텐데. 아, 추방된 켄트여, 벌을 받으면서까지 그분에게 봉사하고자 하는 너의 마음을 헤아려 언젠가는 네가 공경하는 그분도 네가 충실한 부하임을 알게 될 것이다.

뿔나팔 소리. 리어 왕, 많은 기사들과 시종들을 거느리고 등장.

리 어 잠시도 기다릴 수 없다. 자, 식사 준비를 하라. (시종 한 명 퇴장) 아니 너는 누구냐?

켄 트 그저 한 사나이올시다.

리 어 무엇을 하는 놈이냐? 내게 뭘 바라는 거냐?

켄 트 보시다시피 전 이 모양 이 꼴입니다만, 저를 믿어주시는 분에게는 성의를 다하여 봉사하지요. 정직한 분을 섬기고, 현명하고 말수가 적은 사람과 교제하며 하늘의 심판을 두려워하고, 부득이한 경우에만 싸우는 진짜 애국자올시다.

리 어 도대체 너는 누구냐?

켄 트 아주 정직한 사람이지만, 국왕처럼 가난하지요.

리 어 자네가 신하의 몸으로 가난한 것이, 국왕으로서 가난한 것과 똑같다면 자네는 정말 가난한 자로구나. 무슨 일로 왔는가?

켄 트 섬기고 싶습니다.

리 어 누구를?

켄 트 당신을 섬기고 싶습니다.

리 어 나를 아는가?

켄 트 모릅니다. 그러나 당신의 얼굴에는 주인어른이라고 부르고 싶은 그 무엇이 있습니다.

리 어 그것이 뭔가?

켄 트 위엄입니다.

리 어 어떤 일을 할 수 있느냐?

켄 트 충실하게 비밀을 지킬 수 있습니다. 말을 타고 뛰어다니며 심부름도 하죠. 복잡한 얘기는 한참 하다가 망쳐놓지만 간단한 얘기는 솔직하게 말할 줄 압니다. 보통 인간이 할 수 있는 일은 무엇이든 합니다. 뭐니 뭐니 해도 소인의 최대 장점은 부지런한 것입지요.

리 어 나이는 몇 살이냐?

켄 트 여자가 노래를 썩 잘 부른다고 해서 그 여자를 사랑할 만큼의 풋내기도 아니요, 무작정 여자에게 반할 만큼 나이 든 늙은이도 아닙니다. 마흔여덟 살이 지났지요.

리 어 따라오너라. 하인으로 써주마. 저녁식사 후에도 계속 내 마음에 들면, 너를 내 곁에 두겠다. 저녁식사를 가져와, 저녁식사를! 시종은 어디로 갔나? 광대는 어디 갔어? 너는 가서 내 광대를 불러오너라. (시종 한 명 퇴장)

오즈월드 등장.

여봐라, 자네, 내 딸은 어디 있느냐?

오즈월드 황송합니다만 ─ . (오즈월드 퇴장)

리 어 저 녀석이 지금 뭐라고 했지? 저 느림보를 이리 불러오너라. (기사 한 명 퇴장) 내 광대는 어디 있느냐? 온 세상이 잠든 것 같구나.

기사 다시 등장.

어떻게 됐느냐? 들개 같은 놈은 어디로 갔어?

기 사 그 녀석 말로는 공작부인께서 몸이 불편하시답니다.

리 어 내가 불렀는데 왜 그 녀석은 오지 않느냐?

기 사 가고 싶지 않다고 퉁명스럽게 대꾸하더군요.

리 어 오고 싶지 않다고?

기 사 속사정을 확실히는 알 수 없습니다만 겉으로 보아서는 그전 같지가 않습니다. 애정이 담뿍 깃들인 예의 바른 태도로 폐하를 대하는 것 같지가 않습니다. 친절함이 눈에 띌 정도로 약해졌습니다. 공작님 댁의 하인들, 공작 자신 그리고 어부인 등 모두가 말입니다.

리 어 아니, 무엇이 어째?

기 사 폐하, 제 생각이 틀렸으면 용서해주시기 바랍니다. 폐하께서 불경한 대우를 받으시는데 입을 다물고 가만히 있는 것은 제 도리가 아닌 줄 압니다.

리 어 네 말을 듣고 보니 그동안 나 혼자 생각하고 있던 것이 떠오르는구나. 나도 요즘 좀 무시당하고 있다는 느낌이 들었다. 그래도 저들이 불경한 마음을 품고 일부러 그러는 거라고는 생각지 않고, 오히려 나 자신이 너무 까다롭고 잔소리가 심해서 그런 줄만 알아 나 스스로를 삼가왔다. 좀 더 이 일을 조사해보자. 내 광대는 어디 있느냐? 이틀 동안이나 전혀 모습을 보이질 않으니.

기 사 막내 따님께서 프랑스로 가신 이후로 광대는 기운이 빠지고 풀이 죽어 있습니다.

리 어 그 얘기는 그만둬. 나도 그건 알고 있으니. (시종에게) 어서 가서 내 딸에게 내가 할 말이 있다고 일러라. (시종 한 명 퇴장) 너는 가서 내 광대를 불러오고. (또 다른 시종 퇴장)

  오즈월드 다시 등장.

여봐라, 이리 오너라. 넌 내가 누구라고 생각하느냐?

오즈월드 주인아씨의 아버님이시죠.

리 어 '주인아씨의 아버님'이라! 이 주인의 하인 놈, 천하의 막돼먹은 개자식! 노예! 개 같은 놈!

오즈월드 황송합니다만 저는 그런 놈이 아닙니다.

리 어 네놈이 나를 노려보는 거야, 이 나쁜 놈아! (오즈월드를 때린다)

오즈월드 저도 가만히 맞고만 있지는 않을 겁니다.

켄 트 (다리를 걸어 넘어뜨리며) 이 야비한 축구선수 같은 놈아, 이래도 안 넘어갈 테냐?

리 어 고맙다, 나를 도와주었구나. 네 신세를 잊지 않겠다.

켄 트 (오즈월드에게) 이 자식 일어낫! 꺼져버렷! 네놈에게 상하의 구별을 따끔하게 가르쳐주마. 썩 꺼져랏! 네 바보 등신 같은 몸뚱어리로 다시 한번 땅을 재고 싶거든 거기서 머뭇거려봐라. 그러나 꺼져버려! 네놈도 분별력이 있는 놈이냐? 그래? (오즈월드를 떠밀어 밖으로 내쫓는다)

리 어 자넨 참으로 친절한 사내로군. 고마우이. (돈을 조금 주며) 급료를 선불해주겠다.

광대 등장.

광 대 저도 그 사람을 고용하고 싶어요. 여기 내 닭털모자가 있소. (켄트에게 모자를 준다)

리 어 아니, 이 녀석! 어찌 된 셈이냐?

광 대 이 모자를 받는 것이 좋을 겝니다.

켄 트 어째서?

광 대 왜냐구? 인기가 없어진 사람의 편을 드니까 그렇지. 바람 부는 대로 웃지 않으면 곧 감기에 걸리고 말아. 자, 이 닭털모자를 받아라. (리어 쪽을 향하여) 아니, 이 사람은 두 딸을 쫓아내고 셋째 딸에게는 마음에도 없는 축복을 주었어. 이 사람을 뒤따르려면 닭털모자를 쓰지 않으면 안 돼. (리어에게) 그런데, 아저씨! 나에게 닭털모자가 둘 있다면 얼마나 좋을까요?

리 어 어째서?

광 대 재산을 딸들에게 몽땅 주더라도 닭털모자 하나만은 내 것으로 가질 수 있으니까요. 이것이 제 것입니다만, 하나 갖고 싶으시다면 따님에게 조르세요.

리 어 정신 차려라, 얻어맞기 전에.

광 대 충실한 개는 매질 당하여 개집 속으로 쫓겨나고 '마님'이라는 사냥개는 화덕 가에 냄새를 풍기고 있지요.

리 어 성가시고 뻔뻔스러운 놈이로구나!

광 대 (켄트에게) 어이, 네게 연설을 가르쳐주지.

리 어 그래라.

광 대 잘 들어보세요, 아저씨.

가진 것을 다 보이지 말고
아는 것을 다 말하지 마라.
가진 것 이상으로 꾸어주지 말고
뚜벅뚜벅 걷지 말고 말을 타거라.
알고 있는 것보다 더 많이 배우고
내기 건 이상 바라지 말고
술과 계집 다 버리고
집에 들어앉으면
열 개의 두 배가 스물보다 더 많으리.

켄 트 말도 안 되는 소리 작작해라, 이 바보야.

광 대 그렇다면 무료 변호사의 변론 같겠구먼. 내게 아무런 대가도 주
지 않았으니까. (리어에게) 아저씨, 쓸데없는 것은 아무 데도 못
씁니까?

리 어 못 쓰고말고. 소용없는 것에서는 아무것도 생기지 않는 법이니
까.

광 대 (켄트에게) 제발 저분에게 '당신의 소작료도 꼭 그 꼴이 되었소'
라고 말해줘. 바보광대의 말은 도무지 믿지 않으시니까요.

리 어 입 버릇 나쁜 바보광대 같으니라고!

광 대   입버릇 나쁜 광대와 입버릇 좋은 광대의 차이를 당신은 아시나
       요?

리 어   모르겠다, 말해봐라.

광 대   땅을 양도하라고
       권고한 그 양반을
       데리고 와서
       당신이 그자의 역할을 대신하세요.
       입버릇 나쁜 바보광대와
       입버릇 좋은 바보광대가
       곧 드러나리라.
       아롱무늬 옷을 입은
       사람은 여기 있고
       또 한 사람은 저쪽에 있어요.

리 어   이놈아, 나를 바보 취급하는 거냐?

광 대   글쎄요, 태어날 때 받은 모든 직함은 몽땅 양도하셨으니까요.

켄 트   이놈은 완전한 바보가 아닙니다.

광 대   사실 그래요. 양반님네들이나 저명인사들은 내가 혼자서 바보
       노릇 하는 것을 내버려두질 않습니다. 혼자서 바보광대의 전매
       특허를 가지려고 하면, 그 양반들도 한몫 끼겠다고 야단들입
       죠. 부인네들도 마찬가지예요. 그러니 혼자서 바보광대짓을 하
       도록 내버려두질 않는단 말씀이에요. 바보짓을 빼앗아 가려고

들 하죠. 아저씨, 계란 하나만 주세요. 그러면 두 개의 관(冠)을 줄게요.

리 어 두 개의 관이라니?

광 대 네, 그 관은요 ─ 달걀 한가운데를 두 토막 내어 가운데 노른자위를 먹어치우면 달걀 관이 두 개 생기죠. 당신은 관을 두 토막 내어 그것을 남에게 다 줘버리고 나서, 당나귀를 둘러메고 진흙 길을 걸어갔죠. 황금의 관을 양도했을 때 당신 대머리 골통 속에는 남은 지혜가 별로 없었지요. 말이 바보 같더라도, 누구든 맨 먼저 이 사실을 안 사람은 매를 맞아야 해. (노래한다)

금년은 바보가 손해 보는 해.
지혜 있는 사람이 바보가 되어
지혜를 쓰는 법도 잊어버려서
그들의 태도가 이상해졌네.

리 어 언제 그런 노래를 배웠느냐?

광 대 아저씨가 딸들에게 어미 노릇을 시켰을 때부터 나는 노래를 배웠죠. 그때 당신은 딸들에게 회초리를 주고, 바지를 걷어 올렸으니까요. (노래한다)

별안간 그들은 기뻐서 울고
나는 별안간 슬퍼서 노래했네.

술래잡기 놀이를 하는 임금님.

바보들 사이에 끼여 지내네.

아저씨, 선생님을 두어 바보광대에게 거짓말을 가르치세요. 거

짓말을 배우고 싶어요.

리 어 거짓말을 하면 회초리로 매질하겠다.

광 대 당신과 당신 따님은 참 이상한 족속들입니다. 딸들은 내가 참말

을 한다고 매질을 하죠, 당신은 또 거짓말한다고 매질한다죠.

게다가 나는 입을 꼭 다물고 있다고 해서 매질 당하는 경우도

있어요. 정말 바보광대는 되고 싶지 않아. 그렇지만 아저씨처럼

되는 것도 싫어. 아저씨는 지혜의 껍질을 양쪽 끝에서 벗겨버린

탓에 가운데에는 아무것도 남은 것이 없어요. 보시라니깐요, 저

기 껍데기 하나가 오고 있잖아요.

　고네릴 등장.

리 어 어찌 된 일이냐, 얼굴을 그렇게 찌푸리고 있으니! 요즘엔 계속

이맛살을 찌푸리고 있구나.

광 대 딸이 이맛살을 찌푸리는 일에 신경 쓸 필요가 없었을 때 당신은

상팔자였죠. 지금 당신의 몰골은 숫자 없는 영(零)의 신세예요.

(고네릴에게) 당신은 아무 말씀 안 하셔도 난 당신의 안색만으로

도 금세 알아차릴 수 있죠. 음, 음.

만사에 지쳐서

빵 껍질과 빵 고물은 싫다 하는 사람도

먹지 않고는 못 견디리.

(리어를 가리키며) 저 작자는 알맹이 빠진 콩껍데기야.

고네릴 아버님, 아무 짓이나 닥치는 대로 해대는 이 바보광대뿐만 아니라 오만불손한 아버님의 수행기사들까지도 틈만 나면 구실을 만들어 싸우기 일쑤라 망측하여 견딜 수가 없습니다. 그래서 아버님께 이 말씀을 드려 이 같은 폐습에 결말을 지어볼 생각으로 있었습니다만, 아버님의 최근의 언행을 보니 이 같은 난폭한 행동들을 오히려 원조하고 장려하는 듯하여 그저 두려울 뿐입니다. 만일에 아버님이 장려하시는 일이라면, 이 같은 과실에 대한 뭇사람들의 비난을 피할 수 없을 것이며, 저희들로서는 이 일을 그냥 모른 척 지나칠 수 없습니다. 나라 안의 생활을 건전하게 하고 싶은 간절한 소망으로 취하는 이 수단이 어쩌면 아버님의 기분을 상하게 해드릴지도 모릅니다. 기분이 상하시더라도, 다른 경우라면 저에게 욕이 되는 일이 되겠습니다만 이번만은 어쩔 수 없는 일로서, 남들도 저희들의 처사를 당연한 것으로 인정해줄 것입니다.

광 대 아저씨는 이 노랠 알고 계시죠.

바위종다리가 오랫동안

뻐꾸기를 먹여주었더니

그 새끼가 바위종다리의 목을

잘라버렸네.

그래서 촛불이 꺼지자, 우리들은 어둠 속에 남게 되었죠.

리 어   네가 내 딸이냐?

고네릴   아버님께서는 지혜가 많으신 줄 압니다. 그 지혜를 활용하세요. 요즘 정도를 벗어나 옆길로 새고 있는 그 망령기를 버려주세요.

광 대   수레가 말을 끈다고 해서 당나귄들 모르겠어요? 아! 나는 반했어요.

리 어   여기 있는 자들아, 너희들 가운데 나를 아는 자가 있느냐? 여기 있는 이 사람은 리어가 아니다. 리어가 이렇게 걷더냐? 이렇게 말을 하더냐? 리어의 눈이 어디 있느냐? 그의 생각이 둔해졌거나 판단력이 잠자고 있거나 둘 중의 하나다. 아! 이게 생시인가? 그렇지 않다. 내가 누구인지 말해줄 사람 없느냐?

광 대   리어의 그림자죠.

리 어   그걸 알고 싶은 거다. 내가 국왕이었으며, 지력도 이성도 있었다는 표지가 있는 한 나에게 딸들이 있었다고 잘못 판단하기도 쉬운 일이기 때문이다.

광 대   딸들이 당신을 온순한 아버지로 만들 작정이래요.

리 어   귀부인, 당신의 이름은 무엇인가요?

고네릴   그렇게 놀라신 척하는 것도 아버님이 요즘 자주 나타내시는 망령과 같은 성질의 것입니다. 저의 의도를 올바로 이해해주세요. 아버님께서는 늙고 존경받아야 할 몸, 현명하셔야 합니다. 아버님께서는 백 명의 기사와 시종들을 거느리고 계십니다. 실로 그 기사들은 난폭하고 방탕하며 무례한 자들이죠. 이 저택이 그들의 나쁜 행동에 물들어 난잡한 하숙집처럼 보일 뿐만 아니라, 주색에 물든 사람들 때문에 이 훌륭한 저택은 술집이나 창녀들의 집처럼 되고 말았습니다. 이 같은 불명예를 생각해서 곧 시정하시는 것이 좋을 듯합니다. 아버님의 수행원들의 수를 약간 줄여주십시오. 줄여주지 않으시겠다면 저희들 마음대로 줄여버리겠습니다. 그리고 나머지 시종들도 아버님 노령에 적합한 자들이 되어야 하고, 아버님의 처지와 자기 자신의 신분을 잘 알고 있는 자라야 하겠습니다.

리 어 캄캄한 지옥의 악마 같은 년! 말에 안장을 달아라. 시종들을 불러 모아라. 썩어 문드러진 사생아 같으니라구! 더 이상 네 신세를 지지 않겠다. 내게는 또 하나의 딸이 있다.

고네릴 아버님은 저희 집 사람들을 때리고, 난폭한 저 기사들을 자기 상전들을 하인처럼 대하고 있어요.

　알바니 등장.

리 어 후회는 빠를수록 좋다. (알바니에게) 아, 자네 왔군. 이것이 자네의 뜻이었는가? 말해보게나. (시종에게) 내 말을 준비하라. 배은 망덕한 놈. 화석처럼 차디찬 악마여, 네가 내 친자식의 모습으로 나타날 때엔 바다의 괴물보다 더 무섭구나!

알바니 제발 참으십시오.

리 어 (고네릴에게) 흉악한 년! 거짓말쟁이! 내 시종들은 고르고 고른 우수한 자질의 기사들이다. 자기들의 의무에 대해서 세세한 점에 이르기까지 낱낱이 알고 있고, 자신들의 평판이 떨어지지 않도록 애쓰는 자들이다. 오, 지극히 작은 허물이여, 어찌하여 그 결점이 코델리아 속에서는 추악하게 보였느냐! 그 작은 결함이 고문 도구처럼 나의 타고난 천성을 정당한 위치에서 비틀어대고, 내 마음으로부터 인간의 정을 뽑아낸 후 가혹한 마음만을 덧붙였구나. 오, 리어, 리어, 리어여! 어리석음을 불러들이고, 소중한 판단력을 몰아낸 이 문을 때려 부숴라! (자신의 머리를 때린다) 자, 가자, 시종들이여.

알바니 제게는 죄가 없습니다. 무엇 때문에 화가 나셨는지 통 모르겠군요.

리 어 그럴지도 모르지. 들어라, 자연이여! 들어라, 자연의 신이여! 이년의 몸에 자손을 허락하려는 뜻이 있다면 그 행동을 중지하여라! 저년의 뱃속에 아기를 갖지 못하도록 만들어라! 저년에게 자손 번영의 길을 끊고, 저년의 타락한 육체에서 저년을 명예롭게 해줄 아이를 낳지 못하게 하라! 만약 아이를 낳게 될 경우에는 증오의 씨앗으로 낳게 하여 그 자식이 살아서 저년에게 가혹한 불효의 아픔을 주게 하라! 그 패륜아 때문에 젊은 이마에 주름이 잡히도록 해주고, 두 뺨에 흐르는 눈물로 골창이 패고 어머니로서의 모든 수고와 사랑이 조소와 멸시를 받도록 하라. 그리하여 은혜를 모르는 자식을 두는 것은 독사의 이빨에 물리는 것보다 더 고통스럽다는 것을 저년이 깨닫도록 해다오. 가자, 가자! (퇴장)

알바니 오, 찬양하옵는 제신들이여, 어째서 일이 이렇게 되었습니까?

고네릴 원인 같은 것은 알려고 애쓰실 필요 없어요. 기분 내키는 대로 멋대로 성미를 부리시라고 하세요.

　　리어 다시 등장.

리 어 이게 무슨 짓이냐! 보름도 채 안 되어 시종을 한꺼번에 오십 명씩이나 줄이다니!

알바니 무슨 일이십니까?

리 어 말해주지. (고네릴에게) 흉측하고 부끄러운 일이다. 대장부인 내가 너 때문에 몸을 떨고, 너 때문에 뜨거운 눈물을 하염없이 흘려야 하다니! 너 같은 년은 폭풍과 안개 속에 버려져야 한다. 부친의 저주가 깊은 상처가 되어 너의 모든 감각을 꿰뚫어라! 늙은 눈이여, 어리석은 눈이여, 이런 일로 두 번 다시 눈물을 흘리는 날에는 네 눈동자를 도려내어 네가 헛되이 흘리는 그 눈물과 함께 내던져 지면을 적셔 주겠다. 아, 결국 이런 꼴이 되고 말았는가! 걱정할 건 없다. 내게는 딸이 또 하나 있으니까. 그 애는 틀림없이 나를 친절하게 위로해줄 것이다. 그 애가 네가 한 짓을 들으면 손톱으로 이리 같은 네 얼굴의 껍데기를 벗겨놓으려고 들 것이다. 나는 원래의 내 모습으로 돌아갈 것이다. 너는 내가 그 원래의 모습을 영원히 내동댕이쳤다고 생각했겠지. 어디 두고 보자. (리어 퇴장. 켄트와 시종들, 그의 뒤를 따른다)

고네릴 글쎄, 좀 보시라니까요.

알바니 당신에 대한 내 사랑은 깊소만 그렇다고 해서 당신 편만 들 수는 없소.

고네릴 제발 가만히 좀 계세요. 이봐요, 오즈월드! (바보광대에게) 바보라기보다는 악당에 가까운 이것아, 주인 뒤를 따라가야지.

광 대 리어 아저씨, 리어 아저씨, 기다리세요. 바보광대를 데려가 줘요.

여우 한 마리 잡는다면은
그런 딸을 잡는다면은
도살장행은 정해진 이치.
그러나 이 모자를 팔아
목매는 밧줄을 살 수 있다면은
바보광대는 뒤를 쫓아가야죠. (퇴장)

고네릴 아버님한테는 좋은 충고를 드렸어요. 무장된 기사가 백 명이라니! 기사를 백 명씩이나 대령시켜놓는다는 것은 아주 정치적이고 안전한 방책이죠. 그래요, 어떤 꿈을 꾸든, 어떤 소문 · 불평 · 불화가 생기더라도 그 무력을 빌려다가 망령든 노인을 감싸고 우리들의 생활을 마음대로 위협하자는 거죠. 오즈월드, 거기 있어요. 좀 봅시다!

알바니 당신은 지나치게 겁먹고 있는 듯하오.

고네릴 밑도 끝도 없이 믿는 것보다는 안전하죠. 걱정스러운 위험물을 제거하는 것이 늘 겁에 질려 벌벌 떨고 있는 것보다 낫습니다. 아버님의 속마음은 내가 알고 있어요. 내가 아버님이 하신 말씀을 편지에 썼어요. 내가 그 부당성을 설명했는데도 동생이 그 노인과 부하 백 명을 부양한다면……

   오즈월드 다시 등장.

어떻게 되었어요, 오즈월드? 동생에게 보낼 편지는 다 썼어요?

오즈월드 네, 다 썼습니다.

고네릴 수행원을 몇 명 거느리고 곧 말을 타고 출발하세요. 내가 특히 걱정하고 있는 점을 전한 다음, 그 얘기를 강조하기 위해서라면 당신 자신의 의견을 첨부해도 좋아요. 자, 곧 출발해요. 오는 길도 서두르세요. (오즈월드 퇴장) 안 돼요, 안 돼. 당신의 그 젖비린내 나는 온건한 태도를 비난하고 싶지는 않아요. 당신은 나를 책망하실는지도 모르지만, 당신의 친절은 오히려 폐단이 많고 너무 지나쳐 당신을 칭찬하기보다는 바보스럽다고 비웃는 사람이 많아요.

알바니 당신의 눈이 사태를 얼마나 꿰뚫어 보고 있는지는 몰라도, 잘하려다가 일을 망친 적이 한두 번이 아니었잖소.

고네릴 그렇다면……

알바니 좋소, 좋아. 결과를 기다려봅시다. (두 사람 퇴장)

제5장 같은 저택의 앞뜰

리어, 켄트, 광대 등장.

리 어 너는 이 편지를 갖고 글로스터 백작한테로 가거라. 딸애가 그 편지를 읽고 묻는 것 이외의 것에 대해서는 알고 있어도 모른 척하라. 부지런히 가지 않으면 내가 먼저 닿을지도 모른다.

켄 트 친서를 전달하기 전까지는 잠도 자지 않겠습니다. (퇴장)

광 대 사람의 두뇌가 발뒤꿈치에 붙어 있다면, 터져 피날 위험이 있지 않을까?

리 어 그렇겠구나.

광 대 그렇다면 제발 안심하세요. 당신의 알량한 지혜는 발뒤꿈치에 없으니 헐렁한 슬리퍼를 신어 보호하지 않아도 좋을 테니까요.

리 어 하, 하, 핫!

광 대 또 다른 따님은 당신을 천성대로 대할 터이니 두고 보십시오. 왜냐하면 두 따님은 능금과 사과처럼 꼭 닮았으니 제가 알 수 있는 것은 알고 있으니까요.

리 어   예끼, 이 녀석! 무엇을 알고 있단 말이냐?

광 대   두 딸은 한 뱃속이죠. 맛이 같아요. 사과는 다 같은 맛이에요.
        왜 사람의 코가 얼굴 한가운데 있는지 알아요?

리 어   모르겠는데.

광 대   코 양쪽에 눈을 붙여두어 코로 냄새를 맡을 수 없는 건 눈으로
        볼 수 있게 하기 위해서죠.

리 어   (코델리아를 생각하며 독백) 그 애한테는 내가 잘못했어.

광 대   굴이 어떻게 제 껍데기를 만드는지 아세요?

리 어   몰라.

광 대   저도 몰라요. 그러나 달팽이가 왜 집을 갖고 있는지는 알고 있
        죠.

리 어   왜 그런데?

광 대   왜냐면 제 머리를 쑤셔 박기 위해서죠. 그래서 딸들에게 주지
        않고 제 뿔을 감출 껍데기를 남겨두는 거죠.

리 어   나는 아비로서의 본성을 잊을 테다. 나도 한땐 친절한 아버지였
        어! 말 준비는 다 됐느냐?

광 대   당나귀 같은 바보 하인들이 준비하러 갔어요. 북두칠성은 왜 별
        이 일곱 개밖에 없느냐 하는 것도 재미있지요.

리 어   여덟 개가 아니기 때문이 아니냐?

광 대   그래요. 당신도 훌륭한 바보광대가 될 수 있겠군요.

리 어   강제로 그것을 다시 빼앗다니! 배은망덕한 악마 같으니!

광 대   아저씨, 당신이 내 바보광대라면, 때도 오기 전에 미리 늙어버

렸으니 나는 당신을 때려주었을 거야.

리 어 그것은 또 왜?

광 대 현명해지기 전에 늙어버리면 안 되거든.

리 어 오, 자비로우신 하느님! 저를 미치게 내버려두지 마십시오. 미치지 않도록 보호해주십시오. 제정신을 갖도록 해주십시오, 미치고 싶지 않습니다!

　시종 한 명 등장.

어떻게 됐느냐? 말 준비는 다 됐느냐?

시 종 준비됐습니다.

리 어 가자.

광 대 지금은 처녀인 당신이 내가 임금과 떠나는 것을 보고 비웃지만, 그 짓이 빨리 끝나지 않는 한 오랫동안 처녀 노릇 하진 못할걸.

(일동 퇴장)

제2막

제1장 글로스터 백작의 저택 뜰

에드먼드와 큐런 등장, 서로 만난다.

에드먼드 안녕하시오, 큐런 님.

큐 런 안녕하시오. 방금 당신의 부친을 뵙고, 콘월 공작과 리건 공작 부인께서 오늘 밤 이곳에 오신다는 것을 알려드렸소.

에드먼드 그건 또 왜요?

큐 런 모르겠어요. 세상 풍문을 듣고 계시겠죠? 귀엣말 말이에요. 아 직까지는 귓밥이나 때리는 정도의 것입니다만.

에드먼드 못 들었습니다. 무엇인데요?

큐 런 조만간에 전쟁이 터질 거라는 소문을 듣지 못했단 말이오? 콘월 공작과 알바니 공작 사이에 말이에요.

에드먼드 전혀 듣지 못했소.

큐 런 불원간 듣게 될 것입니다. 안녕히 계십시오. (큐런 퇴장)

에드먼드 공작이 오늘 밤 이곳에 오신다고? 일이 척척 들어맞는군! 이 것을 내 꿍꿍이에 짜 넣어야겠다. 아버님은 형님을 잡기 위해 포수를 보냈지. 우선 내가 처리해야 할 골치 아픈 일이 한 가지 있어. 그 일을 빨리 처리하고 행운을 잡자! 형님, 내려오세요.

형님, 드릴 말씀이 있어요.

　에드거 등장.

어서요! 아버지가 망을 보고 계시니 형님, 어서 도망치세요. 형님의 은신처가 발각됐어요. 지금 이 칠흑 같은 밤을 이용하세요. 혹시 콘월 공작의 험담을 한 적은 없으십니까? 공작님이 오신답니다. 급히 오늘 밤 안으로 피하세요. 리건 부인도 함께 오신답니다. 그분들과 한 패가 되어 알바니 공작의 험담을 하진 않으셨습니까? 마음에 걸리는 것이 없어요?

에드거　맹세코 한마디도 한 적 없어.

에드먼드　아버지의 발소리가 들립니다. 용서하세요, 칼을 뽑아 형님을 치는 척하지 않으면 안 됩니다. 형님도 칼을 빼고 방어태세를 취하세요. 자, 어디 해봅시다. (목소리를 돋우어) 항복이냐? 아버님 앞에 나오너라. 불을 밝혀라. 어어이, 여기다! (작은 소리로) 안녕히 가세요. (에드거 퇴장) 피가 나면 (자신의 한쪽 팔에 상처를 낸다) 내가 장렬한 싸움을 했다는 평을 들을 것이다. 주정꾼들이 장난삼아 이보다 더 심한 짓을 하는 것을 본 적이 있어. (큰소리로) 아버지! 아버지! 여기예요! 여기예요! 살려주세요!

　글로스터와 횃불을 든 하인들 등장.

글로스터　그런데 에드먼드, 그 악한은 어디 있느냐?

에드먼드　시퍼런 칼을 뽑아 들고 여기 캄캄한 곳에 서서 흉악한 주문을 중얼거리며 달에게 행운을 내려달라고 빌고 있었습니다.

글로스터 도대체 그놈은 어디 있어?

에드먼드 보십시오, 이렇게 피가 나고 있습니다.

글로스터 악한은 어디 있느냐니까?

에드먼드 이 길로 달아났습니다, 아무리 해도 안 되자…….

글로스터 쫓아가라, 쫓아가! (하인들 몇 명 퇴장) '아무리 해도' 안 되다니 무엇이 말이냐?

에드먼드 아버님을 살해하자고 저를 아무리 설득해도 안 되었단 말이죠. 저는, 아버지를 죽이는 놈에게는 복수의 신들이 벼락을 내린다는 말과 함께 아들이 아버지로부터 받은 은혜는 무한한 것이라고 형님에게 말했습니다. 결국 형님의 불효에 제가 목숨을 걸고 반대하는 것을 보자 형님은 더 이상 어쩔 수 없다고 판단했는지, 미리 준비했던 칼로 아무런 방비도 없는 저에게 일격을 가하여 이 팔에 큰 상처를 입혔습니다. 그러나 정의의 싸움에 용기백배가 된 저의 기세를 알아차렸음인지, 혹은 제가 지른 소리에 놀라서 그랬는지 별안간 형님은 돌아서서 있는 힘을 다해 도망쳤습니다.

글로스터 아무리 멀리 뺑소니쳤다 해도 이 영토 안에 있을 테니 꼭 붙잡고야 말겠다. 붙잡기만 하면 그놈을 없애버리겠다. 나의 주인이시며 은인이신 공작, 영주님께서 오늘 밤 이곳에 행차하시니, 그분의 위력을 믿고 나는 포고령을 내리겠다. 그 비겁한 살인자를 찾아 형장에 끌고 오는 자에게는 사례를 하고, 그놈을 숨겨

주는 자는 모조리 사형에 처하겠다는 포고문을 말이다.

에드먼드 형님의 흉측한 계획을 중지시키려고 제가 충고를 드렸지만, 그 계획을 실행하려는 결심이 요지부동임을 알았습니다. 그래서 저는 형님을 맹렬히 비난하면서 그 계획을 세상에 폭로하겠다고 을러댔습니다. 그랬더니 이렇게 대답하더군요. '재산 상속도 못 받는 서자 놈아, 만약 내가 너에게 반대하면 사람들이 네 말을 곧이듣고 너를 신용하여 너를 덕망 있고 유능한 인재라고 생각할 줄 아느냐? 어림도 없다. 내가 부정하기만 하면 — 이것만은 물론 나도 부정하겠지만 — 그렇지, 비록 네가 나의 필적을 증거로 내놔도, 그것은 모조리 너의 유혹 · 모략 · 간교 때문이라고 해버릴 수 있어. 내가 죽으면 네놈이 득이라는 거지. 네가 나를 죽이려는 명백하고 유력한 이유가 바로 그것이라고 세상 사람들이 생각지 않을 줄 알아? 세상을 너무 우습게 여기지 마라' 하고 말입니다.

글로스터 지독한 고집쟁이 악당놈! 그 편지까지 부정하더란 말이지? 그놈은 내 자식이 아니다. (안에서 요란한 기병 나팔 소리) 들거라, 공작님의 나팔 소리다. 무엇 때문에 이곳까지 행차하시는지 알 수가 없구나. 그 악당은 온갖 출입구가 다 막혀버렸을 테니 도망칠 수 없을 것이다. 공작님에게 이 일을 허락받아야겠다. 그뿐만 아니라 그놈을 잘 알아볼 수 있도록 그놈의 초상화를 방방곡곡 보낼 테다. 그리고 내 영토 문젠데, 네가 충성과 효도를 다하니, 네가 내 영토를 상속받도록 해놓겠다.

콘월, 리건 그리고 시종들 등장.

콘 월 어떻게 된 영문인가, 여보게? 이곳에 온 지 얼마 되지도 않았는데 이상한 소문이 나도니.

리 건 그 소문이 사실이라면, 그 죄인에게 어떤 엄벌을 내려도 충분치 않을 거예요. 어떠세요, 백작?

글로스터 오, 부인, 이 늙은이의 가슴은 터질 듯합니다.

리 건 어찌 된 영문이죠? 우리 아버님이 이름을 지어준 아들이 백작님의 목숨을 노렸다니. 아버님한테서 이름을 지어 받은 그 에드거가?

글로스터 오! 부인, 부인, 그저 부끄러워 할 말이 없습니다.

리 건 그 아들이 바로 아버님을 수행하고 있는 난폭한 기사들과 한 패거리가 아닐까요?

글로스터 모르겠습니다. 어쨌든 그놈은 악독한 놈이에요, 악독하죠.

에드먼드 그렇습니다, 부인. 형님은 그놈들과 한 패거리입니다.

리 건 그렇다면 악독할 수밖에 없어요. 그놈들이 노인의 재산을 횡령하기 위해 살인을 부추겼을 거예요. 그 패거리에 관해서 오늘 밤 언니로부터 자세한 편지가 왔어요. 어쩌면 그 기사들이 우리 집에 와서 묵겠다고 할지 모르니, 저는 집에 있지 않는 편이 좋을 거라고 주의시켜주더군요.

콘 월 그럼 나도 틀림없이 큰일 날 뻔했군, 리건. 에드먼드, 아버지께 효자 노릇 한번 단단히 했다지?

에드먼드　제 의무를 다했을 뿐입니다.

글로스터　이 애가 에드거의 음모를 폭로해주었죠. 그놈을 잡으려고 애 쓰다가 보시다시피 이렇게 부상을 당했습니다.

콘　월　그놈을 지금 추적 중이오?

글로스터　네, 뒤쫓고 있습니다.

콘　월　잡히기만 하면, 더 이상 사람들에게 해를 끼칠 염려가 없도록 해줄 테다. 나의 권력을 이용하여 기필코 목적을 달성하시오. 에드먼드, 너의 효성이 지금 이 순간에 나를 지극히 감동시켰 으므로, 너를 내 부하로 삼겠다. 너처럼 깊이 신뢰할 만한 사 람이 몹시 필요했다. 너야말로 내가 찾던 사람 중 첫 번째 인 물이다.

에드먼드　비록 부족한 점이 있더라도 전력을 다하여 공작님을 섬기겠습 니다.

글로스터　아들을 대신해서 감사드립니다.

콘　월　우리가 왜 백작을 찾아왔는지 그 이유를 모를 것이오.

리　건　우리가 이토록 뜻하지 않은 시간인 한밤중에 바늘귀를 꿰듯 발 길을 더듬어 온 것은, 글로스터 백작, 그대에게 다소 용건이 있 어서, 백작의 조언을 들을 일이 있어서예요. 아버님과 언니 사 이에 불화가 생긴 데 대해 두 분이 다 편지를 보내왔는데, 저는 집을 떠나 답장을 보내는 것이 상책이라고 생각했어요. 쌍방으 로 갈 사자들을 이곳에서 파견할 생각이에요. 우리들의 오랜 친 구이신 백작, 그대의 심려를 모르는 바 아니나, 이 일에 대해서 필요한 의견을 들려줬으면 좋겠어요. 그 충고의 말을 곧 실행할 테니까 말이에요.

글로스터　알아 모시겠습니다. 두 분께서 오신 것을 진심으로 환영합니다. (나팔 소리. 일동 퇴장)

제2장　글로스터 백작의 저택 앞

켄트, 오즈월드, 좌우에서 따로 등장.

오즈월드　잘 주무셨쇼? 당신은 이 집 사람이오?

켄　트　그렇소.

오즈월드　어디에다 말을 맬까?

켄　트　진흙 속에 매시오.

오즈월드　제발 부탁이니, 친절하게 가르쳐주시오.

켄　트　난 당신이 싫소.

오즈월드　당신하고는 별 볼일 없겠구면.

켄　트　당신을 립스버리 짐승 우리에 처넣으면 당신은 나를 상대하지 않고 못 배길 걸.

오즈월드　어째서 그런 악담을 하는 거요? 서로 누군지 알지도 못하면서.

켄　트　나는 당신을 알고 있지.

오즈월드 내가 누구라고 생각되는데?

켄 트 악한에다 불한당이며, 고기 찌꺼기나 처먹는 놈이지. 천하고 경박하고 거지 같고, 일 년에 옷을 세 번밖에 못 갈아입고, 일 년 수입이 백 파운드밖에 안 되며, 더러운 털양말을 신고 다니는 놈이지. 간이 콩알만 하고, 얻어터지면 격투할 생각은 않고 소송이나 거는 놈. 밤낮 거울만 들여다보는 천한 놈. 주제 넘고, 옷 입는 데 까다로운 놈. 재산이라고는 가방 하나밖에 없는 노예. 남을 위한답시고 뚜쟁이 노릇이나 하는 놈. 악한에 거지에 뚜쟁이에 잡종 암캐의 맏아들 놈을 함께 섞어놓은 놈이지. 이런 이름을 조금이라도 부정하려고 들면, 실컷 두들겨줘서 깽깽거리며 소릴 지르도록 만들어주고 싶다.

오즈월드 참으로 고약한 놈이로구나. 너도 나를 모르고, 나도 너를 모르는데 이토록 욕을 퍼붓다니!

켄 트 철면피 같은 놈, 나를 모른다고 하다니. 국왕 폐하 앞에서 내가 너를 딴죽 걸어 넘어뜨리고 두들겨준 것이 바로 이틀 전이 아니냐? 이놈아, 칼을 뽑아라. 비록 밤이긴 해도 달 밝은 밤이니 네 놈을, 네놈을 박살 내어 명월탕을 끓여 먹겠다. (칼을 빼면서) 자, 칼을 빼라. 건달 놈의 자식, 오너라.

오즈월드 비켜라! 나는 너하고 아무 관계도 없다.

켄 트 이놈, 칼을 빼라. 너는 국왕에게 불리한 편지를 갖고 왔을 뿐만 아니라 왕권을 해치고 있어. 어서 빼, 이 건달아. 칼을 빼라. 네 정강이에서 살점을 베어낼 테다. 이놈, 칼을 빼 가지고 와서 어서 덤벼라.

오즈월드 사람 살려, 살인이다, 사람 살려!

켄 트 내리쳐라, 이 노예 같은 놈아. 가만있거라, 악한 녀석, 가만있거라, 이 노예 같은 놈아. 노예 치고는 매끈하게 빠졌구나. 자, 쳐라! (켄트, 오즈월드를 친다)

오즈월드 사람 살려, 아! 살인이다, 살인이다!

에드먼드가 가늘고 긴 칼을 빼들고 등장.

에드먼드 어떻게 된 일이냐! 무슨 일이냐? 떨어져라!

켄 트 젊은 애송이로군. 아가야, 피맛을 보여줄 테니 너도 덤벼라.

콘월, 리건, 글로스터 그리고 하인들 등장.

글로스터 아니, 무기를! 칼을! 대체 여기서 무엇들 하는 거냐?

콘 월 목숨이 아깝거든 모두 가만히 있어라. 다시 칼을 내려치는 놈은 죽여버릴 테다. 도대체 웬일들이냐?

리 건 언니와 아버님이 각각 보내신 사자(使者)들이로군요.

콘 월 왜 싸움들을 하는 거냐? 말해보라.

오즈월드 저는 숨을 쉴 수가 없습니다.

켄 트 이상할 것도 없지. 그토록 용감하게 덤벼들었으니. 이 비겁한 악당 놈아, 대자연도 너 같은 놈은 만들지 않았노라고 할 것이다. 너 같은 놈은 양복장이가 만들었어.

콘 월 이상한 놈 다 보겠군. 양복장이가 사람을 만들어?

켄 트 그래요, 양복장이가 만들었죠. 석공이든 그림 그리는 자든, 두 시간만 일을 했어도 이토록 서툰 작품을 만들어내지 않았을 것입니다.

콘 월 말해봐, 왜 싸움을 시작했나?

오즈월드 저 허연 수염을 불쌍히 여겨 목숨만은 살려줬더니, 저 늙고 흉악한 놈이…….

켄 트 알파벳의 맨 끝자 제트(Z)자 같은 쓸모없고 천한 놈아! 어르신네, 허락만 해주신다면, 이 불한당 같은 놈을 짓이겨서 횟가루로 만들어 그놈의 몸뚱어리로 변소의 벽을 바르겠습니다. 흰 수염 때문에 나를 살려줬다고? 뱁새 같은 더러운 놈.

콘 월 입 닥쳐! 이 짐승 같은 것들아, 너희들은 예의범절도 모르느냐?

켄 트 압니다. 그러나 화가 치밀 때는 별문제입죠.

콘 월 왜 화가 났느냐?

켄 트 이따위 노예가 칼을 차고 있으니 말입니다. 정직함이란 티끌만치도 없는 놈이. 얼굴에 잔뜩 웃음을 머금고 있는 이런 악당 놈들은 마치 쥐새끼 같아서 부자간의 핏줄까지도 두 갈래로 물어뜯지요. 풀 수 없도록 단단히 묶여진 신성한 매듭을 말씀이에요. 이런 자들은, 자기 주인들이 천성적으로 어떤 성미를 부리든 그 성미에 아첨을 하고, 불에는 기름을 붓고, 싸늘한 마음에는 눈을 뿌리고, 주인의 기분에 따라 바람 불 적마다 물총새 모양으로 그들의 주둥아리를 놀리고, 개 모양으로 그저 따라다니는 것밖에는 모릅니다. (오즈월드를 향해서) 그런 간질병 환자 같은 얼굴은 집어치워라! 넌 마치 내가 바보광대라도 되는 듯이 내가 얘기하는 동안 나를 보고 마냥 싱글벙글 웃고 있었지? 이 거위 같은 놈아, 만약 내가 너를 셀럼 벌판에서 만났다면 꽥꽥 우는 네놈을 캐멀롯까지 내쫓았을 거다.

콘 월 아니, 이 늙은 놈이, 너 미쳤느냐?

글로스터 어쩌다 싸우게 되었는지 그것을 말하라.

켄 트 아무리 서로 정반대의 것이라 할지라도, 저와 이 악한 놈처럼 서로 마음 안 맞는 것은 없을 겁니다.

콘 월 아마 내 얼굴도 (글로스터를 향하여) 당신 얼굴도 (리건을 향하여) 저 사람의 얼굴도 마음에 들지 않겠구먼.

켄 트 솔직히 말씀드리는 것이 제 직책이니 말인데, 저는 지금 제 눈 앞에 보이는 분의 어깨 위에 얹힌 얼굴보다 훨씬 훌륭한 얼굴을 본 적이 있습죠.

콘 월 성미가 괴팍한 녀석이로군. 솔직하다고 칭찬을 해주면, 금세 난동을 부리고 억지로 제 천성과 어긋나는 짓을 한단 말이야. 정직하고 솔직한 탓으로 아첨할 줄도 모르고, 사실을 말하지 않으면 견디지 못하지. 세상 사람들이 참아주면 그대로 좋은 일이지만, 세상 사람들이 참을 수 없다 해도 이 사람은 솔직하게 얘기를 하고야 만다. 이 같은 종류의 악당을 나는 잘 알고 있지. 어리숙한 척 계속해서 절을 꾸벅꾸벅하면서 맡은 바 일을 깔끔하게 처리하는 스무 명의 아첨군 부하들의 뺨을 칠 정도로 악의를 품고 있단 말이야.

켄 트 각하, 성심성의껏 말씀드리렵니다. 빛나는 태양신의 이마 위에 찬란한 광채의 꽃다발을 가지신 공작님의 허락만 있으시다 면…….

콘 월 무엇 때문에 그런 소릴 하는 거냐?

켄 트 저의 말투가 공작님의 기분을 거스르는 듯해서 화법을 바꿔 보았습니다. 저는 아첨할 줄 모르는 사람입니다. 솔직히 말해서 공작님을 속인 놈은 진짜 악한입니다. 그러나 저는 그런 악당이 되고 싶지 않습니다. 비록 노여워하시는 공작님이 애원을 하시더라도 그런 놈은 될 수 없습니다.

콘 월 (오즈월드에게) 무엇 때문에 이 사람을 노하게 만들었는가?

오즈월드 노하게 한 일 없습니다. 이삼 일 전에 저놈이 모시고 있는 국왕께서 무슨 오해를 하시어 저를 구타한 적이 있는데, 그때 저놈이 국왕 편을 들어 국왕의 노여움에 비위를 맞추느라고 뒤에서 저에게 딴죽을 걸었습니다. 제가 넘어지니까 저놈은 의기양양해져서 저에게 욕설을 퍼붓고, 영웅이나 된 것처럼 우쭐해져 뻐겨댔습니다. 제법 용감한 척하면서 야단법석이었죠. 저는 일부러 그놈에게 져주었는데, 저를 공격했다고 해서 그놈이 국왕께 칭찬을 받았나 봅니다. 이런 장한 업적에 맛이 들어서인지 다시 칼을 빼들고 저에게 달려든 것입니다.

켄 트 비겁하고 못된 놈들. 이놈들에 비하면 아이아스(트로이 전쟁의 영웅—역자 주)가 아무리 자랑을 해도 바보가 되겠네.

콘 월 차꼬를 가져오너라! 이 난폭한 늙은이, 노망스러운 악당 놈에게 따끔한 맛을 가르쳐 줘야겠다.

켄 트 전 나이가 많아 배울 수가 없습니다. 그러니 차꼬를 가져올 필요는 없습니다. 저는 국왕 폐하의 심부름으로 이곳에 파견되었습니다. 폐하의 사자를 차꼬에 묶어두면 국왕 폐하의 위엄과 인격에 대해 무례한 악의를 보이게 됩니다.

콘 월 차꼬를 가져오라! 나에게 목숨과 명예가 있는 한, 저놈을 정오까지 거기다 앉혀 둬야겠다.

리 건 정오까지라뇨! 밤까지겠죠. 그것도 밤새도록 앉혀 둡시다.

켄 트 마님, 제가 당신 아버지의 개라 할지라도 이렇게 학대할 수는 없을 겁니다.

리 건 아버님이 데리고 있는 악한이기 때문에 이렇게 하는 거다.

콘 월 이놈은 당신 언니 편지에 적혀 있는 녀석들과 한 패거리일 거야. 어서 차꼬를 가져오너라!

　　시종들이 차꼬를 들고 들어온다.

글로스터 각하, 제발 그러지 마십시오. 그놈의 죄는 크오마는, 그놈의 주인이신 국왕 폐하께서 의당 벌을 주실 것입니다. 지금 각하께서 주시려는 벌은 좀도둑질이나 그 밖에 아주 흔해빠진 천한 범죄를 저지른 야비한 놈들을 처벌하기 위한 것입니다. 국왕께서도 자신의 사자가 이토록 모욕을 당하고 차꼬에 묶여졌다는 것을 아시면 적잖이 화를 내실 겁니다.

콘 월 그 책임은 내가 진다.

리 건 언니의 용무를 보러 온 시종이 모욕을 당하고 공격을 당했다고 하면, 언닌 더 화내실 거예요. 저놈의 다리를 채워놓아라. (캔트의 다리를 차꼬에 채운다)

콘 월 자, 갑시다. (글로스터와 켄트만 남고 일동 퇴장)

글로스터 미안하이, 친구. 하지만 공작님의 분부셔서 말일세. 세상 사람이 다 알고 있듯이 한번 성미를 부리면 아무도 막을 수 없잖은가. 하지만, 내가 당신을 위해 간청은 해보리다.

켄 트 걱정 마십시오. 밤잠도 안 자고 먼 길을 걸어왔으니, 이젠 잠이나 좀 자렵니다. 잠에서 깨어나면 휘파람이나 불지요. 착한 자의 운명도 기우는 때가 있는 법입니다. 안녕히 주무십시오.

글로스터 이것은 공작님의 잘못이다. 누구든지 이 일에 대해서 기분 나쁘게 생각할 것이다. (글로스터 퇴장)

켄 트 국왕 폐하, 폐하께서는 하늘의 축복을 빼앗기고 따뜻한 햇볕을 찾으러 다닌다는 격언을 몸소 체험하셔야 할 것입니다. 이 세상을 비추는 봉화여! 가까이 다가오너라. 편안한 네 불빛에 의지하여 이 편지를 읽어야겠다. 재난을 겪지 않고 기적을 볼 수는 없다. 이것은 코델리아 공주님의 편지로구나! 내가 신분을 숨기고 지내는 것을 알고 계시니 다행이다. 때를 엿보아 이 혼란으로부터 나라를 구하고 손해를 입은 자에게 보상을 해주실 테지. 정말로 피로하구나. 잠을 못 자서 무거워진 눈이여, 이 부끄러운 잠자리에서 눈을 감으니 그나마 다행이다. 행운의 여신이여, 잘 있거라. 어느 때고 너의 미소를 볼 날이 있으리. 너의 수레바

퀴를 돌려라! (잠든다)

제3장 숲 속

에드거 등장.

에드거 나는 죄인으로 공고된 몸이다. 다행히 나무 틈새에 숨어서 잡히
지 않았지. 도망칠 곳이 없다. 항구마다 통제되고, 어떤 장소에
도 불침번이 물샐틈없이 지키고 있네. 나를 잡으려고 눈에 불을
켜고 있단 말이야. 도망칠 수 있을 때까지는 어떻게든 살아남
자. 초라한 거지꼴을 하고 지내야겠다. 가난이 사람을 멸시해서
짐승에 가까운 행색을 드러냈으니 그렇게 숨어 살아야겠어. 얼
굴은 검게 칠하고, 허리에는 남루한 담요 자락을 감고, 머리칼
은 엉망으로 텁수룩하게 만들고, 알몸뚱이는 그대로 드러내어
비바람에 견뎌야겠다. 이 나라에서는 베드람에 있는 미친 거지
들의 경우가 선례가 될 테니 그들을 흉내 내자. 그 거지들은 신
음 소리를 질러가면서 바늘, 나무 꼬챙이, 못, 들장미의 잔가지
등을 무감각한 맨살 팔뚝에다 꽂는다. 그런 무서운 몰골로 그들
은 구차한 농가, 보잘것없는 촌락, 양 우리, 방앗간 등에서 미친
듯이 저주의 고함을 지르고, 기도를 읊조리며 동냥질을 한다지.
나는 이제 그 거지들 틈에 있는, 불쌍한 털리굿이야! 불쌍한 톰

인지도 몰라! 그래야 살아남지 않겠어? 난 이제 에드거가 아니다. (에드거 퇴장)

제4장 글로스터 백작의 저택

켄트가 차꼬를 찬 채 앉아 있다. 리어, 광대, 시종 등장.

리 어 이상한 일이다. 그들이 이렇게 갑자기 집을 떠난 것도 그렇고, 내가 심부름 보낸 자를 여태 돌려보내지 않는 것도 그렇고.

시 종 제가 들은 바에 의하면, 어젯밤까지만 해도 전혀 집을 떠날 생각이 없었다 합니다.

켄 트 폐하, 안녕하십니까!

리 어 아! (켄트를 발견하고 그를 한참 들여다보고 나서) 아니, 넌 이런 모욕을 재미로 여기고 있는 거냐?

켄 트 아닙니다, 폐하.

광 대 헛, 네녀석은 참 지독한 양말대님을 매고 있구나. 말은 머리를, 개와 곰은 목을, 원숭이는 허리를, 그리고 인간은 다리를 잡아매는구나. 다리를 함부로 놀려 걷어차기를 좋아하는 놈은 나무 양말을 신겨야 하지.

리 어 네 신분을 몰라보고 네게 차꼬를 채운 놈이 누구냐?

켄 트 폐하, 폐하의 따님과 사위, 두 분입니다.

리 어   그럴 리가 없다.

켄 트   사실입니다.

리 어   아니야, 그들이 그랬을 리가 없어.

켄 트   보시다시피.

리 어   주피터에게 맹세코 그럴 리 없어.

켄 트   주노에 맹세코 사실입니다.

리 어   그들이 감히 그랬을 리가 없어. 그들은 그럴 수도 없고, 그러지
도 않을 거다. 이것은 살인보다 더 흉측한 일이 아닌가. 고의로
이런 난폭한 짓을 하다니, 어서 대강이라도 얘기해봐라. 어째서
자네가 이 같은 처벌을 받아야만 했나? 아니면 어째서 그들이
자네에게 처벌을 내렸단 말인가? 자네는 내 사신이 아닌가!

켄 트   폐하, 제가 그 두 분의 저택에 도착하여 친서를 바치고, 의무감
으로 무릎을 꿇고 있는데, 제가 자리에서 채 일어나기도 전에
숨을 헐떡이며 입김을 내뿜는 어떤 사신이 급히 들이닥치더니
자기 주인 고네릴의 전갈을 전하고 편지를 내놓았습니다. 두
분은 저의 용무가 중단되는 것도 아랑곳하지 않고 그놈이 내민
편지를 먼저 읽으셨습니다. 편지 내용을 읽고 두 분은 하인들
을 소집하더니, 즉시 말을 타고 저보고 뒤따라 오라는 것이었
습니다. 틈나는 대로 회답을 주겠노라 말씀하시면서요. 그러면
서 저를 냉정하게 쳐다보셨습니다. 그런데 여기서 또 그 사신
을 만난 겁니다. 그놈이 환영받는 바람에 저에 대한 대접이 소
홀해졌다는 걸 생각하니 슬며시 울화통이 터졌습니다. 더욱이

그놈은 최근에 폐하께 실로 오만불손하게 굴었던 바로 그놈이 었기 때문입니다. 저는 앞뒤를 가리는 분별력보다는 기백이 먼 저 솟구치는 사나이라 칼을 뽑았지요. 그놈은 겁에 질려 빽빽 소리를 지르면서 집안 사람들을 깨웠습니다. 공작과 공작부인 은 저의 죄가 현재 받고있는 이 정도쯤의 모욕을 받아도 마땅 하다는 것입니다.

광 대 기러기가 저쪽으로 날아가는 걸 보니 겨울이 아직 안 갔구나.

아비가 누더기를 걸치면
자식들은 장님이 된다는데,
아비가 돈주머니를 차고 있으면
자식들은 친절하다네.
운명의 여신은 매춘부라서
가난한 사람에게 문을 잠그네.

하지만, 당신은 따님 덕에 일 년 내내 부족함이 없을 만큼 돈주 머니와 근심 주머니를 얻게 될 것입니다.

리 어 이 가슴속에 울화가 치미는구나! 울화증이여, 꺼져라. 치솟는 슬픔이여, 네 자리는 저 아래다. 내 딸은 어디 있느냐?

켄 트 글로스터 백작과 함께 안에 계십니다.

리 어 여기 있으라. 따라오지 말고. (퇴장)

시 종 지금 말씀하신 것 외에 다른 잘못은 없었나요?

켄 트 없었습니다. 그런데 어째서 국왕께서는 시종들의 수를 줄여 초라한 모습으로 오셨습니까?

광 대 그런 것을 묻다니, 차꼬를 차도 싸지 싸.

켄 트 뭐얏? 이 바보광대가.

광 대 개미한테 가서 겨울엔 일하지 않는다는 것을 배워야겠다. 코가 가는 방향으로 가는 사람은 장님이 아닌 이상 모두 눈으로 보고 가지. 그리고 눈이 멀었다고 해서 퀴퀴한 썩은 내를 맡지 못하는 장님은 스무 명 중에 한 사람도 없어. 큰 수레바퀴가 언덕을 오를 때에는 수레 뒤에 끌려가게. 현명한 사람이 그대에게 더욱 좋은 충고를 들려주면, 내 충고는 다시 돌려주게. 이건 바보광대의 충고니 바보들 지켜주었으면 할 따름이네.

이익을 찾아 일하는 사람,
겉치레로 졸졸 따르는 사람,
비 오면 보따리 싸들고
비바람 속을 뺑소니치지.
그러나 나는 남으리,
바보광대로 버티더라도,
똑똑한 사람은 도망가도 좋아,
바보광대는 악한이 될 수 없다네.

켄 트 광대야, 너 그 노래 어디서 배웠니?

광 대 차꼬 차고 배운 것은 아니다, 이 바보야.

　　　리어가 글로스터와 함께 다시 등장.

리 어 면회 사절이라고! 나한테? 몸이 아프다고? 피곤하다고? 간밤에 밤새워 여행을 했다구? 구실에 지나지 않아. 아비를 거역하고, 아비를 버리려는 징조다. 좀 더 만족스러운 대답을 갖고 오라.

글로스터 말씀드리기 황송합니다만, 폐하도 아시다시피 공작님의 성질은 불길 같아서 한번 정한 마음은 한 치의 양보도 없이 고집하십니다.

리 어 앙갚음을 하고야 말겠다! 염병에 걸려 뒈져버려라! 엉망진창이 되어버려라! 뭐, 성미가 불길 같다고? 심보가 어떻다고? 여봐라, 글로스터, 글로스터, 콘월 공작 내외에게 면회를 신청하라.

글로스터 두 분께 그대로 말씀드렸습니다만…….

리 어 두 사람에게 그대로 전했는가? 그런데 여보게, 자네 내 말뜻을 알고 있기나 한가?

글로스터 네, 알고 있습니다.

리 어 국왕이 콘월과 얘기를 나누고 싶다는 거다. 어버이가 사랑스러운 딸에게, 딸 된 도리를 다하라고 하는 거다. 이 뜻을 두 사람에게 전했느냐? 숨이 막히고 피가 끓어오르는구나! 불길 같은 공작이라구? 성난 공작에게 가서 말하라. 아니, 지금 말하지 않아도 좋다. 어쩌면 정말 몸이 불편한지도 모르지. 건강할 때면 쉽게 해내는 일도 몸이 아프면 소홀히 하기 쉬우니까. 사람은 더러 지쳐 몸과 마음이 괴로울 때면 제정신이 아닐 수도 있지. 참자, 나는 내 급한 성질 때문에 분통이 터졌던 거야. 그 때문에 병든 자의 발작을 건강한 사람의 의도로 오해했던 것이다. (켄트를 보며) 내 권세도 땅에 떨어졌구나! 무엇 때문에 그를 형틀에 묶어 두었느냐? 이 꼴을 보니 공작 내외가 나와 만나는 것을 꺼리는 것도 어떤 계략인 듯싶구나. 내 하인을 내놓아라. 공작 내외에게 내가 만나고 싶어한다고 어서 전하라. 지금 곧 가라. 두 사람더러 나타나서 내 말을 들으라고 하라. 오지 않으면 그들의 침실 입구에서 북을 쳐 잠을 깨울 테다.

글로스터 서로 간에 모든 일이 잘 해결되었으면 좋겠습니다. (퇴장)

리 어 아, 나의, 나의 끓어오르는 가슴이여! 그러나 가라앉아 있거라!

광 대 아저씨, 가슴을 향해 고함을 치시네요. 마치 우쭐대는 속 빈 부엌데기가 만두 속에다 산 채로 뱀장어를 넣고 나서, 그 뱀장어에게 쫑알쫑알 대는 것과 같군요. 그 부엌데기는 뱀장어 대가리를 작대기로 때리면서 '들어가, 이 버릇없는 것아! 들어갓!' 하고 야단을 친답니다. 그 여편네 오라비가 또 걸작이어서, 말(馬)이 죽어라고 좋았던지 글쎄 마초(馬草)에 버터를 발라 줄 정도였다니깐.

　　　　콘월, 리건, 하인들과 함께 글로스터 다시 등장.

리 어 잘들 있었나?

콘 월 폐하의 은혜 망극합니다. (켄트를 풀어놓는다)

리 건 폐하를 뵈오니 기쁩니다.

리 어 그럴 것이다, 리건. 내가 이렇게 생각하는 것은 충분한 이유가
있어서다. 네가 기쁘지 않다고 하면 네 어미는 화냥년이 될 테
니. 그렇다면 나는 무덤을 헤쳐서라도 네 어미와 이혼할 생각이
다. (켄트에게) 아, 이제야 풀려났구나. 이 일에 대해서는 나중에
따지기로 하자. 사랑하는 리건, 네 언니는 내게 너무 가혹했다.
그 애는 독수리같이 불효의 이빨을 드러내어 (자기 가슴을 가리키
며) 여기 이 가슴을 물어뜯었다. 너에게 말로 다 표현할 수가 없
구나. 아, 리건! 너는 믿기지 않을 것이다 — 얼마나 졸렬한 방법
으로…… 오, 리건!

리 건 제발 진정하세요. 언니가 효성을 다하지 않았다니, 아무래도 언
니의 진가를 잘못 판단하신 것 같군요.

리 어 그게 무슨 소리냐?

리 건 언니가 효성을 소홀히 했다니 저로서는 도저히 믿을 수 없는 일
입니다. 혹시 어버님 부하들의 난폭한 행동을 다소 누르고 다스
렸다면, 거기에는 그만한 까닭과 이유가 있었을 것입니다. 그러
니 언니를 비난할 수는 없는 일이에요.

리 어 난 그년을 저주한다!

리 건 아, 저런! 아버님은 늙으셨어요. 밀어닥치는 나이에 아버님의
원기도 다 쇠퇴하셔서 고령의 막바지에 다다랐습니다. 아버님
자신보다도 나라 사정에 더 정통한 젊은이의 분별심에 몸을 의
탁하여 그의 보호와 인도를 받으실 필요가 있습니다. 그러니 제

발 언니한테 다시 돌아가셔서 언니에게 미안하게 됐다고 사과하십시오.

리 어 나보고 용서를 빌라고? 그래, 한 집안의 가장이 '사랑하는 딸아, 내가 폭삭 늙었다는 것을 인정하마. 노인은 쓸모가 없구나. 무릎을 꿇고 이렇게 부탁하니, 입을 옷가지와 먹을 음식과 덮을 이불을 좀 다오' 하고 애걸해야겠니?

리 건 그만하세요, 그런 실없는 모습은 추해서 차마 못 보겠어요. 제발 언니한테로 돌아가세요.

리 어 (벌떡 일어나며) 리건, 난 절대로 안 가겠다. 그년은 내 시종들을 반으로 줄였어. 눈살을 찌푸리며 나를 노려봤지. 나에게 마구 욕설까지 퍼부었다. 그년의 혓바닥은 마치 독사처럼 내 가슴을 휘감았어. 하늘에 쌓인 온갖 복수여, 은혜도 모르는 그년의 뻔뻔스러운 낯짝 위에 쏟아져라! 질병의 독기여, 그년이 품고 있는 태아의 뼛골을 쳐서 절름발이로 만들어라!

콘 월 끔찍하군요, 폐하. 너무도 끔찍합니다!

리 어 날쌘 번개여, 사람의 눈을 멀게 하는 너의 불꽃으로 경멸에 가득 찬 그년의 눈을 찔러라! 강렬한 햇살에 빨려들어 늪에서 모락모락 솟는 독기여, 그년의 미모를 시들게 하고 그년의 교만을 박살 내어라.

리 건 오, 하느님 맙소사! 저 때문에 화가 나신다면, 저에게도 똑같은 저주를 퍼부으시겠군요?

리 어 아니야, 리건. 너를 저주하는 일은 결코 없을 것이다. 너는 부드러운 인덕을 갖추고 있기 때문에 가혹한 짓은 하지 않을 거다. 고네릴의 눈은 사납지만 네 눈은 불꽃처럼 이글이글 타오르지 않아서 좋다. 내가 즐기는 일에 대해서 너는 불평하지 않겠지? 너는 내 시종들을 줄이는 일도 없을 거고, 다짜고짜 나에게 말대꾸하는 일도 없을 거야. 설마 네가 내 생활비를 아까워하겠느냐. 요컨대 내가 오는 것을 막기 위해 빗장을 지르는 짓은 하지 않을 거란 말이다. 너는 예의범절을 터득했으니 자녀의 의무와 공손한 예절과 은혜의 보답을 남보다 더 잘 알고 있겠지? 내가 너에게 왕국의 절반을 양도해주었다는 것을 너는 잊지 않고 있을 거야.

리 건   아버님, 용건만 간단히 말씀하세요.

리 어   누가 내 시종에게 차고를 채웠느냐? (안에서 나팔 소리)

콘 월   저 나팔 소리는 뭐냐?

리 건   언니가 행차하는가 봅니다. 곧 오겠다고 편지에 적혀 있었어요.

　　　오즈월드 등장.

공작부인이 오시는가?

리 어   이 하인 놈은 변덕스러운 주인마님의 치마폭에 숨어서 거만스럽게 콧대만 높구나. 눈에 거슬린다. 내 앞에서 썩 꺼져라, 이놈!

콘 월   폐하, 왜 이러십니까?

리 어   누가 내 시종에게 차꼬를 채웠느냐? 리건, 나는 네가 그랬다고는 믿고 싶지 않다. 누구냐, 지금 저기 오는 사람은?

　고네릴 등장.

오, 하늘이시여, 굽어살피소서. 이 노인을 어여삐 여기신다면, 이 세상을 온화하게 다스리는 당신의 뜻이 복종을 가상히 여기신다면 이 일을 당신 자신의 일로 여기시고 천사를 내려보내시어 제 편을 들어주소서. (고네릴에게) 너는 이 아비의 수염을 보고도 부끄럽지 않으냐? 오, 리건, 너는 저년의 손을 잡으려 하느냐?

고네릴 어째서 손을 잡으면 안 됩니까? 제가 뭐 잘못된 짓이라도 했나요? 망령이시군요. 당신 같은 늙은이가 그렇게 생각하고 말한다고 해서 이 모든 것이 무례한 짓이란 말입니까?

리 어 아직도 넌 지독히도 오만불손하구나! 그래도 버티겠단 말이냐? 어째서 내 하인에게 차꼬를 채웠느냐?

콘 월 제가 그랬습니다만, 저자의 난동을 생각하면 더 지독한 형벌을 가했어야 옳았습니다.

리 어 자네가! 자네가 그랬다고?

리 건 아버님, 아버님은 연세가 많아 허약해지셨어요. 진정하세요. 언니한테 가서 한 달 사시는 동안 시종을 반으로 줄이신 뒤에 제게 오세요. 저는 현재 집을 떠나 있는 몸이라 대접해드리려해도 일용할 양식이 없습니다.

리 어 네 언니 집으로 돌아가라구? 시종을 오십 명으로 줄이고 고네릴에게 되돌아가느니 차라리 공중에 있는 모든 것과 적이 되어 비바람을 뒤집어쓰는 편이 낫겠다. 차라리 이리와 올빼미의 벗이 되고, 가난의 괴로움을 맛보는 편이 낫겠다. 네 언니 집으로 돌아가라고! 성미가 급한 프랑스 왕은 재산도 물려받지 않은 내 막내딸을 아내로 맞이했지. 그의 옥좌 앞에 가 무릎을 꿇고 그의 기사로서 생활비를 얻어 이 초라한 생명을 유지하는 것이 차라리 낫겠다. 고네릴의 집에는 못 간다! (오즈월드를 가리키면서) 차라리 이 흉악한 놈의 노예나 말이 되라고 해라.

고네릴 좋을 대로 하세요.

리 어 애야, 나를 미치게 만들지 마라. 너를 더 이상 괴롭히지 않겠다. 잘 있거라. 두 번 다시 만나지 말자. 두 번 다시 서로 얼굴을 대하지 말자. 그러나 너는 여전히 나의 살이요 핏줄이요 나의 딸이다. 혹은 내 살 속에 박힌 병균인지도 모르지. 그러나 그것도 내 것이라 부를 수밖에 없는 것. 너는 내 피가 썩어 엉겨서 생긴 종기요 부스럼이요 부어오른 염증이다. 하지만 나는 너를 책망하지 않겠다. 어느 날이고 너에게 치욕이 내릴 터이니 지금 애써 그것을 불러들이고 싶진 않다. 나는 천둥 벼락에 부탁하여 너를 불태우라 하지도 않을뿐더러 숭고한 심판자 주피터 신에게 몰래 너를 일러바치지도 않으련다. 적당한 때 마음을 고쳐라. 틈이 있으면 착한 사람이 되도록 애써라. 나는 참아 나가련다. 리건, 너의 집에 머무르겠다. 나와 백 명의 기사 모두가.

리 건 그럴 순 없습니다. 아버님께서 오실 줄 전혀 예상도 못 했고 받들어 모실 만한 충분한 사전의 준비도 되어 있지 않습니다. 그러니 언니 의견에 귀를 기울여주세요. 어버님의 역정에 대해 이성을 가지고 생각하는 사람은, 아버님께서 연로하셔서 그러니 어쩔 수 없다고 생각할 겁니다. 그렇지만 언니는 자기가 해야 할 일을 잘 알고 있습니다.

리 어 그 말 진담이냐?

리 건 그렇습니다. 아니, 시종이 오십 명이라고요? 그만하면 되지 않습니까? 그 이상 무슨 소용이 있습니까? 정말 그래요. 그것도 많아요. 비용도 많이 들고 위험도 크지요. 한 집안에서 두 사람의 주인이 명령을 내리면 많은 사람들이 어떻게 평화롭게 지낼 수 있겠습니까? 어려운 일이죠. 불가능한 일입니다.

고네릴 동생의 하인이나 저희 집 시종들이 아버님을 돌봐드리면 안 될 건 없잖아요?

리 건 왜 안 되겠어요? 만약 저희 집 하인이 아버님을 소홀히 모시면 제가 호되게 다스리겠어요. 그러니 부탁이에요, 저희 집에 오시려면 ─ 그런 위험성이 보이는데 ─ 제발 시종을 스물다섯 명만 데려오세요. 그 이상 오게 되면 방도 없고 돌봐줄 수도 없어요.

리 어 너에게 나의 모든 것을 다 주었는데…….

리 건 적당한 시기에 다 주신 거지요.

리 어 너희들을 후견인으로 하여 내 재산을 관리하게 하는 대신 나는 시종 백 명을 거느린다는 단서를 붙였다. 그런데 너희 집에 오려면 시종을 스물다섯 명만 데려오라니, 어림도 없는 소리다.

리건, 네가 정말 그렇게 말한 거냐?

리 건 거듭 말씀드립니다만, 그 이상은 곤란합니다.

리 어 악한 자 옆에 더 흉악한 자가 있으면, 그 악한 자가 제법 선하게 보일 수도 있지. (고네릴에게) 최악의 상태가 아니니 넌 약간의 칭찬을 받을 만하다. 너와 함께 가겠다. 너는 오십 명이라고 말했으니 스물다섯 명의 두 배가 아니냐. 너의 효심은 네 동생의 두 배인 셈이다.

고네릴 잠깐 기다리세요. 아버님의 시종이 스물다섯 명이든 열 명이든 한 명이든 무슨 상관이에요? 집에서 갑절이나 더 많은 시종들이 뒤를 돌봐드리고 있는데요.

리 건 한 사람인들 어때요?

리 어 필요하고 안 하고의 토론은 쓸데없다. 찢어지게 가난한 거지들도 형편없는 물건이나마 넉넉하게 갖고 있는 것이 있어. 사람이 기본적으로 필요한 것 이상을 가질 수 없다면, 인간이 짐승과 다를 게 뭐가 있겠느냐? 너는 귀부인이야. 만약 따뜻한 옷을 입는 것이 사치라면, 네가 입고 있는 따뜻하지도 않을 그 사치스러운 옷이 인간에게 왜 필요하겠느냐? 그러나 정말 필요한 것이 있다. 하늘이여, 인내를 주소서. 제겐 인내가 필요합니다! 제신들이여, 여기 서 있는 불쌍한 늙은이를 보십시오. 가슴에 슬픔이 맺히고, 나이가 찰 대로 차서 어느 모로 보나 불행한 인간입니다! 이 딸들의 마음을 충동질하여 아버지를 배반하도록 만든 것이 당신의 뜻이라면 이건 저를 너무 우롱하는 짓입니다. 이 일을 가만히 보고 참도록 내버려두지 마소서. 의분이 샘솟도록 해주소서. 여인의 무기인 눈물이 남자의 얼굴을 더럽히지 않도록 해주소서! 아니, 이 짐승 같은 년들아, 너희 둘에게 무서운 복수를 하겠다. 그렇게 함으로써 온 세상이 다…… 그렇지, 나는 반드시 복수를 하고야 말 테다. …… 하지만 어떻게 복수를 할 것인지는 아직 나도 알 수 없다. 너희들이 이 세상의 위험인물임을 만천하에 알리겠다. 너희들은 내가 눈물을 흘릴 거라고 생각하겠지만 나는 울지 않을 것이다…… 아니, 나는 절대로 울지 않겠다. 울 만한 이유는 충분히 있지만 (멀리서 폭풍우 소리 들린다) 이 심장이 천 갈래 만 갈래로 찢기기 전에는 울지 않으련다. 아, 바보광대야! 나는 미칠 것만 같구나. (리어, 글로스터, 켄트 그리고 광대 퇴장)

콘 월   안으로 들어갑시다. 폭풍우가 일 것 같소.

리 건   이 집은 좁아서 저 노인과 그 시종들이 함께 머물 수가 없어요.

고네릴   늙은 망령 탓이야. 스스로 편안한 자리를 박찼으니, 어리석은 소행이 어떤 것인지 맛 좀 보셔야 해.

리 건   아버지 한 분이라면 기꺼이 환영하겠지만, 단 한 명이라도 시종이 따르면 안 돼요.

고네릴   나도 마찬가지야. 글로스터 백작은 어디 계시지?

콘 월   노인을 쫓아갔어. 아, 저기 돌아오는군.

글로스터 다시 등장.

글로스터 국왕께서는 화가 머리끝까지 치미셨습니다.

콘 월 어디로 가신다던가요?

글로스터 말을 대령하라고 호통을 치시는데, 어디로 가실는지 모르겠습니다.

콘 월 하고 싶은 대로 하시라고 내버려둡시다. 당신 고집대로 하시는 분이니까.

고네릴 백작, 절대 말리지 마세요.

글로스터 아아! 밤이 내립니다. 모진 바람이 일고 있어요. 이 근처 수 마일 내에는 숲 하나 없는데.

리 건 하지만 백작, 옹고집쟁이에게는 스스로 맞아들인 고통이 훌륭한 스승이 될 수 있어요. 문단속 잘하세요. 늙은이의 시종들이 죽기 살기로 사납게 으르렁대고 있으니. 늙은이를 선동해서 어떤 짓을 할지 몰라요. 조심하세요. 나쁜 말에 항상 귀가 솔깃해지시는 분이니.

콘 월 백작, 문을 단단히 잠그시오. 무서운 밤이외다. 리건의 충고가 옳아요. 폭풍우를 피합시다. (일동 퇴장)

제3막

제1장 황량한 들판

폭풍우, 번개, 천둥. 켄트와 코델리아의 시종이 양쪽에서 등장, 서로 만난다.

켄 트 거, 누구요? 폭풍우밖에 없는 줄 알았는데.

시 종 비바람처럼 마음이 어수선해서 불안해하는 사람이오.

켄 트 내가 알 만한 사람이군. 국왕께서는 어디 계시오?

시 종 사나운 비바람과 힘을 겨루고 계십니다. 땅덩이가 바닷속으로 꺼지라고 바람에 명령하고 계십니다. 또 때로는, 몰아치는 파도가 육지로 밀려와서 천지를 거꾸로 뒤엎든지 아니면 없애버리라고 고함을 치고 계십니다. 백발을 움켜잡고 쥐어뜯고 계십니다만, 성급한 폭풍우는 미친 듯이 그분의 백발을 희롱하고 있습니다. 인간이라는 작은 몸뚱어리 하나 믿고, 부딪치고 흩어지는 비바람을 깡그리 무시하고 계시죠. 새끼에게 젖을 먹인 허기진 곰도 굴속에 숨고, 사자도, 뱃속이 텅 빈 이리도 털에 비를 맞고 싶지 않는 이밤에 국왕께서는 모자도 쓰지 않고 밖으로 뛰쳐나가셔서 될 대로 되라는 듯 아우성을 치십니다.

켄 트 하지만 시종들이 함께 있겠죠?

시 종 광대뿐입니다. 심장이 찢어지는 국왕의 아픔을 그 바보는 익살로써 해소시키려고 애쓰고 있습니다.

켄 트 당신의 인품을 알고 있는 나는 당신을 믿고 한 가지 중대사를 부탁할까 합니다. 알바니 공작과 콘월 공작은 겉으로는 반죽이 잘 맞는 듯하지만, 서로 사이가 좋지 않아요. 이 두 공작에게는, 겉으로 신하인 체하면서 실제로는 프랑스의 첩자가 되어 이 나라 기밀을 낱낱이 보고하는 자들이 있어요. 그자들은 왕위에 올랐거나 높은 지위에 오른 자들에게 붙어 다니는 작자들이죠. 이 두 공작에게도 예외는 아닙니다. 그래서 그들은 이 두 공작의 불화와 음모, 착하신 노왕에 대한 무자비한 학대 등 겉도는 사실뿐만 아니라 속에 파묻힌 무서운 비밀까지도 모조리 정탐해서 누출합니다. 여하튼 조만간 프랑스 군대가 쳐들어와 분열된 이 나라를 덮칠 것은 확실하오. 우리들의 태만을 이용해서 상륙하기 좋은 항구에 몰래 밀려와 순식간에 이 나라에 선전포고의 깃발을 치켜들 기세입니다. 그래서 부탁인데, 내 말을 믿으시고 급히 도버까지 가서 왕께서 불만이 이만저만이 아니시고, 딸들 때문에 겪는 슬픔으로 거의 미칠 지경이시라는 사실을 전하기만 하면 깊이 사례해줄 사람이 나타날 겁니다. 이렇게 말하고 있는 나도, 집안 좋고 교육도 제대로 받은 사람올시다. 다소 정보도 얻고 확인도 해보았기에 이 역할을 당신에게 부탁하는 것입니다.

시 종 이 문제에 대해서는 좀 더 의논해봅시다.

켄 트   그럴 필요는 없습니다. 내가 겉보기와는 다르다는 증거로 이 지갑을 드리겠소. 그 지갑을 열고 속에 든 것을 잘 보관하시오. 당신이 코델리아 공주를 만났을 때 — 꼭 만나게 될 것입니다만 — 이 반지를 보여드리면, 즉시 내가 누구인지를 공주님이 얘기해주실 겁니다. 아아, 폭풍우는 왜 이리 사나운가! 나는 국왕을 찾으러 가야겠소.

시 종   악수나 합시다. 또 할 말은 없나요?

켄 트   한마디만 더 덧붙이겠소. 아주 중요한 얘기요. 당신은 저쪽으로, 나는 이쪽으로 가서 찾기로 하는데, 누구든 먼저 국왕을 발견한 사람이 큰소리로 서로에게 신호를 합시다. (두 사람 따로따로 퇴장)

제2장 들판의 다른 쪽

폭풍우 계속, 리어 왕과 광대 등장.

리 어   바람아, 불어라, 너의 뺨이 터지도록! 세차게! 불어라! 너 폭풍우여, 쏟아져라. 너희는 물길을 내뿜어 뾰족탑을 물에 적시고, 탑 위의 바람개비를 물속에 잠기게 하라! 천둥의 뜻을 전하는 유황 불이여, 참나무를 쪼개는 벼락의 선구자인 번개여, 너희는 이 백발을 태워라! 천지를 진동시키는 천둥이여, 이 세상 모든 아기 가진 여자들의 둥근 배를 쳐 납작하게 하라! 창조의 모태를 부숴라! 은혜도 모르는 인간을 태어나게 하는 모든 종자들을 없애버려라!

광 대 아저씨, 방 안에서 비 안 맞고 아첨하는 것이 들판에서 비 맞는 것보다 나아요. 아저씨, 돌아갑시다. 딸년들의 신세를 집시다요. 칠흑같이 캄캄한 이런 밤에는 현명한 사람도 바보 같은 사람도 알아보지 못한다고요.

리 어 실컷 으르렁거려라! 불꽃을 토하라! 비야 쏟아져라! 비도, 바람도, 천둥도, 번개도 내 딸이 아니다. 나는 너희들을 불친절하다고 해서 비난하지는 않겠다. 너희들에게는 내 왕국을 양도하지도 않았고 너희들을 내 딸이라고 부르지도 않았으니, 너희는 나에게 복종할 의무를 지고 있지 않다. 그러니 너희들 멋대로 해도 나는 아무 할 말이 없다. 나는 너희들의 노예가 되어 여기 서 있다. 불쌍하고 가냘프고 허약하고 멸시받는 늙은 몸이 되어 여기 이렇게 서 있다. 그러나 너희가 흉악한 두 딸년의 편이 되어 이 늙은이의 백발을 목표로 천군만마를 이끌고 공격을 가해오니, 나는 너희를 비굴한 사신들이라고 부르겠다. 아! 아! 정말로 원망스럽구나!

광 대 머리를 처박을 수 있는, 한 칸의 집이 있는 사람은 현명하죠.

머리 처박을 집도 없는데
불알 넣을 바지가 있다면

머리나 불알에 이가 뀐다오.

이렇게 거지들은 장가가는데,

마음속에 다져둘 단단한 것을

발가락에 붙이고 다닌다면은

발가락에 알이 배어 아파서 울며

뜬눈으로 긴 밤을 세워야 하네.

아무리 기가 막힌 미인이라도 거울 앞에서는 입을 삐죽거린답
니다.

리 어 (자신에게 타이르듯이) 안 된다, 안 돼. 나는 모든 인내의 모범이 되
어야 한다. 아무 말 말자.

　켄트 등장.

켄 트 게 누구냐?

광 대 왕관과 바지가 있어요. 현명한 사람과 바보가 있다는 말이야.

켄 트 아! 여기 계셨군요? 아무리 밤을 좋아하는 동물이라도 이 같은
밤은 싫어할 겁니다. 험악한 날씨 때문에, 캄캄한 밤을 어슬렁
거리는 짐승들마저 동굴 속에 숨어버릴 겁니다. 이토록 굉장한
번개며, 이토록 무서운 천둥, 이토록 끔찍하게 으르렁거리는 비
바람의 신음 소리는 이 나이 이때까지 겪어보지 못했습니다. 이
토록 무섭고 괴로운 일을 겪으면 인간의 체력도 별도리가 없을
겁니다.

리 어   이토록 무서운 혼란을 우리 머리 위에 펼치는 천상의 신들이라
면 즉시 그들의 적수를 찾아내라. 악독한 자들이여, 두려움을
알라. 가슴속 깊숙이 숨겨 둔 죄상이 있으면서도 아직 정의의
채찍을 받지 않은 죄인들이여, 숨으라. 너 살인자여, 거짓 증언
을 한 자여, 간음을 범하고도 덕행을 가장하는 자여, 모두 숨으
라. 남의 눈을 속이고 교묘하게 사기 치는 놈들, 사람의 목숨을
노리는 악한들, 구석구석까지 온몸을 떨라. 마음속 깊숙이 감춰
둔 죄악이여, 너를 감추고 있는 뚜껑을 활짝 열고 무서운 심판
자의 자비를 빌어라. 내가 죄를 지은 것이 아니라, 남들이 나에
게 죄를 씌웠다.

켄 트   아, 왕관도 안 쓰시고 맨 머리로! 폐하, 바로 이 근처에 오두막
이 있습니다. 다행히 폭풍우를 피하도록 피난처가 되었습니다.
여기서 잠시 쉬고 계십시오. 그동안 저는 쌀쌀맞은 그 집에 가
보겠습니다. 돌보다도 더 싸늘하고 매정한 집이죠. 얼마 전에도
폐하의 행선지를 알기 위해 그 집을 찾아갔습니다만, 그 사람들
은 저를 집 안에 들이지도 않았습니다. 여하튼 그 집으로 다시
돌아가서 억지로라도 부족한 예절이나마 다하도록 종용해보겠
습니다.

리 어   내 머리가 돌기 시작하나 보다. (바보광대에게) 이봐, 애야, 넌 어
떠냐? 추우냐? 나도 춥다. (켄트에게) 여보게, 지푸라기는 어디
있는가? 필수품을 만들어내는 일은 참 신기한 일이다. 더러운
물건으로 귀중품을 만들어내니 말이야. 자네 오두막으로 가자.

불쌍한 바보광대 녀석아, 나는 네가 가여워 죽겠다.

광 대 (노래한다)

어리숙하고 지혜 없는 놈아,
바람 부는 날이나 비 오는 날이나
모두 팔자소관으로 체념하라,
허구한 날 매일같이 비가 온다 해도.

리 어 맞다, 맞아. 얘야, 오두막으로 안내해라. (리어와 켄트 퇴장)
광 대 창부의 정욕도 식힐 수 있는 좋은 밤이다. 가기 전에 예언이나
하나 해두자.

신부의 말이 행동보다 앞설 때
술장수가 누룩에 물을 섞을 때
귀족이 재봉사의 선생이 될 때
이교도는 살려두고 기생서방 죽일 때
재판하는 사건마다 옳다고 판정날 때
빚진 기사 없고 가난한 기사 없을 때
악담이 사람 혀끝에 오르지 않을 때
소매치기가 군중 속에 끼지 않을 때
고리대금하는 자가 들에서 돈을 셀 때
뚜쟁이 갈보들이 예배당을 세울 때

그때가 되면 앨비언(영국의 옛 이름-역자 주) 왕국에

큰 소동이 일어날 것이다.

그때까지 살아서 보게 된다면

발로 걷는 시기가 닥쳐오리라.

멀린은 이 같은 예언을 할 것이다. 나는 그보다 한 시대 더 먼저

산 사람이니까. (퇴장)

제3장 글로스터의 성 안, 어느 방

글로스터와 등불을 든 에드먼드 등장.

글로스터   아, 아아! 에드먼드야, 나는 이토록 몰상식한 소행을 견딜 수

없구나. 국왕을 가엾게 여겨 도와드리려고 허가를 청했더니, 공

작 내외께서는 나 자신의 저택도 쓰지 못하게 했을 뿐 아니라,

국왕의 소문을 낸다든지 국왕을 위한 탄원을 한다든지 어떤 방

법으로든 국왕을 도와주기만 하면 나와 영원히 절교할 것이라

고 내게 경고하시는구나.

에드먼드   이런 극악무도한 일이!

글로스터   참아라, 넌 아무 말도 마라. 두 공작은 서로 사이가 나빠. 뿐만

아니라 이보다 더 불행한 일이 있다. 오늘 밤 나는 밀서를 받았

다. 입 밖에 내면 위험해. 그 편지를 장롱 속에 넣고 자물쇠로 잠가두었다. 현재 국왕이 겪으시는 고난에 대해서는 철저히 복수가 이뤄질 것이다. 군사들의 일부가 이미 이 땅에 상륙하였다. 우린 국왕 폐하의 편에 서지 않으면 안 돼. 국왕을 찾아서 은밀히 그분을 구조할 테니, 너는 공작에게 가서 그의 말 상대를 하고 있거라. 그러면 국왕에 대한 나의 호의는 감쪽같이 숨길 수 있을 것이다. 만약 그분이 내 소식을 묻거들랑 몸이 아파서 자리에 누웠다고 말해라. 이 일로 인해 목숨이 위태롭긴 하겠지만, 만약의 경우 내가 목숨을 잃게 되더라도 오랜 세월 동안 내가 섬기던 폐하만은 구제되어야 한다. 에드먼드, 이변이 일어날지도 모르니 몸조심해라. (글로스터 퇴장)

에드먼드 아버지가 해서는 안되는 이 충성스러운 일을 공작은 곧 알게 될 것이며, 그 편지에 대해서도 곧 알려질 것이다. 이것은 상당한 공로가 될 것이다. 아버지가 잃게 되는 모든 재산을 내가 차지해야지. 노인이 쓰러질 때 젊은이는 일어나는 법이거든. (에드먼드 퇴장)

제4장 황량한 들판, 오두막 앞

리어, 켄트, 광대 등장.

켄 트 여깁니다. 안으로 들어오십시오. 캄캄한 밤에 들판에서 폭풍우를 만난다는 것은 사람으로서는 견디기 힘든 일입니다. (폭풍우 소리 여전히 들린다)

리 어 혼자 내버려두라.

켄 트 제발 안으로 들어오십시오.

리 어 내 가슴을 찢어놓을 셈이냐?

켄 트 차라리 제 가슴을 찢고 싶습니다. 제발 안으로 들어오십시오.

리 어 이토록 몰아치는 폭풍우에 흠뻑 젖는 것을 너는 대단한 일로 생각하는구나. 너에게는 그럴 수도 있겠지. 그러나 큰 번뇌에 사로잡혀 있을 땐 사소한 고뇌쯤은 느낄 수 없는 법이야. 곰을 피하고 싶어도 도망갈 길이 험한 바다밖에 없을 때는 곰과 정면으로 대결할 수밖에 없지. 마음속에 괴로움이 없어야 육체의 아픔을 쉽게 느낄 수 있는 법. 이 마음속에는 거센 폭풍이 불고 있기 때문에 심장의 고동소리 외의 다른 모든 감각은 육체에서 사라져버렸다. 불효막심한 배신! 그것은 음식을 날라다 준 손을 입이 깨물어버리는 것과 같은 일이 아닌가? 철저하게 벌을 주고야 말 테다. 아니 이젠 눈물을 흘리지 않겠다. 이같이 캄캄한 밤에 나를 들판으로 내쫓다니! 억수같이 퍼붓는 빗속에서도 나는 참

아낼 것이다. 이런 밤에도! 오, 리건, 고네릴! 나이 많고 자애로
운 아비를 ─ 아낌없이 모든 것을 양도해주었건만. 아아, 이런
생각을 하고 있으니 미칠 것 같구나. 그 생각은 말자. 그런 생각
은 그만하자.

켄 트 제발 이리로 들어가십시오.

리 어 너나 들어가라. 너 자신이나 편하게 지내라. 이 폭풍우가 없었
으면 여러 가지 일을 생각하느라 내 가슴이 더 찢어졌을 텐데,
더 이상 다른 일은 생각지 못하게 해주는구나. 그러나 나도 들
어가겠다. (바보광대에게) 애야, 안으로 먼저 들어가거라. 집도 없
는 가난뱅이…… 안으로 들어가거라 나는 기도를 올리고 나서
자겠다. (바보광대, 안으로 들어간다) 가난하고 헐벗은 딱한 사람들
아, 너희들이 어디에 있든 이 몰인정한 폭풍우를 맞으면서도 머
리 하나 누일 곳 없이, 굶주린 배를 졸라매고 구멍이 숭숭 뚫린
누더기를 걸친 채 그대로 밤낮없이 견디려는가? 나는 그동안 이
런 일에 주의를 기울이지 않았지! 영화를 누리는 자들아, 이 일
을 약으로 삼으라. 비바람에 몸을 드러내고 가난한 자의 비통함
을 깨달아라. 남은 것이 있거든 이들에게 나눠주어라. 그리하여
하느님의 공평함을 보여주어라.

에드거 (안에서) 물이 한 길 반이야, 한 길 반! 불쌍한 톰!

광대, 오두막에서 뛰쳐나온다.

광 대 들어가지 마세요, 아저씨. 도깨비예요. 사람 살려라, 사람 살려!

켄 트 내가 도와주지. 그 안에 누가 있느냐?

광 대 도깨비야, 도깨비. 자기 이름이 불쌍한 톰이래.

켄 트 짚자리 속에 숨어 중얼대고 있는 자가 누구냐? 이리 나오너라.

　　　미친 사람으로 변장한 에드거, 밖으로 나온다.

에드거 썩 꺼져라! 악마가 나의 뒤를 쫓아온다! 가시 돋친 아가위 가시
덤불 사이로 차가운 바람이 분다. 홍, 악마 놈. 차가운 잠자리로
가서 네놈의 몸이나 녹여라.

리 어 자네도 두 딸들에게 모든 것을 양도했는가? 그래서 이 모양 이
꼴이 되었는가?

에드거 불쌍한 톰에게 누가 뭘 주겠어요? 그 더러운 악마는 톰을 이불
속으로, 불꽃 속으로, 냇물 속으로, 늪 속으로, 여울 속으로, 수
렁 속으로 이리저리 마구 끌고 다녀요. 그리고 그놈은 베개 밑
에 단도를 넣어두고, 의자에는 목매달아 죽이는 밧줄을 걸어놓
고, 죽 그릇 옆에는 쥐약을 늘어놓고, 교만한 마음으로 비틀거
리는 다갈색 말을 타고 사 인치밖에 안 되는 다리를 건너가게
하고, 제 그림자를 반역자라고 쫓아가게 했어요. 당신의 다섯
가지 지혜가 건전하길 빌겠어요. 톰은 추워요. 덜, 덜, 덜. 회오
리바람, 별의 저주, 귀신의 홀림으로부터 저만은 신의 축복을
받아 벗어나게 해주소서! 악마에게 사로잡혀 있는 불쌍한 톰에
게 적선하세요. 이번만은 그놈을 붙잡을 수 있었는데. 저기, 또
저기, 그리고 저기서. (폭풍우 계속)

리 어 뭐야! 저 사람도 제 딸년 때문에 저 지경이 되었다고? 당신은 아무것도 남겨둔 게 없소? 몽땅 줘버렸소?

광 대 천만에, 담요 한 장 남겼죠. 그것조차 없었으면 혼났게요?

리 어 머리 위를 떠돌고 있는 모든 재앙이여! 너희들은 과오를 저지른 인간에게 떨어질 운명이니, 네 딸년들 머리 위에나 떨어져라!

켄 트 저 사람에게는 딸이 없습니다.

리 어 (켄트에게) 뒈져라, 배신자여! 불효한 딸 때문이 아니라면 인간이 어떻게 저토록 처참한 꼴이 될 수 있겠느냐? (에드거를 보면서) 자식에게 버림받은 아비들이 이같이 헐벗은 몸으로 학대받는 것이 요즘 유행인가? 제대로 형벌을 받고 있는 셈이다! 아비의 피를 빨아먹는 펠리컨 같은 딸들을 낳은 몸뚱어리니.

에드거 필리콕(펠리컨)이 필리콕 산에 앉았구나. (매를 부르듯) 허이, 허이, 어어이, 어어이!

광 대 이토록 추운 밤에는 너나 할 것 없이 모두 바보가 되지 않으면 미쳐버리지.

에드거 악마 놈을 조심하세요. 양친에게 복종하세요. 약속을 반드시 지키세요. 맹세를 하지 마세요. 유부녀와 간통하지 마세요. 애인을 옷 치장에 정신 팔리게 하지 마세요. 톰은 추워요.

리 어 자네는 그동안 무엇을 하며 살아왔나?

에드거 가슴과 마음이 교만으로 가득 찬 여주인을 모시고 살았죠. 머리를 지지고 볶고 모자에 장갑을 붙이고, 마나님의 욕망을 담뿍 채워줬답니다. 여주인과 엉큼한 짓도 했죠. 입에서 나오는 대로 맹세를 하고, 하느님 앞에서 그 맹세를 깨뜨리기도 했어요. 자기 전에 여자를 집어삼킬 궁리를 하고, 깨어나서는 세운 계획을 실행했지요. 술을 퍽 좋아했습니다. 노름도 즐겼구요. 여자에 관한 한, 수많은 궁녀를 거느린 터키 왕에 지지 않았습니다. 마음은 거짓되고, 귀는 여리고, 손은 잔인해서 피투성이고, 돼지처럼 게으르고, 여우처럼 약고, 이리처럼 욕심 많고, 미치면 개 같고, 물어뜯는 일은 사자 같았습니다. 구두 삐걱거리는 소리와 비단옷 살랑거리는 소리에 반해 여자에게 정신이 팔려서는 안 되죠. 창녀들의 집에는 발을 들여놓지 말 것이며, 허리춤 사이로, 속옷 안으로 손을 넣지 말 것이며, 빚쟁이 장부에 당신의 이름을 올리지 마세요. 그러고는 흉악한 악마에게 도전하세요. 아가위 덤불 사이로 찬바람이 불고 있군요. 바람이 쏴아, 쏴아, 헤이, 노, 노니. 돌고래 같은 아이야, 이봐, 얘야, 그 사람은 통과시켜. (폭풍우 여전하다)

리 어 너는 알몸으로 이 추운 날 비바람에 씻기고 있느니 차라리 무덤 속에 있는 게 낫겠다. 명색이 인간인데 이보다는 나아야 하지 않겠냐? 저 사람을 보아라. 너는 누에로부터 비단도, 짐승에서 가죽도, 양에서 깃털도, 고양이로부터 사향도 얻지 못했구나. 허허, 여기 있는 세 사람은 모두 가장을 하느라 옷을 입었는데, 너는 태어날 때의 모습 그대로구나. 옷을 입지 않으면 인간은 모두 너처럼 두 발 달린 벌거벗은 짐승에 지나지 않는다. 벗어버리자. 이따위 빌려온 옷들은 벗어버리자. 여봐라, 이 단추

를 풀어다오. (리어, 옷을 찢는다)

광 대 제발 빌어요, 아저씨. 진정하세요. 오늘 밤은 수영할 만한 날씨가 못 된다구요. 이 황량한 들판, 띄엄띄엄 있는 등불은 마치 음탕한 늙은이의 정열 정도라 그 작은 불꽃이 한번 확 타올랐다 해도 그 때뿐이지 그 이후에는 온몸이 싸늘해지죠. 보세요, 불덩이 하나가 걸어오고 있네요.

　　　　글로스터가 횃불을 들고 등장.

에드거 저것이 흉측한 악귀 플리버티지베트로구나. 저놈은 저녁 종 칠 때 나타나서 첫닭 울 때까지 쏘다니죠. 거미줄과 핀으로 눈을 사팔뜨기로 만들고, 입은 언챙이가 되지. 흰 밀에 곰팡이를 슬 게 하고, 땅속의 벌레를 못 살게 구는 것도 이놈의 짓이야.

　　　　성인 위솔드가 들판을
　　　　세 바퀴 돌다가
　　　　아홉 마리 부하 가진 가위귀신 만났다오.
　　　　귀신더러 내려오라 말했죠.
　　　　못된 짓 하지 마라 했죠.
　　　　마녀야, 가거라, 가거라, 없어져라!

켄 트 폐하, 좀 어떠십니까?

리 어 저놈은 누구냐?

켄 트 (글로스터에게) 게 누구요? 누굴 찾고 있소?

글로스터 거기 있는 사람은 누구냐? 이름을 대라!

에드거 불쌍한 톰이에요. 헤엄치는 개구리, 두꺼비, 올챙이, 도마뱀, 물에 사는 도룡뇽을 먹고 살죠. 악마가 지랄하면, 화가 나서 야채 대신 쇠똥을 먹고, 죽은 쥐나 개천에 버린 개를 마구 삼킨답니다. 구정물 고인 연못의 파란 이끼를 통째로 마시고, 매를 맞으며 이 마을 저 마을로 끌려다니면서 발고랑을 차기도 하고 감옥에 갇히기도 하는 놈인데, 웃옷 세 벌에 셔츠 여섯 장, 말도 타고 칼도 찬 놈이지만,

그러나 지난 일곱 해 동안
생쥐나 작은 짐승들이
톰이 먹고 사는 음식이었죠.

내 뒤를 밟는 자들은 조심해야 돼. 닥쳐라, 악마 스멀킨아. 닥쳐라, 이 악마야!

글로스터 폐하, 이따위 졸개들밖에 거느리지 않으셨습니까?

에드거 암흑 천지의 왕은 신사입니다. 그의 이름은 모도죠. 마후라고도 한답니다.

글로스터 폐하, 혈육을 타고난 우리 아이들까지 몹시 악독해져 자기들을 낳아 준 부모들까지 증오한답니다.

에드거 불쌍한 톰은 추워요.

글로스터 자, 제가 안내하죠. 전 폐하의 신하 된 몸으로서, 따님들의 혹
독한 명령을 받아들일 수 없습니다. 성문을 닫고, 폭풍이 휘몰
아치는 이 밤에 폐하께서 시련을 겪으시도록 내버려두라는 따
님의 엄명이었지만, 저는 그 분부에 거역하여 폐하를 찾아내어
불이 있고 식사가 준비되어 있는 곳으로 안내하렵니다.

리 어 그전에 철학자와 얘기를 나누고 싶다. 천둥의 원인은 무엇이
냐?

켄 트 폐하, 저분의 권유대로 안으로 들어가시지요.

리 어 나는 아까 말한 이 테베의 학자와 얘기를 나누고 싶다. 네가 연
구하고 있는 것은 무엇이냐?

에드거 악마에게 선수를 쳐서 곁에 얼씬도 못 하게 하는 일이죠. 또 빈
대를 죽이는 일도 하구요.

리 어 한 가지만 더 은밀히 묻고 싶다.

켄 트 (글로스터에게) 한 번만 더 권해보십시오, 폐하의 정신이 좀 이상
해지기 시작한 모양입니다.

글로스터 정신이 나가신들 누가 비난하겠소? (폭풍이 계속된다.) 딸들은
노왕을 죽이려 했습니다. 아, 착한 켄트! 가엾게도 추방당했지!
그는 이미 그런 사태를 짐작하고 있었어요. 당신은 국왕께서 실
성하실 것 같다고 말했는데, 실은 나도 미칠 지경이라오. 내겐
아들이 하나 있어요. 지금은 내 핏줄에서 떨어져 나갔지만, 그
놈이 글쎄 내 목숨을 노렸지 뭐요. 바로 얼마 전에 말이오. 그런
데 나는 그 애를 퍽 사랑했어요. 어느 아버지도 나만큼 아들을

위하지 않았을 겁니다. 당신에게 실토하지만, 나는 이 슬픔 때문에 미칠 것만 같소. 정말 끔찍한 밤이로군! 폐하, 제발……

리 어 아, 용서하시오, 철학자 선생. 함께 갑시다.

에드거 톰은 추워요.

글로스터 다들 안으로 들어갑시다. 오두막 안에서 몸을 녹입시다.

리 어 모두 함께 들어가자.

켄 트 이쪽입니다.

리 어 저 사람, 철학자 선생과 함께 있고 싶다.

켄 트 (글로스터에게) 백작님, 폐하 말씀대로 하십시오. 저 사람도 데려가도록 하십시다.

글로스터 당신이 데려가시오.

켄 트 (에드거에게) 이봐, 따라오너라. (일동에게) 함께 갑시다.

리 어 갑시다, 아테네에서 오신 선생.

글로스터 조용히, 조용히 하십시오. 쉬잇.

에드거 (노래한다)

캄캄한 성에 다다르니
그의 외침은 여전하더라.
'흥, 헝, 흥,
영국인의 피 냄새가 난다.' (일동 퇴장)

제5장 글로스터의 성 안, 어느 방

콘월과 에드먼드 등장.

콘 월 이 집을 떠나기 전에 나는 반드시 복수를 하고야 말 테다.

에드먼드 부자간의 천륜을 어기면서까지 공작님께 충성을 다했다는 소
문이 날 텐데, 그 생각을 하니 전 두려워집니다.

콘 월 이제야 알겠다. 네 형이 백작을 죽이려고 한 것은 네 형의 마음
이 악해서가 아니라, 네 아버지 자신에게 비난받을 만한 충분한
약점이 있었기 때문이었구나. 그것이 다른 이로 하여금 살의를
일으키게 한 거지.

에드먼드 옳은 일을 하면서도 후회해야 하다니, 제 운명도 참 고약하군
요! (편지를 꺼내면서) 이것이 아버지께서 말씀하시던 그 밀서올시
다. 이것으로 인해 아버지가 프랑스군을 위해 일한 첩자였음이
드러났습니다. 아, 신이시여! 이런 반역도 없고, 그 탐지자도 제
가 아니었다면 얼마나 좋았겠습니까!

콘 월 나와 함께 공작부인에게 가자.

에드먼드 이 편지 내용이 사실이라면 공작님 신변에도 심상치 않은 일
이 닥쳐올 테니 조심하십시오.

콘 월 사실 여부는 고사하고, 이 사건으로 해서 너는 글로스터 백작이
되었다. 네 아버지의 행방을 찾아라, 곧 체포할 수 있도록.

에드먼드 (방백) 아버지가 국왕을 돕고 있는 현장이 발각되면 이 혐의는

더욱 확고해질 것이다. (콘월에게) 비록 충성과 효성 사이의 충돌이 괴롭다 할지라도 저는 끝까지 충성의 길을 걷겠습니다.

콘 월 너를 믿겠다. 네 아버지에게보다 더 큰 사랑을 너에게 쏟겠다.

(두 사람 퇴장)

제6장 성 부근에 있는 농가의 방

글로스터, 켄트 등장.

글로스터 들판보다는 이곳이 한결 나으니 다행으로 생각하세요. 국왕 폐하를 편하게 모시기 위해서라면 제 몸을 아끼지 않겠습니다. 곧 돌아오겠습니다.

켄 트 국왕의 모든 분별력은 극도에 달한 분노와 함께 사라지고 말았습니다. 백작님의 친절에 대해서는 깊이 감사드립니다. (글로스터 퇴장)

에드거 악마 프라테레토가 나를 부르고 있다. 그의 말을 들어보니 황제 네로가 지옥의 호수에서 낚시질을 하고 있는 모양이다. (바보광대에게) 너는 착한 사람이지? 악마가 붙지 않도록 조심해라.

광 대 아저씨, 미친 사람은 귀족인가요, 서민인가요?

리 어 왕이다, 왕!

광 대 아냐, 귀족 아들 가진 사람은 서민이야. 왜냐하면 자기보다 앞서 아들을 귀족으로 만든 사람은 미친 서민이니까.

리 어 수천의 악마들이 벌겋게 단 쇠꼬챙이를 가지고 쉿쉿 소리를 내며 그년들한테 덤벼들기라도 했으면…….

에드거 악마가 내 등을 깨물었다.

광 대 이리의 온순함을 믿고, 말의 건강을 믿고, 풋내기 녀석의 끈질긴 사랑을 믿고, 갈보의 맹세를 믿는 사람은 미친놈이야.

리 어 그렇게 하고야 말겠다. 곧 그년들을 법정에 호출할 테다. (에드거에게) 박식한 재판장님, 여기 앉으시오 (바보광대에게) 현명하신 당신은 이리로 앉으시오. 요 암여우들아! 너희들은 여기 앉아라.

에드거 보세요, 저놈이 서서 노려보네요! 부인, 재판을 하는데 방청인이 필요하다구요? 강을 건너오너라, 미친 베시. 내게 오너라…….

광 대 (노래한다)

그녀의 배(船)는 새는구나.
그녀가 그대에게
다가가지 못하는 이유를
그녀는 말하지 못하네.

에드거 흉악한 악마가 꾀꼬리 소리 되어 불쌍한 톰에게 붙어 다닌다. 악마 홉댄스는 톰의 뱃속에서 성한 연어 두 마리만 달라고 아우성입니다. 악귀야, 찡찡대지 마라. 너에게 줄 음식은 없다.

켄 트 어떠십니까, 폐하? 그렇게 놀라 서 계시지 말고 잠시 자리에 누워 쉬지 않으시렵니까?

리 어 우선 저년들의 재판부터 봐야겠다. 그년들의 증인을 불러라. (에드거에게) 법관복을 입으신 재판관님, 착석해주십시오. (바보광대에게) 너는 배석 재판관이니 그 옆 의자에 착석하라. (켄트에게) 너는 재판위원의 한 사람이니 거기 앉아라.

에드거 공평하게 재판을 하자.

유쾌한 양치기야, 자느냐, 깼느냐?

너의 양떼는 풀밭에 있다.

입을 오므리고 피리를 불라,

양떼에게 해로울 것 없을 테니.

야옹! 고양이는 회색이야.

리 어 우선 저년부터 심문해라. 고네릴 말이다. 저명하신 여러분이 모인 장소에서 맹세합니다만, 저년은 가엾은 부왕을 발길로 걷어찬 년입니다.

광 대 이리 나오너라. 너의 이름은 고네릴?

리 어 아니라고 말 못 할 거다.

광 대 이거 실례했습니다. 나는 당신이 걸상인 줄 알았어요.

리 어 여기 또 하나 있습니다. 이년의 찌그러진 상판을 보면, 이년의 맘보가 얼마나 삐뚤어졌는지 알 수 있을 겁니다. 그년을 거기 잡아두시오! 무기, 무기를, 칼을 빼라, 불을 켜라! 법정이 부패했다! 부정한 재판관들이여, 어쩌다 그년을 놓쳤소?

에드거 제발 정신을 차리소서! 폐하의 다섯 가지 지혜에 축복이 깃들이소서!

켄 트 아, 슬픈 일이도다! 그토록 자주 자랑하시던 그 인내심은 지금 어디로 갔습니까?

에드거 (방백) 눈물이 앞을 가려 속임수가 탄로 나겠구나.

리 어 트레이, 블랜치, 스위트하트, 이 강아지들이 일제히 나를 향해 짖고 있구나.

에드거 톰은 머리에 쓴 것을 벗어던지겠소. 강아지들을 쫓아버리겠소. 개새끼들아, 저리 가라!

네 입이 검든 희든
네가 물면 이에서
독이 나온다.
집개, 사냥개, 흉한 잡종개,
하운드거나 스패니얼이거나
암캐든 염탐개든
꽁지 잘린 삽사리, 꼬리복슬개도
톰 때문에 개새끼들 짖고 야단이다.
머리 위에 쓴 벙거지 집어던지면
개들은 뛰쳐나와 달아난다.

춥다, 추워. 자, 가자. 밤 새우는 잔치에 가자. 장으로 가자, 장

거리로. 불쌍한 톰, 네 뿔잔은 텅 비어 있구나.

리 어 자, 리건을 해부해주시오. 그년의 심장에 무엇이 자라고 있나 봅시다. 이토록 냉혹한 년을 만들었을 때에는 창조주에게 무슨 이유가 있었을 것이다. (에드거에게) 내가 너를 내 백 명의 시종 가운데 끼워주마. 다만 너의 그 옷차림이 마음에 들지 않는구나. 너는 그 옷이 페르시아식 복장이라고 우겨대겠지만, 바꾸는 것이 좋겠다.

켄 트 자, 폐하, 여기 누워 잠깐만 쉬시지요.

리 어 부산 떨지 마라, 시끄럽다. 커튼을 쳐라. 그래, 그래. 저녁식사는 아침에 들겠다.

광 대 나는 점심때 잠자리에 들 테야.

　　글로스터 다시 등장.

글로스터 아, 여보시오, 국왕께선 어디 계시오?

켄 트 여기 계십니다. 그러나 건드리진 마십시오, 정신을 잃으셨으니까요.

글로스터 국왕을 안아 일으키시오. 암살의 음모가 있다는 소문을 들었소. 들것을 준비해놓았소. 국왕을 거기 태워서 도버까지 급히 달리시오. 그곳에 닿으면 환영과 보호를 받을 수 있을 거요. 어서 국왕을 안고 오시오. 30분만 늦어도 국왕의 목숨은 물론이거니와, 당신의 목숨과 그를 감싸는 모든 사람의 목숨까지 위태로울 거요. 어서 안고 오시오. 그리고 내 뒤를 따르시오. 길 떠날 준비를 할 곳으로 급히 안내하겠소.

켄 트 지쳐서 곤히 주무시고 계십니다. 이렇게 주무시고 나면 광란이 진정되고 회복될 수 있을 텐데. 부득이 깨운다면 회복되기가 어려울 거요. (바보광대에게) 국왕을 안아 일으키자. 좀 도와다오, 우물쭈물할 때가 아니다.

글로스터 자, 갑시다, 갑시다. (켄트, 글로스터, 바보광대, 국왕을 부축하고 모두 퇴장. 에드거만 남는다)

에드거 신분이 높은 분이 우리들처럼 고생을 참고 있는 것을 보면 우리의 불행을 원망할 수만도 없지. 즐겁고 편한 일들을 내버리고 혼자서만 괴로움과 고통을 받는다면 마음의 괴로움은 매우 크겠지만, 슬퍼하는 일에 벗이 있고 고생스러운 일에 동료가 있으면 마음의 괴로움은 훨씬 가벼워진다. 나를 괴롭히는 고통이 동시에 국왕도 괴롭히고 있음을 보니 이제 내 고통은 한결 가벼워지고 견디기가 수월해졌다. 내가 아버지 때문에 고통을 받듯이 국왕께서는 따님 때문에 고통을 받고 있구나! 톰, 꺼져라! 시끄런 소문이나 큰 소동에 주의하라. 너를 망쳐놓은 오명이 씻기고 너의 정당성이 밝혀져 원래의 상태를 회복할 수 있을 때 네 정체를 밝혀라. 오늘 밤 무슨 일이 또 일어날지라도 국왕만은 무사히 탈출할 수 있도록 해주소서! 숨자, 숨어. (에드거 퇴장)

제7장 글로스터의 성

　　콘월, 리건, 고네릴, 에드먼드 그리고 시종 등장.

콘　월　(고네릴에게) 급히 가셔서 알바니 공작님에게 이 편지를 보여주십시오. 프랑스군이 상륙했습니다. (시종들에게) 반역자 글로스터 놈을 찾아라. (시종들 일부 퇴장)

리　건　체포하는 즉시 교수형에 처하라.

고네릴　그의 두 눈을 뽑아버려라.

콘　월　그놈은 나에게 맡겨둬. 내가 처치할 테니. 에드먼드, 알바니 공작부인을 부탁하오. 반역자인 그대 부친에게 가하는 우리들의 복수를 그대는 눈 뜨고 볼 수 없을 것이오. 알바니 공작 댁에 도착하면 즉시 싸울 준비를 시키시오. 우리들도 곧 전쟁 준비를 착수하겠소. 전령을 두어, 둘 사이의 연락을 빨리, 기민하게 취하도록 합시다. 안녕히 가십시오, 알바니 공작부인. 잘 가시오, 글로스터 백작.

　　오즈월드 등장.

　　어떻게 되었나? 국왕은 어디 있어?

오즈월드　글로스터 백작이 왕을 여기서 모시고 나갔습니다. 필사적으로 왕을 찾고 있던 왕의 기사 서른대여섯 명이 문 앞에서 왕을 만나 백작의 시종 몇 명과 한패가 되어 왕을 모시고 도버를 향해 갔답니다. 그곳에서 군대가 그들을 기다리고 있다는 소식입니다.

콘 월 공작부인이 타실 말을 준비하라.

고네릴 안녕히 계십시오, 공작님. 그리고 동생도 잘 있거라.

콘 월 에드먼드, 잘 가시오. (고네릴, 에드먼드, 오즈월드 퇴장) 반역자 글로스터를 찾아오너라. 도둑놈처럼 묶어 끌고 오너라. (다른 시종들 퇴장) 재판의 형식을 취하지 않고 사형선고를 내리기는 꺼림칙하지만, 격한 노여움 때문에 권력을 행사했다고 하면 비난할 수는 있어도 방해할 수는 없을 것이다. 누구냐? 반역자를 끌고 왔느냐?

글로스터를 체포하여 시종들 몇 명 등장.

리 건 배은망덕한 여우 같은 놈! 이놈이 바로 그놈이로군.

콘 월 그놈의 말라비틀어진 양팔을 꽁꽁 묶어라.

글로스터 두 분께서는 이게 어찌 된 일이십니까? 당신네들은 우리 집의 손님들이십니다. 주인인 제게 이 같은 행패가 웬일이십니까?

콘 월 묶어라! (시종들, 그를 묶는다)

리 건 단단히, 단단히 묶어라. 이 더러운 반역자!

글로스터 자비도 인정도 없는 부인이시여, 저는 반역자가 아닙니다.

콘 월 의자에 묶어라. 이 악당 놈, 두고 봐라……. (리건, 글로스터의 턱수염을 뽑는다)

글로스터 아, 하느님, 굽어살피소서! 수염을 뽑다니, 이런 잔인한 일이 어디 있습니까!

리 건 그렇게 백발이 되어가지고 반역 행위를 하다니!

글로스터 너무 악독한 부인이시군요. 당신이 뽑은 턱수염이 살아서 당신을 저주할 거요. 당신들은 손님이고 난 집주인인데, 당신들을 대접해준 주인의 호의를 무시하고 강도처럼 난폭한 행위를 하다니, 어쩌려고 이러시오?

콘 월 이봐, 최근에 프랑스에서 어떤 편지를 받았느냐?

리 건 솔직히 대답하라. 우리는 진상을 모조리 알고 있으니까.

콘 월 요즘 이 땅에 상륙한 반역자들과 어떤 음모를 꾸몄느냐?

리 건 미친 왕을 누구한테 넘겼느냐? 실토하라.

글로스터 추측으로 쓰여진 편지를 받기는 했지만, 그 편지는 반대편에서 온 것이 아니라 중립에 선 제삼자로부터 온 것이었습니다.

콘 월 교활하군.

리 건 거짓말!

콘 월 국왕을 어디로 보냈느냐?

글로스터 도버로 보냈습니다.

리 건 왜 도버로 보냈느냐? 너는 목숨이 걸린 엄명을 받았을 텐데…….

콘 월 왜 도버로 보냈어? 그것부터 먼저 대답하라.

글로스터 (중얼거린다) 이토록 말뚝에 결박을 당했으니, 개 떼의 습격을 한 차례 받을 수밖에 없겠구나.

리 건 왜 도버로 보냈느냐?

글로스터   왜냐고? 네가 그 잔인한 손톱으로 불쌍한 늙은 왕의 눈알을 후벼파는 걸 차마 볼 수 없었기 때문이다. 악독한 네 언니의 산돼지 같은 어금니가 신유(神油)를 바른 옥체를 물어뜯는 것을 볼 수 없었기 때문이다. 지옥같이 캄캄한 밤에 국왕께선 머리에 아무것도 쓰시지 않고 폭풍우 속에서 고생하셨어. 이 같은 폭풍우라면 바다를 휘어 감아 하늘로 용솟음쳐 별빛을 꺼버릴 수도 있을 것이다. 그러나 가엾게도 늙으신 국왕의 마음은 오히려 하늘에서 비가 더 쏟아지게 하셨어. 그토록 무시무시한 밤에는 당신 대문 앞에서 설사 늑대가 으르렁거렸다 할지라도, 설사 그 늑대에게 온갖 잔인한 짓을 하려고 마음먹었다 할지라도 당신은 '문지기, 문을 열어주어라' 하고 말했어야 했을 것이오. 그러나 날개 달린 복수의 신이 이 같은 놈들에게 천벌을 내리는 것을 나는 보게 될 것이다.

콘   월   볼 수 없게 만들어주지. (시종들에게) 여봐라, 의자를 꽉 붙들고 있어라. (글로스터에게) 네놈의 눈알을 발로 짓밟아버리겠다.

글로스터   늙을 때까지 살고 싶은 사람이 있다면 도와주시오! 아, 실로 잔인한 일이로다! 아, 신이시여!

리   건   한쪽 눈만 빠지면 나머지 한쪽이 보고 놀릴 테니, 다른 쪽 눈마저 빼버리세요.

콘   월   당신이 꼭 복수의 여신을 보고 싶다면…….

시종 1   공작님, 참으세요. 저는 어릴 때부터 공작님을 모셔왔습니다만, 지금 공작님을 만류하는 것 이상으로 더 큰 의무는 없다고 생각합니다.

리　건　무엇이 어쩌고 어째, 이 개 같은 놈!

시종 1　부인의 턱에 수염이 나 있다면, 나는 그 수염을 잡고 흔들어서 싸움을 걸겠습니다. (콘월에게) 대체 왜 이러십니까?

콘　월　이놈이!

시종 1　자, 그러면 어디 해보시지요. 저도 화가 날 대로 났으니 어디 당해보십시오. (칼을 빼들고 싸운다)

리　건　(다른 시종에게) 칼을 이리 다오. 하인이 감히 대들다니! (리건, 칼을 들고 시종 1을 등 뒤에서 찌른다)

시종 1　아, 찔렸구나! (글로스터에게) 백작님, 아직 눈 하나가 남았으니, 제가 저자에게 입힌 상처를 보십시오. 으윽! (죽는다)

콘　월　더 이상 볼 수 없게 해주마. 마저 뽑아버리자. 나오너라. 이 더러운 젤리 같은 것아! 이젠 빛을 볼 수 없을 것이다.

글로스터　아, 온통 캄캄하고 불안하구나. 내 아들 에드먼드는 어디 있느냐? 에드먼드, 남은 효성에 불을 붙여 이 무서운 일에 복수를 하라.

리　건　닥쳐라, 반역자! 이 악한아! 너를 증오하는 사람을 찾은들 무슨 소용이 있겠느냐! 너의 배신을 밀고한 자가 바로 에드먼드였다. 그는 너무 공정하여 너 같은 것은 불쌍히 여길 리가 없다.

글로스터　오, 내가 어리석은 짓을 저질렀구나! 에드거가 모략을 당했어. 자비로우신 신들이여, 용서하소서. 에드거에게 행운을 허락하소서!

리 건 문밖으로 저놈을 내동댕이쳐라. 도버까지 냄새를 맡아 가게 하라. (시종 한 사람, 글로스터를 끌고 나간다) 왜 그러세요, 여보? 안색이 좋지 않은데요?

콘 월 상처를 입었소. 나를 따라오시오, 부인. 저 눈알 없는 악한을 쫓아내라. 그놈을 쓰레기 터에 내버려라. 리건, 피가 몹시 나는군. 하필 이런 때 상처를 입었으니. 팔 좀 빌려주시오. (리건에게 의지하여 콘월 퇴장)

시종 2 저따위 악당이 잘 된다면, 나는 어떤 악행을 저질러도 가책을 느끼지 않을 거야.

시종 3 저런 여자가 오래 살아서 남들이 죽을 때 같이 죽는다면, 여자는 모두 괴물이 되고 말 거야.

시종 2 글로스터 님을 쫓아가서, 그 미친 베드람 거지에게 백작님이 가고 싶어하시는 데로 모셔다 드리도록 부탁하세. 미친 거지는 걸어다니는 것이 본성이니 어디든지 모셔다 드리겠지.

시종 3 그렇게 하게. 나는 피투성이가 된 저 얼굴에 바를 달걀 흰자위와 삼베를 얻어올게. 하느님, 저분을 도와주소서! (따로따로 퇴장)

제4막

제1장 거친 들판

에드거 등장.

에드거 이렇게 드러내놓고 바보 취급을 당하고, 은근히 경멸당하면서
도 겉으로 아첨하는 것에 속느니보다는 그래도 낫지. 최악의 경
우, 가장 천한 자가 되어 가장 혹독한 역경에 빠지게 되더라도
희망을 갖고 있는 한 겁낼 필요 없다. 슬프고 개탄해 마지않는
일은 행운의 자리에서 떨어지는 거다. 불행의 밑바닥에 가라앉
으면 다시 솟아 웃음을 되찾게 되는 법. 눈에 보이지 않는 바람
아, 나는 너를 껴안으련다! 나는 너에게 날려 불행의 구렁텅이
로 굴러떨어진 자다. 따라서 너에게는 아무것도 신세 진 것이
없다. 누가 오는가 보다.

글로스터가 노인의 손에 인도되어 등장.

내 아버지시로구나. 처량하게도 남에게 이끌려 오시잖아? 세상
아, 세상아, 오, 세상아! 너는 뜻하지 않은 격변 때문에 우리는
너를 미워한다. 우리 인생은 너로 인해 노쇠하고, 꺾인다.
노 인 오오, 백작님, 저는 지난 팔십 년 동안 백작님의 하인이었을 뿐

만 아니라 백작님 부친의 하인이기도 했습니다.

글로스터 날 내버려두고 가게. 제발 가게나. 자네의 친절은 나에게 조금도 도움이 되지 않네. 그놈이 자네에게 해를 끼칠는지도 몰라.

노 인 그렇지만 앞도 못 보시면서…….

글로스터 마땅히 가야 할 행선지도 없으니, 눈도 필요 없네. 눈이 보일 적에도 나는 헛디며 곱드러지곤 했어. 이제야 난 알겠네. 의지할 것이 있으면 사람은 방심하지만, 아무것도 없으면 오히려 자신에게 유리한 법이야. 아, 사랑하는 내 아들 에드거, 너는 속아 넘어간 이 아비의 노여움 때문에 희생되었구나! 내가 살아생전에 너를 만져볼 수만 있다면, 나는 다시 눈을 얻은 거나 다름없겠다!

노 인 누구요! 거기 있는 사람이 누구요?

에드거 (방백) 아, 신이여! '나는 지금 최악의 상태에 놓여 있다'. 나는 지금 전보다 더 한심한, 최악의 상태에 놓여 있구나.

노 인 미친 거지 톰이구나.

에드거 (방백) 아니, 더 나빠질 수도 있지. '이것이 최악이다'라고 말할 수 있는 동안은 실제로 최악이 아니니까.

노 인 (에드거에게) 이놈아, 어딜 가느냐?

글로스터 거지냐?

노 인 미친 거집니다.

글로스터 제정신이 조금 있는 모양이구나. 그렇지 않으면 구걸할 수도 없을 테니. 어젯밤 폭풍이 몰아칠 때 나도 그 거지를 만난 듯한데, 그놈을 보니 인간과 벌레가 다를 것이 없구나 하는 느낌이 들었어. 그때 내 마음속에 아들의 얼굴이 떠올랐지. 그러나 그때만 해도 아들과 화해할 생각은 없었어. 그런데 그 후 여러 가지 소문을 들었네. 신은 아이들이 파리를 다루듯이 우리 인간을 혹독하게 다루고 있어. 신은 인간을 장난삼아 죽이지.

에드거 (방백) 어쩌다 저렇게까지 되셨을까? 슬픔을 억누르며 바보 시늉을 하는 것은 괴로운 일이군. 자기 자신뿐만 아니라 남까지도 화나게 하는 일이야. (글로스터에게 큰 소리로) 안녕하세요, 아저씨!

글로스터 그 벌거숭이 거지냐?

노 인 그렇습니다.

글로스터 이젠 제발 돌아가 주게. 나를 위해 도버로 가는 길을 한두 마일쯤 따라올 생각이라면, 옛정을 생각해서 그냥 돌아가주게. 그리고 그 벌거벗은 녀석에게 걸칠 옷이나 좀 갖다주게. 그 녀석에게 길을 안내해달라고 부탁할 참이니.

노 인 맙소사! 그 녀석은 미쳤습니다.

글로스터 광인이 맹인의 손을 이끄는 것이 이 시대의 저주다. 시키는 대로 하든지 아니면 자네 멋대로 하게. 다만 돌아가 줬으면 좋겠어.

노 인 제가 갖고 있는 옷 가운데 제일 좋은 의복을 갖고 오겠습니다. 그 옷은 어찌 되든 상관없습니다. (퇴장)

글로스터　이봐, 이 벌거벗은 녀석아.

에드거　불쌍한 톰은 추워요. (방백) 더 이상 속일 수가 없구나.

글로스터　이리 오너라, 이 녀석아.

에드거　(방백) 그러나 속일 수밖에 없다 — 아아, 저 눈에서 피가 흐르고 있구나.

글로스터　너 도버로 가는 길을 아느냐?

에드거　층계나 좁은 통로나, 말 타고 가는 길이나 걸어가는 길이나 모두 알고 있습니다. 불쌍한 톰은 악마 때문에 혼이 나서 정신이 나갔지만, 아저씨는 귀한 집 자제분이니 악귀에 사로잡히지 않도록 조심하세요! 한꺼번에 다섯 마리나 되는 악마가 이 불쌍한 톰 속에 붙어 다니거든요. 음탕한 오비디커트, 벙어리 왕자 귀신 홉비디댄스, 도둑 귀신 마후, 살인마 모도, 얼굴과 입을 씰룩이는 플리버티지베트가 말이에요. 그런데 그 후 이 악마들이 시녀들과 나인들한테도 붙어 다녔으니 조심하셔야 할 겁니다, 주인 양반!

글로스터　옜다, 이 돈주머니를 받아라. 하늘이 내린 수난의 길을 묵묵히 가며 너는 어떤 불행도 잘 참아내는구나. 내가 처참한 꼴이 되고 보니, 네가 오히려 행복해 보인다. 신이시여, 언제나 이렇게 처리해주십시오! 부(富)가 넘쳐나 호의호식하는 자들, 하느님의 뜻을 천박하게 여기는 자들, 직접 경험하지 않았다고 해서 인간의 쓰라림을 외면하는 자들에게 하늘의 위력을 즉시 느끼도록 해주소서. 이렇게 하면 적당한 분배가 과잉을 없애 너나 할 것

없이 부족함이 없을 것입니다. 너 도버를 알고 있느냐?

에드거 네, 알아요.

글로스터 거기 가면 벼랑이 있다. 그 깎아지를 듯한 높은 꼭대기는 둘러싼 바다를 무섭게 내려다보고 있으니, 그 벼랑까지만 나를 인도해다오. 그러면 내 몸에 지닌 값진 물건으로 네가 견디고 있는 그 가난을 구제해주겠다. 그 이상의 안내는 필요 없다.

에드거 제 손을 잡으세요. 가엾은 톰이 안내하겠습니다. (두 사람 퇴장)

제2장 알바니 공작의 저택 앞

고네릴과 에드먼드 등장.

고네릴 백작, 이곳까지 용케 오셨소. 그런데 참 이상한 일이군요, 친절한 우리 집 양반이 나를 마중도 나오시지 않으니.

오즈월드 등장.

공작님은 어디 계시오?

오즈월드 부인, 안에 계십니다만 그렇게 변하셨을 수가 없습니다. 적군 상륙의 소식을 전해드려도 싱글벙글 웃기만 하시고, 부인이 돌아오셨다고 해도 '소용없어' 라고만 대답하십니다. 글로스터 노인의 배반과 그 아들의 충성스러운 봉사에 대해서 말씀드렸더니, 저를 바보 자식이라며 호통치셨습니다. 그러고는 저에게 하시는 말씀이, '만사를 거꾸로 알고 있다'는 거였습니다. 제일 싫어하던 일을 즐기시고, 제일 좋아하던 일을 꺼려하십니다.

고네릴 (에드먼드에게) 그렇다면 이제 당신은 그만 돌아가세요. 그분은 담이 작아서 늘 벌벌 떨고 있어요. 대담하게 일을 하지 못하는 것도 그런 이유 때문이죠. 모욕을 당해도 복수할 줄 모르고 전혀 모른 체합니다. 그러나 오는 도중에 얘기한 우리의 소망은 실현될 수 있을 듯하군요. 에드먼드, 당신은 콘월 공작한테로 돌아가셔서 그의 군대를 소집하여 지휘하세요. 나는 집에서 남편과 무기를 바꾸어, 남편에게는 길쌈할 실패를 쥐여주고 나는 칼과 창을 쥐겠어요. 신용할 만한 (오즈월드를 가리키며) 이 부하는 우리들 사이의 전령 역할을 할 것입니다. 만약 당신이 자신의 출세를 위하여 대담하게 일을 하고 싶다면, 당신 연인의 명령을 들으세요. 입을 꼭 다물고 이걸 몸에 지니세요. (사랑의 선물을 준다) 고개를 숙이세요. 이 키스가 입이 있어 말을 한다면 당신의 용기를 북돋아줄 거예요. 무슨 뜻인지 잘 생각해보세요. 그럼 안녕.

에드먼드 당신을 위해서라면 목숨도 바치리다.

고네릴 아아, 나의 가장 사랑하는 글로스터 님! (에드먼드 퇴장) 아, 같은 남자라도 어쩌면 저렇게 다를 수가! 당신이야말로 여자의 사랑을 받을 만한 가치가 있는 사람인데, 우리집 바보가 내 몸을 새

치기하고 있으니.

오즈월드 부인, 공작님이 오십니다. (오즈월드 퇴장)

알바니 공작 등장.

고네릴 지금까진 제가 오면 휘파람을 불면서 환영해주시더니.

알바니 오, 고네릴! 당신은 거친 바람에 휩쓸아쳐 얼굴에 와 닿는 먼지만도 못한 사람이오. 당신 성품이 걱정스럽구려. 자기를 낳아준 어버이조차 규탄하는 사람이 자기 분수에 만족할 리 없지. 자신을 키워준 줄기로부터 가지인 자신을 도려내는 여자는 반드시 마르고 시들어서 불쏘시개로밖에 쓸 수 없는 죽은 나무가 될 것이오.

고네릴 그만해두세요. 그따위 어리석은 얘기는 집어치우시라구요.

알바니 지혜롭고 선한 가르침도 악인에게는 악으로밖에 들리지 않지. 더러운 것들은 더러운 맛밖에는 몰라. 당신 대체 무슨 짓을 한 거요? 딸들이 아니라 잔악한 호랑이들이 되어 당신들은 대체 무슨 짓을 했느냐 말이오. 아버지를, 그 인자하신 노인을 미친 사람으로 만들었소. 그분은 존경받을 만한 분이시라 목을 매어 질질 끌려다니는 곰도 길거리서 만나면 반가워 마구 핥을 정도였건만, 이보다 더 야만스럽고 잔악한 행패가 또 어디 있소? 당신이 그분을 미치게 했단 말이오. 콘월 공작이 그런 짓을 하도록 내버려두었단 말이오? 국왕에게서 은혜를 입은, 왕족이라는 그 사람이? 하늘이 극악무도한 이 악행을 눌러 없애기 위해 눈에 보이는 신령을 빨리 내려보내지 않으면, 인간들은 서로 치고 죽이는 바다의 괴물처럼 되고 말 것이다.

고네릴　당신은 허깨비예요! 그 뺨은 얻어맞기 위해 있고, 그 머리는 모욕을 당하기 위해서 달고 다니는군요. 이마에 눈이 있어도 명예와 치욕을 분간 못하는 사람이 당신이죠. 악당이 악을 저지르기 전에 벌받는 것을 보고 불쌍히 여기는 자는 바보뿐이라는 사실도 모르는 사람이 당신이에요. 당신의 북은 어디 있나요? 프랑스 왕은 평화로운 이 나라에 털 장식 투구를 쓰고 군기를 휘날리며 군대를 휘몰아 세우고 있는 판에, 당신은 성인군자인 양 가만히 앉아서 '저 사람이 어째서 저런 짓을 하고 있느냐'고 울먹이고 있을 뿐이에요.

알바니　악귀야, 네 꼴을 좀 봐라! 악마는 본래 흉악한 모습을 하고 나타난다지만, 계집년 모습을 하고 나타나는 악귀보다 더 무서운 것은 없구나.

고네릴　겁쟁이, 바보!

알바니　여자로 둔갑하여 악마의 본성을 숨기고 있는 놈아, 수치심이 있다면 네 모습을 드러내지 마라. 내 손을 움직이는 날에는 화를 못 이겨 네 살을 갈기갈기 찢어발기고 말 테니. 너는 악마이긴 해도 여자의 탈을 쓰고 있는 덕분에 다행히 살아난 줄 알아라.

고네릴　참, 대단한 용기시구료!

　　사신 등장.

알바니 무슨 소식이냐?

사 신 오, 공작님, 콘월 공작께서 운명하셨습니다. 글로스터 백작님의 나머지 한쪽 눈알을 마저 도려내시다가 부하의 칼에 찔리신 겁니다.

알바니 뭐, 글로스터 백작의 눈알을!

사 신 백작께서 어릴 적부터 데리고 있던 한 시종이 보다 못해 보복 행위를 말리다가, 급기야는 칼을 뽑아 공작께 대들었습니다. 공작께서는 화가 치밀어 그에게 달려드셨는데, 공작부인까지 합세하셔서 그 시종의 명줄을 끊어놓았습니다. 이때 공작께서도 심한 상처를 입으시는 바람에 그 시종의 뒤를 쫓아 돌아가신 겁니다.

알바니 하느님이 이 세상의 죄인들을 굽어보시고 이토록 재빨리 벌을 내리셨으니, 이는 하느님이 분명 하늘에 계시고 그분이 과연 정의의 심판관이시라는 좋은 증거다. 그러나 아, 가련한 글로스터 백작, 한쪽 눈을 잃었다니!

사 신 양쪽 다 잃으셨습니다, 공작님. 그리고 (고네릴에게) 부인, 이 편지에 대해서는 즉시 회답을 주십사 하는 전갈입니다. 부인의 동생께서 보내신 것입니다. (한 통의 편지를 고네릴에게 전달한다)

고네릴 (방백) 한편으로는 오히려 잘 된 일인지도 몰라. 하지만 동생이 과부가 되고 나의 에드먼드가 그녀 곁에 있다가는, 내 공중누각은 송두리째 무너지고 오로지 증오스러운 생활만이 남게 될지도 모르는데. 하지만, 또 한편으로 생각해보면 이 소식은 그리

입맛 쓴 소식도 아니지. (사신에게 큰 소리로) 다 읽고 나서 답장을 주겠소. (퇴장)

알바니 글로스터가 두 눈을 빼앗겼을 때, 그의 아들은 어디 있었는가?

사 신 이 댁 공작부인을 모시고 이곳으로 왔습니다.

알바니 그는 여기 없네.

사 신 없지요, 공작님. 돌아가시는 길에 저와 만났거든요.

알바니 그 아들은 이 행패를 알고 있는가?

사 신 알고 있는 정도가 아닙니다. 밀고한 사람이 바로 그 아들인걸요. 그래서 일부러 집을 비웠답니다. 아버지에게 마음껏 형벌을 주라는 의도였죠.

알바니 글로스터, 나는 그대가 살아 있는 동안 국왕에게 바친 충성심에 대해 깊이 감사하고 있소. 그러니 내 그대의 눈에 대해 반드시 복수하리다. (사신에게) 이리 와서 자네가 알고 있는 내용을 좀 더 자세하게 말해주게. (두 사람 퇴장)

제3장 도버 근처의 프랑스군 진영

켄트와 신사 한 사람 등장.

켄 트 프랑스 국왕께서 왜 갑자기 귀국하셨는지, 그 이유를 당신은 알고 있소?

신 사 본국에 미진한 상태로 처리하지 못한 일이 있었는데, 출전 후 갑자기 그 생각이 나셔서 귀국하셨답니다. 그 일은 프랑스의 안전을 위한 중대한 일이었기 때문에 귀국이 불가피했습니다.

켄 트 총사령관 후임으로 누가 지명됐소?

신 사 프랑스의 육군 원수이신 라파 각하십니다.

켄 트 그 편지를 보시고 왕비께서 깊은 슬픔에 잠기시던가요?

신 사 네, 왕비께서는 그 편지를 받으시고 제 앞에서 읽으셨습니다. 때때로 하염없는 눈물이 왕비의 아름다운 뺨 위에 흘러내렸습니다. 왕비께서는 왕비다운 당당한 모습으로 슬픔을 억누르려 하셨지만 슬픔이 되레 반역자처럼 왕비님을 억누르는 것같이 보였습니다.

켄 트 저런, 마음이 깊이 동요되셨다는 얘기로군요.

신 사 그리 격하지는 않았습니다. 인내와 슬픔이 서로 누가 더 빛을 강하게 발하나 경쟁하는 듯했습니다. 햇볕이 내리쬐는 가운데 비가 오는 것을 본 적이 있으시죠? 왕비께서 웃으시면서 눈물을 흘리시는 모습은 그보다 더 아름다웠습니다. 왕비의 무르녹는 듯한 입술에 잔잔히 감도는 아름다운 미소는, 왕비의 눈에 어떤 손님이 와 있는지를 모르는 듯했습니다. 다이아몬드에서 진주가 떨어지듯, 눈에서 눈물이 뚝뚝 떨어져 내렸습니다. 누구에게나 그 정도로 어울리기만 한다면, 슬픔이란 정말로 사랑스럽고 귀한 것일 수 있을 겁니다.

켄 트 무슨 말씀은 없으셨나요?

신　사　있었어요. 한두 번 '아버님!' 하고 소리 내어 부르셨지요. 가슴 속 깊은 곳으로부터 애타게 터져 나오는 소리였습니다. 그러고는 '언니들, 언니들! 여성으로서 부끄러운 일이에요! 언니! 켄트! 아버님! 언니들! 폭풍우 속에서? 한밤중에? 이 세상엔 자비심도 없는가!' 하고 울부짖으셨습니다. 그윽한 눈에서 성자의 샘물 같은 눈물을 떨어뜨리면서, 눈물로 울음을 삼키시면서, 혼자 슬픔을 달래시려고 안으로 들어가셨습니다.

켄　트　별, 저 하늘의 별이다, 우리 인간의 운명을 결정짓는 것은 바로 별이다. 그렇지 않다면, 똑같은 부부가 어떻게 그토록 다른 자식을 낳을 수 있겠는가! 그 후로는 왕비와 접견한 일이 없습니까?

신　사　없습니다.

켄　트　이 일은 프랑스 왕이 귀국하시기 전의 일인가요?

신　사　아닙니다, 후의 일이올시다.

켄　트　그런데, 괴로움에 빠져 있는 가엾은 리어 왕께서 이 마을에 와 계십니다. 때때로 기분이 좋으실 때에는 우리가 왜 이곳에 와 있는지를 의식하십니다만, 절대로 왕비이신 따님을 만나려고 하시진 않을 겁니다.

신　사　왜요?

켄　트　엄청난 부끄러움으로 국왕께서는 가슴을 죄고 계십니다. 막내 딸에게 줄 은혜를 박탈하여 낯선 외국 땅의 위험 속으로 내쫓았으며, 막내딸의 귀중한 권리를 짐승 같은 딸들에게 다 줘버린 자신의 과오라든지 그 밖의 것들이 국왕의 마음을 아프게 하고 있습니다. 그래서 이 같은 견딜 수 없는 부끄러움이 국왕으로 하여금 코델리아 공주의 면전에 나서지 못하게 하고 있는 것입니다.

신 사 아, 가엾은 분!

켄 트 알바니와 콘월의 군사에 대해서는 들은 바 없소?

신 사 그들의 군대가 출전했다는 소식입니다.

켄 트 자, 당신을 국왕 폐하께로 안내하겠소. 그분 곁에 있어주시오. 나는 깊은 사연이 있어서 잠시 신분을 감추고 있어야 합니다. 내 신분을 밝히는 날에는 나를 알게 된 것을 후회하시지 않게 될 것입니다. 부탁입니다. 나와 함께 가십시다. (두 사람 퇴장)

제4장 같은 장소, 천막 속

북이 울리는 가운데 기수들과 함께 코델리아 등장. 의사와 군사가 뒤따른다.

코델리아 아아, 그분이 바로 아버님이세요. 방금 그분을 만나고 오셨다는 분의 얘기로는, 아버님은 거친 바다처럼 미친 듯 요란하게 노래 부르며, 머리에는 제멋대로 자란 애기현호색풀, 밭이랑에서 자라는 잡초, 우엉, 독미나리, 쐐기풀, 황새냉이, 독보리, 그리고 우리의 주식인 곡식들 사이에 자라는 몹쓸 잡초로 만든 관을 쓰고 계시다는 겁니다. 부대의 병사들을 내보내어 잡초 무성한 들판을 구석구석 찾아 그분을 내 앞으로 모셔오시오. (장교 한 명 퇴장) 이 세상 어떤 의술이 폐하의 잃어버린 정신을 되찾아줄 수 있을까? 폐하의 병을 고쳐주는 사람에게는 내가 가지고 있는 보물을 모두 주겠다.

의 사   방법은 있습니다. 사람의 생명을 지탱해주는 것은 오로지 안정 뿐입니다. 폐하에게는 그것이 필요합니다. 다행히 편안히 잠을 자게 하는 효과 만점의 약초가 충분히 있습니다. 마음이 아픈 사람의 눈을 스르르 감겨주는 효능이 있지요.

코델리아   고마운 이 땅의 모든 비약(秘藥)들, 이 땅에 숨겨진 모든 약초들이 내 눈물에 촉촉이 젖어 자라나거라! 그리하여 훌륭하신 그분의 고뇌를 치유해주려무나! 찾아보라, 그분을 어서 찾아보라. 걷잡을 수 없는 그분의 광기가 분별을 잃고 목숨마저 잃지 않도록.

    사신 등장.

사 신   소식입니다. 영국 군대가 진격해 오고 있답니다.

코델리아   이미 알고 있다. 그들의 진격에 대비해서 모든 준비가 갖추어져 있다. 오, 가엾은 아버님, 이 전쟁은 오로지 아버님을 위해서 치러지는 것입니다. 위대한 프랑스 왕은 저의 슬픔과 귀중한 눈물을 가엾이 여겨주었습니다. 이 전쟁은 야심에 불타 일으킨 것이 아니라 오로지 효심에서 우러나온 사랑 때문에, 애틋한 사랑 때문에, 늙으신 아버님의 권리 때문에 일으킨 것입니다! 빨리 아버님의 목소리를 듣고 아버님을 뵙고 싶구나. (일동 퇴장)

제5장 글로스터의 성 안, 어느 방

리건과 오즈월드 등장.

리 건 형부의 군대는 출전했소?

오즈월드 네, 출전했습니다.

리 건 공작님께서 직접 출전하셨소?

오즈월드 권유에 못 이겨 출전하긴 하셨습니다만 언니께서 더 용감하십니다.

리 건 에드먼드와 알바니 공작이 저택에서 서로 의논하시지 않았소?

오즈월드 그런 일은 없었습니다.

리 건 에드먼드에게 보낸 언니의 편지 내용은 무엇이오?

오즈월드 도시 알 수 없습니다.

리 건 실은 에드먼드가 중대한 용무로 급히 출타하였소. 글로스터의 눈알을 뽑고 나서 그 늙은이를 죽이지 않았던 게 큰 실수였어. 그가 가는 곳마다 민심을 교란시켜 사람들이 우리에게 반기를 들고 있어요. 아마도 에드먼드가 떠난 것은 부친의 불행을 더 이상 볼 수 없어 그의 눈먼 인생을 끝장내게 하고 싶어서겠죠. 그리고 적군의 세력을 살피려는 목적도 있었을 것이고요.

오즈월드 그렇다면 이 편지를 갖고 그분의 뒤를 쫓아야겠군요.

리 건 우리 군대도 내일 출전할 예정인데, 하룻밤 이곳에서 묵으시오. 가는 길도 위험하니.

오즈월드 그럴 수 없습니다. 이 일에 대해 공작부인의 엄명이 있어서요.

리 건 언니가 왜 에드먼드에게 편지를 보냈을까? 당신이 직접 용건을 전하면 될 텐데. 아마 내가 알지 못하는 무슨 일이 있나보군. 사례는 듬뿍할 테니 편지 내용 좀 봅시다.

오즈월드 마님, 그것은……

리 건 당신의 주인마님은 남편을 사랑하지 않아요. 그건 확실해요. 지난번 언니가 여기에 왔을 때, 에드먼드에게 이상한 추파를 던지면서 의미심장한 표정을 짓는 걸 보았어요. 나는 당신이 언니의 심복이라고 알고 있는데 ─.

오즈월드 제가요, 마님?

리 건 잘 알고 있기 때문에 하는 말이에요. 당신은 신임이 두터운 사람이라는 것도 알고 있어요. 그러니 내 말을 잘 귀담아들으세요. 내 남편은 세상을 떠났어요. 에드먼드와 나는 서로 뜻을 나눈 사이지요. 그러니 그도 당신의 마님하고 있는 것보다는 나와 함께 지내는 것이 훨씬 편할 거라구요. 더 이상 얘기하지 않아도 짐작이 갈 겁니다. 그분을 만나게 되면 이 점을 전하세요. 우리 언니에게도 이런 사정을 얘기한 다음, 현명한 판단을 내리라고 하세요. 잘 가요. 눈먼 반역자의 소식을 듣고, 그 늙은이의 목이라도 치는 날에는 출세하게 될 거예요.

오즈월드 그 늙은이를 만나고 싶군요. 그러면 제가 어느 쪽 편에 드는지를 알 수 있을 테니까요.

리 건 잘 가시오. (두 사람 퇴장)

제6장 도버 근처의 들판

글로스터와 농부 차림을 한 에드거 등장. 에드거가 글로스터의 손을 잡고 그를 인도하고 있다.

글로스터 그 언덕 꼭대기에는 언제 다다르겠느냐?

에드거 지금 오르고 있는 중입니다. 보세요, 이렇게 힘들잖아요?

글로스터 길이 평평한 것 같은데.

에드거 무시무시하게 가파른 길입니다. 들어보세요, 파도 소리가 들리시죠?

글로스터 안 들리는데, 전혀.

에드거 눈이 불편하기 때문에 다른 감각도 비정상이 된 것 같습니다.

글로스터 그런 모양이다. 네 목소리도 변한 것 같구나. 말하는 품도 훨씬 나아졌어. 말투도 그렇고, 내용도 그렇고.

에드거 잘못 생각하셨어요. 변한 것은 걸친 옷뿐입니다.

글로스터 내 생각으로는 네 말투가 훨씬 나아졌어.

에드거 자아, 여깁니다. 가만히 서 계십쇼. 밑을 내려다보면 무서워서 눈이 핑핑 돕니다! 저 아래 하늘을 날고 있는 까마귀나 붉은다리 까마귀는 크기가 꼭 딱정벌레만 합니다. 그리고 절벽 중간에는 바다미나리 따는 사람이 매달려 있네요. 위험한 직업입니다! 그 사람은 제 머리만 하게 보입니다. 바닷가에서 거닐고 있는 어부는 꼭 생쥐 같아요. 저기 닻을 내리고 있는 커다란 배는 작은 배만큼 작아 보이고, 또 작은 배는 너무 작아서 눈에 띌까 말까 할 정도의 부표로 보이는군요. 헤아릴 수 없이 많은 조약돌 위에 부딪치는 파도 소리가 쏴아 하고 들리는 듯하지만 너무 높아서 그 소리가 신통치 않아요. 보는 것은 이만해 둡시다. 머리가 핑핑 돌고 눈이 어찔어찔해서 거꾸로 박혀버릴 듯합니다.

글로스터 네가 서 있는 곳에 나를 세워다오.

에드거 손을 이리 주세요. 한 발만 더 옮기시면 바로 벼랑 끝입니다. 달빛 아래의 모든 것을 다 준다 해도 저는 더 이상 앞으로 뛸 수 없습니다.

글로스터 내 손을 놔라. 자, 여기 돈주머니가 또 하나 있다. 그 속에는 가난뱅이로선 감당하기 힘든 만큼의 보석이 있다. 요정들과 제 신들이 그것으로써 너를 번영케 할 거다! 자, 내게서 떠나가라. 잘 가거라. 네가 떠나는 발소리를 들려다오.

에드거 안녕히 계십쇼.

글로스터 그래, 잘 가거라.

에드거 (방백) 아버님의 절망을 이토록 희롱하는 것은 오로지 그 절망으로부터 아버님을 구해드리고자 하는 소망 때문이다.

글로스터 (무릎을 꿇고) 전능하신 신이시여! 저는 이 속세를 버리겠나이다. 거룩하신 당신 앞에서 저의 이 벅찬 번뇌를 떨어버리려고 합니다. 제가 이 고통을 더 견딜 수 있고, 거역할 수 없는 막강한 당신의 힘과 싸움을 시작하지 않는다 할지라도, 타다 남은 찌꺼기 같은 육체의 흉한 잔해는 저절로 타 없어질 것입니다. 만일 에드거가 살아 있다면 그에게 축복을 내려주소서! (에드거에게) 잘 가거라. (앞으로 쓰러졌다가 고꾸라진다)

에드거 저는 이만큼 왔습니다. 그럼 안녕히. 그렇지만 스스로 제 목숨을 끊고 싶다는 생각이 간절할 때에는 그 생각만으로도 정말 귀중한 생명을 빼앗기는 경우가 있지 않은가. 아버님께서 정말 여기가 당신이 생각하시는 그 장소라고 믿고 계신다면, 지금쯤 아마 의식마저 잃으셨을 것이다. 살아 계신가, 돌아가셨나? (목소리를 바꾸어서) 여보세요, 노인장! 들리십니까? 말을 해보세요! (방백) 이대로 돌아가실지도 모르겠군. 앗! 깨어나신다. 당신, 무엇 하는 사람이오?

글로스터 저리 가라. 죽게 내버려둬.

에드거 당신은 거미줄이오, 새털이오, 공기요? 그렇지 않다면야 그 수십 길 절벽에서 굴러떨어졌으니 계란처럼 박살이 났어야 마땅한데, 아직도 숨을 쉬고 있구려. 당신은 몸도 멀쩡하고, 피도 한 방울 안 나고 입도 뗄 수 있을뿐더러, 오장육부도 아무렇지도 않군요. 돛대 열 개를 잇는다 해도 당신이 거꾸로 곤두박질한 저 높이에는 모자랄 겁니다. 당신이 살아 있다는 것은 기적이오. 자, 말을 해보세요.

글로스터 그렇지만 난 떨어졌는데, 아닌가?

에드거 떨어졌죠. 저 무시무시한 절벽 꼭대기에서 굴러떨어졌어요. 위를 한번 쳐다보세요. 아득히 먼 곳에서 종달새가 앙칼진 목소리로 울고 있는데, 그 모습이 보이지도 들리지도 않는단 말이에요? 한번 올려다보세요.

글로스터 아, 슬프게도 나는 눈이 없어. 불행한 자는 스스로 고통스러운 목숨을 끊는 혜택조차 받을 수 없단 말인가? 자살을 해서 폭군의 분노를 시들게 하고 그의 거만한 뜻을 꺾을 수 있었을 때는 그래도 다소 위안이 되었는데.

에드거 팔을 이리 주세요. 자, 일어납시다. 어떠세요? 다리는 괜찮습니까? 설 수 있지요?

글로스터 물론, 물론. 너무 멀쩡하군.

에드거 정말 기적이네요. 절벽 꼭대기에 함께 서 있다가 헤어진 자는 누구였죠?

글로스터 신세가 딱한 불행한 거지였소.

에드거 여기 아래에서 올려다보니, 그놈은 두 개의 보름달 같아 보이는 눈알에, 콧구멍은 수천 개나 되고, 성난 파도처럼 물결치며 일그러져 보이는 뿔이 여러 개 달려 있는 것 같았소. 그것은 꼭 악마 같았죠. 그래서 당신은 운수 좋은 늙은이라는 겁니다. 매사에 공평하신 하느님은 인간이 할 수 없는 일을 해서 존경을 받습니다만, 이번에도 바로 그 하느님이 당신을 구한 겁니다.

글로스터   이제 정신이 드는 것 같군. 이제부터는 고통이 '그만, 그만' 하고 아우성치다 제풀에 꺾여 사라질 때까지 참고 견디겠소. 당신이 말하는 그 악마를 나는 사람인 줄 알았구려. 하긴 걸핏하면 '악마가, 악마가' 하고 말합디다. 여하튼 그놈이 나를 저곳으로 데려다 주었다오.

에드거   걱정할 것 없습니다. 마음을 차분히 가지세요. 그런데 저기 오는 이는 누굴까?

들꽃으로 괴상하게 치장한 리어 왕 등장.

제정신이라면 저런 모습을 하고 있을 리 없지.

리 어   그래, 내가 가짜 돈을 만들었다고 해서 그놈들이 내게 손댈 수는 없어. 내가 바로 왕이니까.

에드거   아, 가슴을 도려내는 듯한 광경이로다!

리 어   그 점에 있어서는 인공보다는 자연이 낫지. 자, 당신 품삯이오. 저 사람은 마치 새 쫓는 사람처럼 활을 쏘는군. 겨우 발 하나 길이 화살을 쏘네. 저런, 저런, 저 생쥐 좀 봐! 쉬잇, 조용히. 불에 구운 이 치즈 토막으로 잡을 수 있을 거야. 장갑을 던졌으니, 결투를 하자. 이 일을 위해서라면 거인하고라도 싸울 테다. 갈색의 창을 갖고 오너라. 아, 잘 날아갔다. 새야! 과녁에, 과녁에 맞았다. 후웃! 암호를 대라.

에드거　향기로운 꽃, 박하.

리 어　통과.

글로스터　저건 귀에 익은 목소린데.

리 어　(글로스터를 보고) 핫, 고네릴이다! 흰 수염이 났군! 저것들은 개처럼 나한테 알랑거리면서, 검은 털도 나기 전에 내 수염에 흰 털이 생겼다고 말했어. 내가 하는 말엔 무턱대고 '네' '아니오' 라고 맞장구쳤지! '네' '아니오' 하는 것도 하늘의 가르침에 미흡한 것이럿다. 비를 맞고 몸이 흠뻑 젖었을 때, 찬바람 때문에 이가 덜덜 떨렸을 때, 천둥이 내 명령을 듣지 않고 요란하게 울렸을 때 나는 그들의 정체를 알았어. 그들의 냄새를 맡았단 말이야. 이봐, 그들은 약속을 안 지키는 작자들이야. 그들은 내가 척척박사라고 하지만, 그것은 거짓말이야. 나도 학질에는 꼼짝 못하거든.

글로스터　저 말투를 나는 기억하고 있어. 국왕 폐하 아니십니까?

리 어　그렇다. 틀림없는 왕이다. 내가 노려보면 신하들은 벌벌 떨게 마련이지. 나는 저놈의 목숨만은 살려주겠다. 네 죄목은 뭐냐? 간통죄냐? 죽이지는 않겠다. 간통죄에 대한 사형은 있을 수 없으니까! 없고말고. 굴뚝새도 그렇고, 작은 금파리도 내 면전에서 뻔뻔스럽게 음란한 짓을 하거든. 실컷 교미를 하라고. 글로스터의 사생아는 정당한 부부 사이에서 버젓이 태어난 내 딸들보다도 아버지에 대한 효성이 더 지극했어. 하고 싶으면 실컷 해라! 나는 병사들이 부족해. 저기 억지로 웃고 있는 부인을 보게. 두 가랑이 사이에 있는 그의 얼굴은 눈처럼 깨끗하다는 표정을 지으며 정숙한 가면을 쓴 채, 음탕한 이야기만 들어도 머리를 흔들어대고 있어. 그러나 음탕한 짓을 하는 데 있어서는, 냄새나는 고양이나 배가 터지게 꼴을 처먹는 원기 왕성한 말도 그녀만큼 야단스럽게 음란한 짓을 하진 못할 정도다. 그들은 허리 위는 여자지만 허리 아래는 말인 반인반마(半人半馬)로서, 허리까지는 신의 것이지만 그 아랫도리는 악마의 소유물이야. 그곳은 지옥이요 암흑이요 유황이 지글지글 타고 있는 구렁텅이야. 불길이 타오르고 이글이글 끓어 악취가 코를 찌르며 썩고 있지. 더러워, 더러워, 더러워! 풋, 풋! 약제사, 사향 일 온스만 갖고 오너라. 기분이 언짢다. 대금은 여기 있어.

글로스터 제발 그 손에 입을 맞출 수 있는 영광을 주소서!

리 어 우선 손부터 씻고. 송장 냄새가 난단 말이야.

글로스터 아, 부서지는 자연의 한 조각이여! 이 거대한 세상도 닳아서 없어질 것이다. (리어에게) 저를 아시겠습니까?

리 어 자네 눈동자를 잘 기억하고 있네. 곁눈질하며 나를 쳐다보고 있는가, 눈먼 큐피드? 어떤 간악한 짓을 해도 좋아, 나는 상사병엔 걸리지 않을 테니. 이 결투장을 읽어봐, 글씨체를 잘 눈여겨 보도록.

글로스터 문자 하나하나가 태양이라 할지라도, 저는 볼 수 없습니다.

에드거 (방백) 이 일을 다른 이에게서 들었다면 도저히 믿을 수 없었을 것이다. 그러나 사실이니만큼 내 심장은 터질 것만 같구나.

리 어 읽어라.

글로스터 아니, 눈알도 없는 껍데기만으로요?

리 어 어헛! 정말 그렇단 말이지? 머리에는 눈이 없고, 지갑 속에는 돈이 없다는 얘기로군. 네 눈은 중량이고 네 돈주머니는 경량이구나. 그러나 세상 돌아가는 낌새는 알 수 있겠지?

글로스터 육감으로 압니다.

리 어 아니, 미치광이란 말인가? 사람은 눈이 없어도 세상 돌아가는 일쯤은 볼 수 있는 법이야. 귀로 세상을 보게. 저기 있는 재판관이 천한 신분의 도둑놈을 야단치는 것을 보게. 귀로 듣게나. 두 사람이 자리를 바꾼대도 어느 쪽이 재판관이고 어느 쪽이 도둑놈인지 알아맞히겠지? 너, 농부의 개가 거지를 보고 짖어대는 광경을 본 적이 있나?

글로스터 네, 보았습니다.

리 어 그 거지가 개에게 쫓겨 도망치는 것을 보았겠지? 거기서 권력을 쥔 자의 위대한 모습을 볼 수 있는 거야. 개도 지위만 있으면 사람을 쫓을 수 있을 거라구. 이 악독한 순경 놈아, 그 잔인한 손을 멈춰라! 왜 그 창녀에게 매질을 하느냐? 네놈의 잔등이나 갈겨라. 매음을 한다고 해서 매질하는 모양인데, 바로 네가 그 여자를 간음하려고 열을 올리고 있지 않느냐? 고리대금업자가 사기꾼을 교수형에 처한다지? 누더기를 걸치고 있으면 뚫어진 구멍으로 티끌 만한 죄가 들여다보이지만, 예복이나 모피 외투를 입고 있으면 모든 것이 다 감춰지지. 죄악에 황금을 입히면 날카로운 정의의 창도 상처를 못 내고 부러져버리는 거야. 죄악을 누더기로 싸면, 난쟁이의 지푸라기로도 그것을 꿰뚫을 수 있어. 죄짓는 사람은 없어, 아무도 없어, 없는 거야. 내가 보증하지. 내 말을 믿게. 나는 고소인의 입을 틀어막을 수 있어. 유리 눈이라도 해 박지. 그리하여 천박한 모사(謀士)처럼, 보이지 않는 것도 보이는 척해봐. 자, 자, 자, 이 장화를 이제 벗겨다오. 좀 더 세게, 좀 더. 그렇지.

에드거 (방백) 의미 있는 말과 무의미한 지껄임이 뒤섞여 있네! 광기 속에서도 이치가 번득이는구나!

리 어 나의 이 불행을 그대가 슬퍼해준다면 내 눈을 주겠다. 나는 그대를 잘 알고 있다. 이름이 글로스터지? 그대는 참아야 해. 우린 모두 울면서 세상에 태어났지. 처음으로 이 세상 공기를 마실 때 응애응애 하고 운다는 것을 그대도 알고 있을 것이다. 그대에게 내가 얘기해줄 테니, 잘 들어보게.

글로스터 아아, 슬픈 일이로다!

리 어 우리들은 세상에 태어날 때, 이 거대한 바보들의 무대에 나온 것을 깨닫고 슬피 운다. 이 모자 꼴은 좋군! 모자와 천으로 기마대 말들의 발을 싸는 것은 훌륭한 계략이다. 시험 삼아 해보겠다. 사위 놈들이 있는 곳에 몰래 숨어들어 그놈들을 죽여, 죽여, 죽여, 죽여, 죽여, 죽이라구!

여러 명의 시종들과 함께 신사 등장.

신 사 아, 여기 계시는구나. 이분을 꼭 붙들어라. 폐하, 폐하의 친애하는 따님께서⋯⋯.

리 어 도망갈 길이 없는가! 아니, 포로가 됐단 말이냐? 내가 운명의 장난감이냐? 나를 함부로 다루지 마라, 보상금을 줄 테니. 외과의를 불러라. 뇌수까지 찔린 기분이다.

신 사 매사 분부대로 하겠습니다.

리 어 보좌관들은 없는가? 나 혼자뿐인가? 아니, 이렇게 되면 사나이도 온통 눈물을 쏟아내어, 두 눈은 뜰에 물을 주는 작은 단지가 되고 말지. 음, 그래, 가을에 먼지가 못 일어나도록 하기 위해서 말야. 나는 떳떳하게 죽겠다. 단정한 새신랑처럼. 뭐냐! 난 유쾌해질 거다. 자, 자, 나는 왕이로소이다. 네놈들은 알고 있느냐?

신 사 폐하께서는 일국의 왕이십니다. 저희들은 오로지 명령에 복종할 따름입니다.

리 어 그렇다면 아직 희망은 있다. 그것을 얻고 싶으면 뛰어와서 가져가라. 자, 자, 자, 자! (리어 왕, 뛰어나간다. 시종들, 그 뒤를 쫓는다)

신 사 하찮은 신분의 사람도 저렇게 되면 몹시 가엾은 법인데, 하물며 국왕의 신분으로서 저 모양이 되셨으니 이루 말할 수 없구나! 그래도 폐하께는 막내 따님 한 분이 계시지. 다른 두 딸들 때문에 그 천륜이 모든 사람의 저주를 받기는 했지만, 그 따님은 저주의 파국으로부터 천륜을 되찾으실 분이셔.

에드거 여보세요, 안녕하십니까?

신 사 안녕하시오? 무슨 일이시오?

에드거 혹 전쟁이 일어났다는 소문을 들으셨는지요?

신 사 누구나 다 알고 있는 뻔한 사실 아니오? 귀가 있는 사람이라면 그런 소식은 다 듣고 있소.

에드거 그건 그렇다 치고, 실례지만 저쪽 군대들은 어디까지 와 있습니까?

신 사 가까이 와 있어요. 빠른 속도로 진격하고 있소. 주력부대가 나타나는 것도 시간문제요.

에드거 고맙습니다, 이제 됐습니다.

신 사 왕비께서는 특별한 이유가 있어서 이곳에 오셨지만, 군대는 진격 중입니다.

에드거 고맙습니다. (신사 퇴장)

글로스터 언제나 자비심 많은 신이시여, 당신이 뜻하실 때 제 숨통을 눌러주십시오. 악독한 제 근성이 저를 유혹하여 신이 허락하시기도 전에 죽고자 하는 마음을 먹지 않도록 해주소서!

에드거 아저씨, 훌륭한 기도입니다.

글로스터 이봐, 도대체 너는 누구냐?

에드거 보잘것없는 놈이지요. 계속되는 불행에 길들고, 갖가지 슬픔을 겪은 탓에 남을 깊이 동정하게 된 사람입니다. 제가 손을 잡아드리지요. 쉴 만한 곳으로 모셔다 드리겠습니다.

글로스터 진심으로 고맙다. 하늘의 은총과 축복이 너에게 넘치도록 쏟아지길!

오즈월드 등장.

오즈월드 현상 붙은 반역자다! 내가 운이 터졌구나! 눈알 없는 네 머리통은 본래부터 내 출세를 위해 만들어졌나 보구나. 불행한 이 늙은 반역자야, 각오해라. 내가 칼을 뽑았으니 네 목숨을 빼앗고야 말겠다.

글로스터 친절한 분이군. 힘껏 쳐주시오. (에드거, 이들 사이에 끼어든다)

오즈월드 겁도 없는 촌놈아, 무엇 때문에 반역자로 공포된 자를 편들며 감싸느냐? 너도 이놈과 함께 죽고 싶으냐? 그 팔을 놔라.

에드거 그런 이유 때문이라면 못 놓겠다.

오즈월드 놔라, 노예 놈아. 안 놓으면 죽이겠다!

에드거 이봐, 가던 길이나 재촉하시지. 이 사람은 그냥 보내고. 내가 공갈 협박에 죽을 놈이라면, 벌써 반달 전에 나는 뻗었을 거야. 안 돼, 이 노인 곁에는 얼씬도 못 한다구. 비켜, 내 말을 들으시지. 그렇지 않으면 네놈의 대갈통이 단단한가, 이 몸뚱이가 단단한가 시험해볼 테니. 네놈하고 쓸데없는 수작하고 싶지 않아.

오즈월드 닥쳐라, 이 똥 같은 놈아!

에드거 네 앞니를 모조리 뽑아줄 테다. 자, 덤벼라. 그 칼로 찌를 테면 찔러 봐. (두 사람 싸운다. 에드거가 오즈월드를 때려눕힌다)

오즈월드 이놈, 내가 네놈 손에 죽는구나. 내 돈주머니를 가져라. 장차 편히 살려거든 내 시체를 묻어다오. 그리고 내 몸에 지니고 있는 이 편지를 글로스터 백작, 에드먼드 님에게 전해다오. 영국

편에 가서 그를 찾아라. 아, 뜻밖의 최후로다. 아아, 마지막이구나! (오즈월드 죽는다)

에드거 난 네놈을 잘 알고 있지. 악한 일에 충성을 다한 놈. 네 여주인의 악행에 대해서 악인이 할 수 있는 최대한의 몫을 다한 놈이지.

글로스터 아니, 그놈이 죽었느냐?

에드거 아저씨, 거기 가만히 계세요. 잠시 쉬시라고요. 이놈의 주머니를 뒤져 봅시다. 지금 이놈이 부탁한 편지가 우리 편에 도움을 줄는지도 몰라요. 이젠 숨이 끊어졌군. 널 사형 집행인의 손에 맡기지 않은 것이 억울하다. 어디 보자. 봉함(封緘)이여, 편지의 개봉을 눈 감아다오. 적군의 심중을 알기 위해 때로는 사람의 가슴도 찢는데 편지 겉봉쯤이야 문제가 되겠느냐? (편지를 읽는다)

서로 굳게 언약한 우리의 약속을 잊지 마세요. 당신은 그이를 해치울 기회가 많으실 겁니다. 각오만 서 있으면 때와 장소는 충분히 마련될 거예요. 그이가 개선장군으로 돌아오면 만사 끝장나는 겁니다. 그렇게 되면 저는 죄인이 되고 그의 침대는 저의 감옥이 될 것입니다. 진절머리나는 그 잠자리의 온기로부터 저를 구출해주세요. 수고하신 보답으로 그 잠자리를 당신께 드리겠어요.

아내라 불리고 싶은 당신의 애인 고네릴

아아, 여인의 색정은 어디까지 뻗을 수 있는 것인가! 덕망 있는 남편의 목숨을 빼앗고, 그 대신 내 동생 에드먼드를 그 자리에 앉히려는 흉계로구나! (오즈월드의 시체를 보면서) 네놈을 이 모랫더미 속에 묻어주마. 살인미수, 간통 남녀의 더러운 심부름을 도맡아 해온 녀석. 때가 오면 모살될 뻔한 공작에게 이 추잡한 편지를 보여주어 깜짝 놀라게 해줘야겠다. 너의 죽음과 용무에 대해 내가 공작에게 얘기할 수 있게 되어 정말 다행이다.

글로스터 국왕께서는 돌아버리셨는데, 내 하잘것없는 감각은 얼마나 단단하길래 이렇게 계속 버티며 엄청나게 큰 슬픔을 이토록 뼈저리게 느끼고 있단 말인가! 차라리 미치는 게 낫겠다. 그렇게 되면 나 자신의 슬픔을 생각하지 않아도 되고, 마음이 헝클어져 있으니 갖가지 재난도 자연히 잊혀질 것 아닌가. (멀리서 북소리 들린다)

에드거 손을 이리 주세요. 멀리서 북소리가 들리는 듯합니다. 자, 가십시다, 아저씨. 친구와 함께 계시도록 부탁해보겠습니다. (일동 퇴장)

제7장 프랑스군 진영의 천막 속

코델리아, 켄트, 의사, 시종 등장.

코델리아 오, 착하신 켄트 님, 켄트 님의 충성에 보답하려면 얼마나 오
        랫동안 살면서 어떻게 노력해야 할까요? 이 신세를 갚으려면
        내 한평생이 너무 짧고, 어떤 보상의 방법을 써도 부족할 뿐일
        거예요.

켄 트   인정해주신 것만으로도 과분한 보상이 되겠습니다. 방금 말씀
        드린 보고는 사실 그대로입니다. 추가도 삭제도 아닙니다.

코델리아 좀 나은 옷으로 갈아입으세요. 그 옷은 지금까지 고생한 동안
        의 추억을 되살리니까요. 부탁입니다, 그 옷을 벗어버리세요.

켄 트   용서하십시오, 왕비님. 제 신원이 지금 밝혀지면 모든 계획이
        수포로 돌아갑니다. 때가 되어 적당하다고 생각될 때까지 저를
        모르는 척 내버려두시면 감사하겠습니다.

코델리아 그러시다면, 좋습니다. (의사에게) 국왕의 용태는 어떻소?

의 사   아직도 주무시고 계십니다.

코델리아 은혜로운 신들이여, 험한 일을 당해 얻으신 마음의 상처를 고
        쳐주소서. 불효자식 때문에 상하고 거칠어진 생각을 다시 조정
        하시어, 오, 제정신을 되찾을 수 있도록 도와주소서!

의 사   어떻겠습니까, 깨우시는 것이? 충분히 주무셨는데요.

코델리아 의사 선생의 판단에 따라 처리하시기 바라오. 그런데 폐하께
        서 옷은 갈아입으셨소?

신 사   네, 왕비님. 폐하께서 깊이 잠드셨을 때, 새 옷으로 갈아입혀드
        렸습니다.

의 사   왕비님, 폐하를 깨울 때 옆에 계셔주십시오. 반드시 정상으로 돌

아오실 겁니다.

코델리아   좋아요. (음악 소리)

리어 왕, 침대에 잠든 채 시종에 의해 운반되어 등장.

의 사   이리 가까이 오십시오. 음악 소리를 높여라.

코델리아   아, 사랑하는 아버님! 제 입술에 회복의 비약이 묻어 있다면 두 언니들이 옥체에 끼친 엄청난 상처를 제 키스로 고쳐드리고 싶습니다!

켄 트   착하고 친절하신 왕비님!

코델리아   설사 그들의 아버지가 아니었다 할지라도 이 백발은 그들에게 동정심을 불러일으킬 수 있었을 텐데. 이 얼굴이 사나운 비바람을 맞아야만 했단 말입니까? 무서운 벼락을 품은 우레를 들으셔야만 했단 말입니까? 재빨리 하늘을 가르는 번개가 처절하게 번쩍이는 야밤중에, 밤잠도 주무시지 못하고 목숨을 건 파수병처럼 얇은 투구만을 머리에 쓰신 채 말입니다. 내 원수의 개, 나를 문 개라 할지라도 그런 밤에는 집 안 난롯가에서 불을 쬐게 했어야 마땅한 것을. 그런데 가엾게도 아버님은 돼지나 부랑배들과 함께 그 답답하고 곰팡내 나는 오두막 안의 짚자리에서 쉬셔야 했습니까? 깨어나시는군요. 목숨과 정신을 한꺼번에 잃지 않으신 것이 신기할 뿐입니다. 아아! (의사에게) 폐하께 말씀을 건네보세요.

의 사   왕비께서 말씀하시는 것이 더 적당한 줄 아뢰옵니다.

코델리아 폐하, 어떠십니까? 기분이 좀 어떠하십니까?

리 어 무덤 속에서 나를 끌어내면 못 써. 너는 축복받은 영혼이지만 나는 불바퀴에 묶여 있는 몸이라, 내가 눈물을 흘리면 납처럼 녹아흘러 화상을 입어.

코델리아 저를 아시겠습니까?

리 어 너는 망령이지? 언제 죽었나?

코델리아 정신을 회복하시려면 아직도 멀었구나!

의 사 아직 잠에서 깨어나신 것이 아닙니다. 잠시 혼자 계시도록 내버려두세요.

리 어 내가 지금까지 어디에 있었느냐? 지금 여긴 어디냐? 아름다운 햇살이군. 나는 어이없이 속고 있어. 딴 사람이 나 같은 꼴을 겪고 있으면 나는 그것을 보고 가엾어서 죽고 싶을 거다. 뭐라고 말해야 좋지? 이것이 내 손인지 아닌지도 분간할 수 없구나. 이 바늘이 찌르는 것은 느낄 수 있군. 지금 내가 어떤 지경에 놓여 있는지 그것을 알고 싶다!

코델리아 저를 보세요. 제게 손을 얹고 저를 축복해주세요. 아니에요, 무릎은 꿇지 마세요.

리 어 제발 부탁이오, 나를 놀리지 마오. 나는 지극히 못난 바보 늙은이라오. 나이가 벌써 여든이 넘었소. 그보다 더 많지도 적지도 않다오. 솔직히 말해서 나는 제정신이 아닌가 보오. 당신도 여기 있는 이 사람들도 다 알 것 같긴 한데, 확실치가 않구려. 여기가 어딘지 모르기 때문이고, 이웃도 기억나질 않기 때문이오.

어젯밤 내가 어디에서 잠을 잤는지도 모르고 있을 정도라오. 나를 비웃지 마오. 내가 살아 있는 것이 확실하다면, 이 부인은 내 딸 코델리아라고 생각되는데.

코델리아 그렇습니다, 확실히 그렇습니다.

리 어 눈물을 흘리고 있느냐? 그렇군, 눈물이로군. 제발 울지 마라. 네가 독약을 마시라면 마시겠다. 네가 나를 원망하고 있다는 것도 난 알고 있어. 내 기억에 네 언니들은 나를 무한히 괴롭힌 것 같은데, 그들은 나를 학대했으니 할 말이 없을 테지만, 너 코델리아는 나를 미워할 만한 이유가 있지 않느냐?

코델리아 아니오, 아무런 이유도 없습니다.

리 어 내가 지금 프랑스에 와 있느냐?

켄 트 폐하의 왕국에 계십니다.

리 어 나를 속일 셈이냐?

의 사 안심하십시오, 왕비 전하. 보시다시피 무서운 광기는 이제 진정되었습니다. 그러나 지금까지 겪어오신 일들을 다시 기억하시게 하는 것은 위험합니다. 안으로 모시고 들어가십시오. 좀 더 안정을 얻으실 때까지 자극을 드리지 마십시오.

코델리아 안으로 드십시오.

리 어 참고 견디어라. 과거를 잊고 나를 용서해라. 난 어리석은 늙은이야. (켄트와 신사만 남고 모두 퇴장)

신 사 콘월 공작이 살해되었다는 게 사실입니까?

켄 트 확실한 모양이오.

신 사 공작의 부하들을 통솔하고 있는 사람은 누굽니까?

켄 트 글로스터 백작의 사생아라던데.

신 사 추방 당한 그의 아들 에드거는 글로스터 백작과 함께 독일에 있
다는 소문입니다.

켄 트 소문은 믿을 수 없어요. 지금은 극히 조심할 때요. 적군이 급속
도로 밀려오고 있습니다.

신 사 이 싸움은 피비린내 나는 결전이 될 것 같소. 그럼 안녕히. (퇴장)

켄 트 오늘의 결전에 승리하느냐 패배하느냐에 따라서 나의 계획이
철저하게 달성되느냐 안 되느냐도 판가름 날 것이다. (켄트 퇴장)

제5막

제1장 도버 근처의 영국군 진영

북과 군기를 든 병사들과 에드먼드, 리건, 부대장, 장교들, 그 밖의
사람들 등장.

에드먼드 (부대장에게) 공작에게 가서 일전의 계획에 변경된 것은 없는지
혹은 그 이후 어떤 사정이 생겨 방침을 바꾸시진 않으셨는지 확

실히 알아보고 오너라. 공작께서는 변덕이 심하셔서, 자신이 한 일을 스스로 비난하시는 일이 종종 있었으니까. (부대장 퇴장)

리 건 언니의 하인에게 뭔가 문제가 생긴 게 틀림없어요.

에드먼드 아무래도 그런 것 같아 걱정스럽군요.

리 건 에드먼드 님, 내가 당신에게 호의를 갖고 있다는 걸 아시지요? 말해보세요…… 진심으로…… 사실대로 말해보세요, 당신은 언니를 사랑하지 않으세요?

에드먼드 공경하는 마음에서의 사랑입니다.

리 건 하지만, 당신은 형부만이 드나들 수 있는 금단의 처소에 들어가신 적이 있죠?

에드먼드 천만에요, 어림도 없는 소리입니다.

리 건 하지만 마음에 걸려요. 언니와 함께 붙어 다니면서 서로 부둥켜안는 등 부부만이 할 수 있는 짓을 다 하고 있는 것은 아닙니까?

에드먼드 절대로 그런 일 없습니다, 명예를 걸고.

리 건 나는 결코 언니가 그런 짓을 하도록 내버려두지 않을 거예요. 에드먼드 님, 언니와 너무 가깝게 지내지 마세요.

에드먼드 그런 걱정은 마십시오. 공작과 공작부인께서 오시는군요!

북과 군기를 앞세우고 알바니 공작, 그리고 병사들 등장.

고네릴 (방백) 동생이 나와 에드먼드 사이를 떼어놓을 바에야 차라리 전쟁에 지는 게 낫지.

알바니 지극히 사랑하는 우리 처제, 잘 만났소. (에드먼드에게) 들리는 소
문에 의하면 국왕께서는 막내딸한테로 갔다 하오. 우리나라의
학정 때문에 불만이 많은 도당들과 합세했다는 소식이오. 나는
원래 공명정대한 일이 아니면 용감히 싸우지 않는 사람인데, 이
번 전쟁은 프랑스 왕이 우리나라를 침략하려고 마음먹었기 때
문이지, 리어 왕 일당을 도와주려고 일으킨 것이 아니기 때문에
우리도 떨쳐 일어난 거요. 프랑스 왕은, 지극히 정당하고 중대
한 이유로 해서 전쟁을 일으키고자 하는 다른 사람들과 한패가
되어 우리 국토를 침략하려 하고 있소.

에드먼드 참으로 고귀하신 말씀입니다.

리 건 어쩌자고 그따위 토론을 시작하시는 거예요?

고네릴 모두가 힘을 합쳐 적군을 무찌릅시다. 이런 개인적인 불만이나
내부적인 분열은 여기서 문제삼을 것이 못 되니까.

알바니 그렇다면 노련한 전략가와 작전이나 짭시다.

에드먼드 공작님의 진영으로 곧 가겠습니다.

리 건 언니, 함께 가시죠.

고네릴 나는 가고 싶지 않아.

리 건 함께 가셔야 합니다, 가십시다.

고네릴 (방백) 흥, 그 수수께끼를 내가 알지. (리건에게) 그래, 가자꾸나.

　　　　　그들이 밖으로 나가려 할 때, 변장한 에드거 등장.

에드거 보잘것없는 졸장부하고도 한마디 나눌 여유가 있으시다면, 제

말씀에 귀를 좀 기울여주십시오.

알바니 (일동에게) 곧 뒤따라가겠소. (알바니와 에드거만 남고 모두 퇴장) (에드거에게) 말해보라.

에드거 전쟁을 시작하기 전에 이 편지를 뜯어보십시오. 전쟁에 승리를 거두시면, 나팔 소리를 울려 이 편지를 들고 온 저를 불러주시기 바랍니다. 제 몰골이 이토록 엉망이긴 합니다만, 이 편지 속에 씌어 있는 것이 거짓이 아님을 이 칼을 두고 맹세합니다. 전쟁에 패하시면 공작님의 운세도 끝장나고 따라서 이 음모도 끝이 나겠지요. 행운을 빕니다!

알바니 편지를 다 읽을 때까지 기다려 달라.

에드거 그건 안 됩니다. 때가 오면 전령을 통해 절 불러주십시오. 다시 나타나겠습니다.

알바니 잘 가라. 편지는 잘 읽어두겠다. (에드거 퇴장)

　　　에드먼드 다시 등장.

에드먼드 적군이 눈앞에 나타났습니다. 전열을 가다듬으세요. 적군의 실력, 장비 등을 자세히 조사한 기록이 여기 있습니다. 하지만 급히 서두르셔야 합니다

알바니 늦지 않도록 하겠다. (알바니 퇴장)

에드먼드 나는 두 자매 모두에게 사랑을 맹세했다. 두 자매가 서로 질투하는 모습은 마치 독사에게 물린 적이 있는 사람이 독사를 미워하는 것과 같구나. 둘 중에 누구를 골라잡을까? 둘 다? 하나만?

아니면 둘 다 그만둘까? 둘 다 살아 있으면 어느 쪽도 즐길 수 없어. 과부를 택하면 언니인 고네릴이 미친 듯 화를 내겠지. 그리고 그녀의 남편이 살아 있는 한 내 목적을 달성할 수도 없고. 전쟁을 수행하기 위해서는 남편의 권력을 이용키로 하고 전쟁이 끝나면 그녀에게 남편을 감쪽같이 처치해 버릴 방안을 강구하라고 해야지. 공작은 리어와 코델리아에게 자비를 베풀고자 하지만, 전쟁이 끝난 후 그들이 우리의 포로가 되고 나면 용서고 뭐고 없다. 지금 내 입장에서 중요한 것은 심사숙고하는 것이 아니라 나 자신을 방어하는 일뿐이니까. (에드먼드 퇴장)

제2장 양 진영 사이의 들판

안에서 경종 소리. 북과 군기를 앞세우고 리어, 코델리아, 그들의 병사들이 무대를 가로질러 퇴장한다. 에드거와 글로스터 등장.

에드거 아저씨, 이 나무 그늘을 집 삼아 쉬시면서 정의가 이기도록 기도해주세요. 제가 다시 돌아올 땐 위안을 가져다 드릴게요.

글로스터 하느님의 가호가 있기를 빈다. (에드거 퇴장)

안에서 경종 소리, 군인들 패주하는 소리. 에드거 등장.

에드거 영감님, 달아나세요! 자, 손을 이리 주세요, 도망갑시다. 리어 왕이 패배했어요. 폐하와 코델리아가 잡혔어요. 자, 손을 이리 주세요, 갑시다.

글로스터 더 이상 갈 수 없네. 여기서 죽으면 그만이야.

에드거 왜 그러세요, 또 음울한 생각에 잠기신 거예요? 사람이란, 세상에 태어나는 것도 마찬가지지만 세상을 떠나는 것도 임의로는 안 되는 법이에요. 때가 무르익는 것이 중요합니다. 자, 갑시다.

글로스터 그 말도 옳다. (두 사람 퇴장)

제3장 도버 근처의 영국군 진영

북이 울리고 군기가 휘날리는 가운데 개선장군인 에드먼드 등장. 포로로 잡힌 리어 왕과 코델리아가 장교들, 장병들과 함께 등장.

에드먼드 장교들은 이 포로들을 끌고 가라. 그들을 재판할 상관의 명령이 떨어질 때까지 잘 감시하라.

코델리아 최선을 다했음에도 최악의 사태를 맞는 것은, 우리가 처음이 아닙니다. 학대받으신 아버님만 생각하면 저는 맥이 빠집니다. 그렇지만 않았어도 전 혼자서 거짓말쟁이 운명의 여신의 찌푸린 상과 맞서 노려봄으로써 그 여신을 물리쳤을 텐데. 언니들을 만나보지 않으시렵니까?

리 어 아니, 아니, 아니, 아니다! 어서 우리는 감옥으로나 가자. 둘이

서 새장 속의 새들이 되어 노래를 부르자. 네가 나의 축복을 빌어주면 나는 무릎을 꿇고 너의 용서를 구하마. 그렇게 우리는 살아가자. 기도하고 노래하고 옛날 얘기를 나누며 금빛 나비들 보고 웃고 가련한 패거리들의 궁중 소식 접하며, 그들과 맞장구치면서 살자. 아무개는 쫓겨나고, 아무개는 득세했다는 얘기를 들어보자. 이 세상 돌아가는 신비에 관해서, 우리는 신들의 밀사(密使)인 양 아는 척하며 지내자. 사면이 벽으로 둘러싸인 감옥에서, 달의 힘으로 밀물과 썰물이 교차하듯 흥망성쇠가 무상한 거물들의 패거리보다는 오래 살아갈 수 있을 것이다.

에드먼드 끌고 나가라!

리 어 내 딸 코델리아야, 너의 희생에 대하여 신들은 향을 피워줄 것이다. 내가 너를 붙잡고 있지 않느냐? 우리를 떼어놓으려는 자는 하늘에서 횃불을 가져와야 할 거다. 횃불로써 여우를 몰아내듯이 우리를 쫓을 수밖에 없을 거야. 눈물을 닦아라. 그들이 우리를 울리기 전에 그들이 먼저 병에 걸려 썩어 문드러질 거다. 그들이 먼저 굶어 죽을 거야. 가자. *(리어 왕과 코델리아가 호위를 받으며 퇴장)*

에드먼드 부대장, 듣거라. *(쪽지를 주며)* 이 쪽지를 가지고 이들을 따라 감옥으로 가거라. 나는 이미 너를 일계급 승진시켜 두었다. 거기 적힌 대로만 하면 너는 행운을 잡게 될 것이다. 사람은 시기에 맞춰 움직여야 한다는 걸 명심해. 칼을 휘두르는 사람에게는 순한 마음씨가 어울리지 않아. 너에게 맡긴 이 큰 역할에 대해서

꼬치꼬치 캐묻지 마라. 명령에 따르겠느냐, 아니면 다른 방법으로 출세하겠느냐? 그것만 대답하라.

부대장 명령대로 따르겠습니다.

에드먼드 그럼 즉시 실행하라. 실행 후에는 그래도 이게 다행이라고 생각하라. 알겠느냐? 즉시 실행하는 거다. 내가 적은 대로 처리하라.

부대장 저는 말린 귀리를 먹지도, 수레를 끌지도 않습니다. 그러나 사람이 하는 일이라면 무엇이든 다 하겠습니다.

　　요란한 나팔 소리. 알바니, 고네릴, 리건, 또 한 명의 장교 그리고 병졸들 등장.

알바니 백작은 오늘 자신이 매우 용감한 집안의 태생임을 유감없이 보여주셨구려. 또한 이번 전투의 적수인 두 사람을 포로로 잡았으니 행운이 겹쳤소. 이제 그들을 위해서 백작에게 부탁하고 싶은 것은, 그들의 공죄와 우리들의 안전을 다같이 생각해서 누구든 공평한 판결을 받도록 그들을 잘 처리해달라는 것이오.

에드먼드 늙고 비참한 왕을 적당한 곳에 감금하여 감시병을 붙여두는 것이 적합하다고 생각합니다. 고령의 나이인 데다 국왕이라는 신분도 그럴싸해서 백성들의 마음을 사로잡아 그의 편에 서도록 할 뿐 아니라, 우리가 모병하고 다스려야 할 병졸들의 창끝이 급기야 우리 눈을 찌를 염려도 있기 때문입니다. 프랑스 왕비도 그와 함께 보낼 생각인데 이유는 같습니다. 내일이든 그 언제가 되든 공작께서 주재하는 재판에 출두하도록 조치를 취해놓겠습니다. 그런데 지금 우리는 피와 땀으로 범벅이 되고, 친구는 그의 친구를 잃고 있습니다. 아무리 정당한 전투라 할지라도 그것이 치열해지면 저주를 받게 마련입니다. 코델리아와 그 부친의 문제는 더 적합한 장소를 택해서 결정함이 합당할 줄로 압니다.

알바니 미안한 얘기지만, 나는 이 전쟁에 있어서 백작을 나의 부하라고 여기지, 형제로 여기고 있는 것은 아니오.

리 건 그건 제가 백작을 어떻게 대우하느냐에 달려 있지요. 당신이 그런 말씀을 하시기 전에 먼저 제 의사를 타진했어야 옳았어요. 이분은 저의 군사를 이끌었으므로 저를 대신하는 지위와 신분을 위임받으셨어요. 이토록 가까운 사이니 형제라 불러도 상관없겠지요.

고네릴 너무 흥분하지 마라. 네가 자격을 드리지 않아도 이분은 그 자체로서 인품이 빼어나시니까.

리 건 내가 권리를 준 이상 최고의 권력자가 될 수 있는 거죠.

고네릴 이분이 네 남편이라도, 그건 어림없는 수작이야.

리 건 엉뚱한 소리를 하는 어릿광대가 때로는 예언을 하기도 합니다.

고네릴 흥! 너에게 그런 말을 한 사람은 사팔뜨기였겠지?

리 건 언니, 나는 지금 몸이 좋지 않아요. 그렇지만 않았어도 뱃속의 화를 후련히 터뜨려 대꾸할 텐데. (에드먼드에게) 장군, 나의 군대와 포로와 재산을 모두 당신에게 바치겠어요. 마음대로 처분하세요. 뿐만 아니라 나 자신도 당신의 것입니다. 당신은 나의 성주(城主)예요. 이 세상을 증인 삼아, 나는 당신을 내 군주요 남편으로 삼겠어요.

고네릴 그 사람과 재미를 보려구?

알바니 고네릴 당신이 이들을 마음대로 제지시킬 수는 없소.

에드먼드 공작님 마음대로도 못 할걸요.

알바니 사생아 자식, 난 그럴 수 있다.

리 건 (에드먼드에게) 북을 울리세요. 내 권리가 당신에게 이양된 사실을 어서 알리세요.

알바니 잠깐 기다려. 이유를 듣거라, 에드먼드. 난 대역죄로 너를 체포한다. 그리고 너와 함께 (고네릴을 가리키며) 금으로 도금한 뱀도 체포하겠다. 처제, 당신의 요구에 대해서는 내 아내의 이익을 위해서 반대하겠소. 내 아내는 이미 이 사람과 재혼할 언약을 했으니, 그녀의 남편으로서 어찌 내가 당신의 구혼에 찬성하겠소? 당신이 재혼해야겠다면, 나한테 구혼하시오. 내 아내는 이미 약속된 몸이니.

고네릴 미친 소리!

알바니 에드먼드, 너는 무장하고 있으니 나팔을 불게 하라. 네놈이 범한 명백하고도 악독한 여러 가지 죄목을 증명하기 위해 나서는 사람이 없다면 내가 그 결투에 상대해주마. (도전의 표시로 장갑을 땅에 내던진다) 너의 흉악한 소행이 내가 방금 여기서 선언한 것 이상으로 끔찍하다는 것을, 나는 성체(聖體)를 맛보기 전에 기어

코 네놈의 가슴을 갈라 증명할 테다.

리 건　괴롭다. 아아, 가슴이 답답하다!

고네릴　(방백) 네년이 아프지 않으면 독약도 믿을 수 없게?

에드먼드　당신의 결투에 응하겠소. (장갑을 내던진다) 나를 반역자라고 부르는 놈이 어떤 놈인지는 알 수 없지만 틀림없이 그놈은 거짓말쟁이다. 나팔을 불어 그놈을 불러내어라. 나한테 감히 덤벼드는 놈은 어떤 놈이든 가만두지 않을 테다. 나의 명예와 진실을 확실히 보여주겠다.

알바니　이봐, 전령관!

에드먼드　전령관, 여어, 전령관!

알바니　너 자신의 용기만을 믿어. 네 부하는 모두 내 명의로 모병한 자들이기 때문에, 내 명의로 제대시켰다.

리 건　아아, 가슴이 점점 더 답답해진다.

알바니　환자가 생겼군. 내 막사로 데려가라. (리건, 부축을 받으며 퇴장)

　　　전령관 한 명 등장.

전령관　이리로 오라. …… 나팔을 불게 하라. …… 그러고 나서 이것을 소리 높이 낭독하라.

장 교　나팔을 불어라! (나팔 소리)

전령관　(읽는다)

　　　우리 군대에 복무하고 있는 높은 지위의 명문 출신들 가운데, 글로스터 백작이라 불리는 에드먼드에 대하여 그가 대역죄를 범한 죄인임을 주장하고 싶은 자는 나팔 소리가 세 번 울릴 때까지 나서라. 에드먼드는 자신의 명예를 지킬 자신이 서 있다.

에드먼드 불어라! (첫 번째 나팔 소리)

전령관 다시 한 번! (두 번째 나팔 소리) 다시 한 번! (세 번째 나팔 소리)

안에서 이 소리에 응답하는 나팔 소리가 들린다. 세 번째 나팔 소리에 나팔수를 앞세우고 무장한 에드거 등장.

알바니 (전령관에게) 나팔 소리에 답하여 앞으로 나선 이유를 물어라.

전령관 그대는 누구요? 이름은? 신분은? 무슨 이유로 나팔 소리에 응하셨소?

에드거 말씀드리겠습니다. 저는 이름을 잃었습니다. 반역의 이빨이 제 이름을 물어뜯고, 벌레가 제 이름을 파먹었습니다. 그러나 저 역시 제가 상대하고 싶은 저자만큼이나 고귀한 가문 출신이오.

알바니 상대하고 싶은 자가 누구냐?

에드거 글로스터 백작, 에드먼드라고 자칭하는 자올시다.

에드먼드 내가 바로 그 사람이다. 네 할 말이 무엇이냐? 들어보자.

에드거 칼을 뽑아라. 내 말이 너의 비위에 거슬렸다면 너의 칼이 그 분풀이를 해줄 테지. 자, 여기 내 칼이 있다. 내가 이 칼을 휘두름은 내 명예와 맹세와 기사로서의 특권이라는 것을 알아두라. 단언하건대 너는 힘이 세고 나이가 젊고 지위가 높고 중요한 관직을 맡고는 있지만, 승승장구로 세도를 누리고 무공을 세울 만큼 용기와 담력은 있지만, 그렇지만 너는 반역자다. 너는 너의 신과 형제와 부친을 속였고, 여기 계신 나라 공신인 공작님의 목숨까지 노렸다. 머리 꼭대기에서부터 발바닥 먼지에 이르기까지 너는 점박이 두꺼비만큼이나 더러운 반역자다. '그렇지 않다'고 항변한다면 이 칼, 이 무예, 이 용기로써 네 가슴을 갈라 증명해 보이겠다. 그 가슴을 향해서 나는 '너야말로 거짓말쟁이다!' 하고 부르짖겠다.

에드먼드 현명한 판단을 위해서 우선 네 이름을 묻겠다. 네 외양이 훌륭하고 용감해 보일 뿐만 아니라 또 입 놀리는 품도 무식하게 자란 놈 같지는 않으니, 기사도 규칙에 따르자면 네 정체를 알 때까지 이 결투를 지연시켜야 마땅하겠지만 나는 그러고 싶지 않다. 그래서 나는 그 갖가지 반역의 오명을 네 머리 위에 눌러씌우고, 네가 말한 그 지옥보다 끔찍한 거짓말의 무게로 네 가슴을 짓누르고 싶다만, 아직도 그 거짓말이 네 가슴에 닿지 못하고 좀처럼 가벼운 상처 하나 입히지 못하고 있으니, 이 칼로 네 가슴을 깊숙이 찔러 그곳에 영원히 오명을 남겨두겠다. 나팔을 불어라! 자, 말해보라! (경적 소리, 둘이 싸운다. 에드먼드 쓰러진다)

알바니 도와주라! 도와주라!

고네릴 이건 음모예요, 글로스터 님. 기사도 규칙에 의하면 당신은 이름을 밝히지 않은 상대자와는 싸울 의무가 없어요. 당신은 승부에 진 것이 아니라 속임수를 당한 거예요.

알바니 입 닥쳐요. 그렇지 않으면 이 편지로 당신의 아가리를 틀어막겠소. (에드먼드에게) 이 편지를 받아라. 어떤 죄목으로도 다스릴 수 없는 악독한 죄인, 그것을 읽고 네 자신의 죄를 알라. (고네릴에게) 찢지 마시오, 부인. 그 편지 내용을 아는 모양이군. (알바니, 에드먼드에게 편지를 준다)

고네릴 설사 알고 있다 하더라도, 법은 내 편이지 당신 편이 아니에요. 감히 누가 나를 규탄하겠어요? (퇴장)

알바니 천하에 고약한 여자로군! (에드먼드에게) 편지 내용을 알고 있느냐?

에드먼드 내가 아는 일에 대해서는 묻지 마시오.

알바니 저 여자를 뒤쫓아 가봐라. 자포자기 상태에 빠져 있으니 그녀를 진정시켜 줘라. (장교 퇴장)

에드먼드 나는 당신이 비난하고 있는 그 죄를 범했소. 그뿐만이 아니라 훨씬 더 많은 죄를 저질렀소. 언젠가는 모두가 밝혀질 날이 오겠지요. 시간은 흘러가고 나도 사라져버릴 몸이오. 그러나 나를 물리친 운 좋은 당신은 대체 누구요? 그대가 귀족이라면, 내 용서하리다.

에드거 좋다. 서로 관대한 마음을 나누기로 하자. 에드먼드, 혈통에 있어서는 내가 너보다 조금도 못하지 않다. 만약 내 혈통이 너보다 낫다면 너는 나에게 더 큰 죄를 진 셈이다. 내 이름은 에드거, 네 아버지의 아들이다. 하느님은 공정하셔서, 불의의 쾌락을 맛본 자는 결국 그 쾌락으로써 천벌을 받게 하시지. 어두침침한 곳에서 너를 잉태시킨 아버지는 그 벌로 양쪽 눈을 잃으셨다.

에드먼드 옳은 말씀이요, 그건 사실입니다. 인과응보의 바퀴는 돌고 돌아 다시 제자리로 왔습니다. 제가 다시 밑바닥이 되었으니까요.

알바니 그대의 거동에는 당당하고 귀족적인 품위가 엿보였어. 그대를 껴안고 싶네. 내가 그대나 그대의 부친을 조금이라도 미워한 적이 있다면 슬픔으로 내 가슴이 찢어져도 할 말이 없을 걸세!

에드거 존경하는 공작님, 잘 알고 있습니다.

알바니 그런데 자넨 지금까지 어디에 숨어 있었나? 그대 부친의 고난은 어떻게 알고 있었지.

에드거 제가 줄곧 돌봐드렸기 때문에 알고 있었습니다. 대충 말씀드리겠습니다. 얘길 다 털어놓고 나서 제 가슴도 터져버렸으면 좋겠습니다! 오, 목숨에 대한 끈질긴 애착이여! 단번에 목숨을 끊기보다는 죽을 고생을 참아가며 시시각각으로 죽기를 바라고 있으니! 저를 잡으라는 잔인한 포고문이 늘 제 뒤를 바짝 쫓아다녔죠. 그래서 저는 누더기로 미친놈처럼 변장을 했기 때문에 지나가는 개조차 저를 거들떠보지 않았습니다. 그런 꼴로 전 부친을 만났습니다만, 그땐 이미 부친은 두 눈을 잃어 마치 보석 빠진 피투성이 반지처럼 된 후였습니다. 그 후로 전 그분의 길벗이 되어 손을 이끌어드리기도 하고, 그분을 위해 구걸도 하면서 절망에서 아버지를 구출하느라 애썼습니다. 그러다가 반 시간 전 투구를 쓰면서 저는 그제서야 비로소 아버지께 제 정체를 밝혔습니다. 그런데…… 오, 그것이 잘못이었어요! ……이 결투에 이기고는 싶지만 승리에 대한 보장은 없어 아버님의 축복을 빌고자 했던 거였는데, 그동안 지내온 편력 생활을 털어놓자 아버님의 연약해진 심장은 아, 불행하게도 허약해질 대로 허약해져 충격을 견뎌내지 못했습니다. 기쁨과 슬픔의 두 갈래 극적인 격정 사이에서 웃으시다가 그만 심장이 터져버린 겁니다.

에드먼드 형님 이야기에 깊이 감동되어 저도 이제부터는 선한 마음으로 돌아갈 것 같습니다. 그러나 얘길 계속하세요, 형님의 얼굴을 보니 하실 얘기가 더 있는 듯하군요.

알바니 할 얘기가 더 있다면, 더 슬픈 얘기겠지. 그러니 지금은 삼가주게. 얘기를 들으려니 눈물이 나와서 못 견디겠네.

에드거 슬픔을 꺼리는 분들에게는 이것으로 이야기가 끝나는 것같이 보이겠지요. 그러나 이야기를 더 들으시면, 지금까지의 슬픔은 비교도 안 될 만큼 더 큰 슬픔의 극단이 있었음을 알게 될 것입니다. 제가 울고 불고 아버지의 별세를 슬퍼하고 있을 때 어떤 사람이 다가왔습니다. 그전 같았으면 제 거지꼴을 보고 몸을 피했을 그 사람이, 고난을 수없이 참아온 제 정체를 알고는 자신의 억센 팔로 제 목을 휘감고 하늘이 꺼질 듯한 소리로 울어대기 시작했습니다. 그러더니 자기 몸을 내던지듯 아버님의 유해를 얼싸안고는, 리어 왕과 자기 자신에 관해서 여태껏 들어본 적이 없는 슬픈 얘기를 들려주었습니다. 세상에 이보다 더 비참한 얘기가 있을까요! 그자도 얘기를 하는 동안 벅찬 슬픔으로 생명줄이 끊어지기 시작했습니다. 바로 그때 두 번째 나팔 소리가 울렸기 때문에 전 까무러친 그자를 거기 그대로 둔 채 이리로 뛰어온 것입니다.

알바니 그런데 그 사람이 누구였나?

에드거 켄트 백작, 추방된 켄트 백작이었습니다. 변장을 하고서, 원수 같은 국왕 곁에 붙어 다니며 그분을 위해 노예도 하지 못할 봉사를 하고 있었던 것입니다.

　　　시종 한 명이 피 묻은 단검을 들고 등장.

시 종 큰일 났습니다, 큰일 났습니다. 어서 도와주세요!

에드거 무슨 일이냐?

알바니 어서 말하라.

에드거 그 피투성이 칼은 뭐냐?

시 종 아직도 뜨겁고 김이 납니다. 가슴에 꽂힌 것을 방금 뽑아들고 오는 길입니다. — 오, 그분이 돌아가셨습니다.

알바니 누가? 빨리 말하라.

시 종 각하의 부인이요, 공작님. 각하의 부인 말씀이에요. 공작부인께서는 여동생을 독살했노라고 자백하셨습니다.

에드먼드 나는 그들 두 자매에게 모두 부부가 되기로 약속했는데, 이렇게 되고 보니 세 사람이 동시에 결혼하게 되었구나!

에드거 켄트 백작이 오십니다.

　　　켄트 등장.

알바니 생사불문코 두 여자를 이곳으로 운반하라. (시종 퇴장) 이 천벌 앞에서 무서워 몸이 떨리긴 하지만 불쌍한 생각은 들지 않는다. (켄트에게) 아, 이분이 바로 그분인가? 정중하게 대접하고 싶습니다만, 지금은 의식을 갖출 만한 겨를이 없군요.

켄 트 국왕이시며 제 주인 되시는 분에게 작별 인사를 하러 왔습니다. 이곳에 안 계십니까?

알바니 중대한 일을 우리가 잊고 있었구나! 에드먼드, 말하라, 국왕께서는 어디 계시느냐? 그리고 코델리아는? 켄트, 저 광경이 보이시오?

　　　고네릴과 리건의 시체가 운구되어 온다.

켄 트 아니, 이것이 어찌 된 일입니까?

에드먼드 이 에드먼드는 여자의 사랑을 받은 몸이었죠. 나 때문에 언니가 동생을 독살하고 자살했습니다.

알바니 사실이오. 시체의 얼굴을 덮어라.

에드먼드 숨이 답답해 오는데, 비록 이 몸이 악당이긴 하지만 착한 일 한 가지만 하고 싶소. 급히 성으로 사람을 보내시오. 리어 왕과 코델리아의 목숨을 빼앗으라고 내 벌써 명령서를 보내놓았으니 늦지 않도록 어서 사람을 보내시오.

알바니 (에드거에게) 뛰어요, 뛰어! 아, 어서 뛰어가시오!

에드거 누구에게 가야 합니까? (에드먼드에게) 누가 직책을 맡고 있느냐? 사형집행 중지의 증거를 보여야 한다.

에드먼드 좋은 생각이십니다. 내 칼을 갖고 가서 대장에게 주시오.

알바니 서두르시오, 죽을 힘을 다해 서두르시오! (에드거 퇴장)

에드먼드 코델리아를 옥중에서 목 졸라 죽이라고 당신 부인과 내가 특명을 내렸습니다. 그녀가 절망에 빠져 스스로 목숨을 끊은 것처럼 일을 꾸민 겁니다.

알바니 그녀에게 신의 가호가 있기를! 제발 폐하가 무사하셨으면! (에드먼드를 가리키면서) 저자를 잠시 데려가라. (에드먼드, 시종들에게 운반되어 퇴장)

　　죽은 코델리아를 팔에 안고 리어 왕 등장. 에드거와 부대장 다시 등장.

리 어 울부짖어라, 울부짖어라, 울부짖어라! 아, 너희들은 돌 같은 인간들이구나. 내가 너희들의 혀와 눈을 갖고 있다면, 그것으로써 푸른 하늘의 지붕을 무너뜨렸을 것이다. 그 애는 영원히 갔다! 죽은 것과 산 것을 나는 구별할 수 있다. 딸은 죽어서 흙이 되었다. 거울을 다오. 내 딸의 입김이 거울을 흐리게 하거나 얼룩지게 하면 물론 그건 살아 있다는 증거다.

켄 트 이것이 예언된 이 세상의 종말인가?

에드거 아니면 무서운 종말의 영상인가?

알바니 만물이여, 무너져 내려 멸망해버려라!

리 어 이 깃털이 움직였다! 살아 있구나! 그렇다면 이 애가 그동안 겪은 온갖 설움이 보상될 수 있는 것이다.

켄 트 (국왕 앞에 나와 무릎을 꿇고) 오, 폐하!

리 어   제발 저리 비켜라.

에드거   이분은 폐하의 신하인 켄트 백작입니다.

리 어   너희들은 모두가 살인자요 반역자다! 천벌을 받아라. 나는 이 애를 구해줄 수 있었는데, 이젠 영원히 죽어버렸어! 코델리아, 코델리아, 잠시 기다려다오. 앗! 너 지금 뭐라고 했느냐? 네 목소리는 부드럽고 온화하고 나직했지. 여자의 목소리는 그래야 해. 너를 교살한 노예 놈은 내가 죽여버렸다.

부대장   말씀대롭니다, 공작 각하. 왕께서 그놈을 죽이셨습니다.

리 어   내가 죽였지. 한때는 기막히게 잘 드는 언월도(偃月刀)를 휘두르며 닥치는 대로 놈들을 몰아낸 적도 있었지만, 지금은 나이를 먹고 고생을 해서 이 모양 이 꼴로 힘이 **빠졌어**. (켄트에게) 자넨 누군가? 내 눈이 아주 나빠졌어. 곧 알아보게 되겠지만 말야.

켄 트   운명의 여신이 사랑도 하고 미워도 한 두 인간이 있다고 자랑한다면, 지금 당신 눈앞에 있는 사람이 바로 그 중의 한 사람으로 미움받았던 자입니다.

리 어   잘 보이진 않지만, 자네는 켄트 아닌가?

켄 트   그렇습니다. 국왕 폐하의 신하, 켄트입니다. 폐하의 하인 카이어스는 어디 있습니까?

리 어   그 녀석, 퍽 좋은 놈이었지. 내가 단언하네만 그 녀석은 칼 솜씨도 좋고 민첩했다. 그는 죽어 썩어버렸다네.

켄 트   아닙니다, 폐하. 제가 바로 그 카이어스입니다.

리 어   그러냐? 곧 알게 되겠지.

켄 트 폐하의 운명이 바뀌어 불운하게 되신 이후로, 줄곧 폐하의 슬픈 발자취를 따라다녔습니다.

리 어 이렇게 와주어 정말 반갑구나.

켄 트 제가 바로 그 사람입니다. 모든 것이 음산하고 암담하고 무섭기만 합니다. 폐하의 큰 따님 두 분은 돌아가셨습니다. 절망적인 최후였습니다.

리 어 그랬을 테지.

알바니 폐하께서는 스스로 무슨 말씀을 하고 계시는지도 모르고 계시오. 이런 상황에서는 우리가 이름을 대도 소용 없을 것이오.

에드거 아무 소용 없겠죠.

부대장 등장.

부대장 에드먼드 님이 돌아가셨습니다, 폐하.

알바니 그런 건 여기선 사소한 일에 불과하네. 경들에게 나의 계획을 알리겠습니다. 엄청난 폐하의 불행에 대하여, 어떤 도움을 드려야 할지 충분히 생각해봅시다. 나는 노왕께 살아 계신 동안 나라를 통치하는 권한을 드릴 생각이오. (에드거와 켄트에게) 두 분에게는 작위와 영토뿐만 아니라 이번 공로를 참작하여 여러 가지 특전을 수여할 작정이오. 우리 편에 있는 사람들은 그 공로에 대해서 상을 받을 것이며 적들은 저지른 죄에 합당한 벌을 받게 될 것입니다. (리어 왕을 보고) 아, 보십시오, 보십시오!

리 어 아, 불쌍한 내 딸을 목 졸라 죽이다니! 이제는 생명이 없구나,

없어, 없어! 개나 말이나 쥐 같은 것도 생명이 있는데, 너는 어째서 입김조차 없느냐? 너는 다시는 이 세상에 돌아오지 않을 것이다, 결코, 결코, 결코, 결코! 부탁이다. 이 단추를 빼다오. 고맙다. 이게 보이느냐? 코델리아를 보라. 보라, 딸의 입술을. 저걸 봐, 저걸 보라고! (죽는다)

에드거 폐하께서 기절하셨다! 폐하, 폐하!

켄 트 가슴이 터질 것 같구나. 가슴아, 차라리 터져버려라!

에드거 폐하, 정신 차리십시오!

켄 트 폐하의 영혼을 괴롭히지 마시오. 아아, 폐하를 가시도록 내버려둡시다! 쓰라린 이 세상의 형틀 위에 오래도록 지체시키는 자를 폐하께서는 오히려 미워하실 겁니다.

에드거 폐하께서 정말로 돌아가셨습니다.

켄 트 신기한 것은, 폐하께서 그토록 오랫동안 견디신 일이오. 무리하게 스스로의 목숨을 연장시키셨어요.

알바니 두 분의 유해를 운구해 나가시오. 지금 우리가 할 일은 전 국민이 그분을 애도하는 일이오. (켄트와 에드거에게) 나의 두 벗은 이 땅을 통치하고 난국을 수습해주기 바라오.

켄 트 저는 이제 여행길에 올라 곧 떠나야 합니다. 저의 주인께서 부르시니 마다할 수 없습니다.

알바니 이 비통한 시대의 가혹한 슬픔에 우리들은 복종해야만 하오. 마땅히 해야 할 말은 삼가고, 우리가 느끼는 것만을 말하기로 합시다. 가장 나이 많으신 분께서 가장 큰 괴로움을 겪으셨소. 우

리 같은 젊은이들은 그토록 많은 고난은 견딜 수도 없거니와 그
토록 오래 살지도 못할 것이외다. (장송곡이 울리는 가운에 일동 퇴
장)

불멸의 영광 영원한 동시대인
— 셰익스피어의 시대와 작품세계

1. 시대와 생애

스트랫퍼다네이번(Stratford-on-Avon)은 셰익스피어가 태어날 무렵 인구 2천 명이었다. 이 도시의 역사와 전통은 아득히 선사시대로까지 거슬러 올라간다. 로마의 군사도로(Strata via, 고대영어로는 Straet)가 에이번 강(웨일스어로 Afon River)을 지나 성채(Fard) 옆을 통과했으니, 라틴어와 고대영어, 그리고 웨일스어의 합성어가 이 도시의 이름이 되었다.

색슨(Saxon) 시대에는 이 지역이 우스터(the Bishop of Worcester)의 통치 아래 있었고, 노르만 정복 시기에는 주민의 대부분이 농사에 종사하고 있었다. 리처드 1세 시대에 농산물 집산지로 변하면서 길이 열리고 건물이 서기 시작했으며, 매주 시장이 개설되는 등 발전을 이룩했다.

도시 한복판에 홀리 트리니티(The Holy Trinity) 교회가 아름답고 장엄한 모습을 드러내고 있었다. 셰익스피어는 이곳에서 세례를 받고 죽어서 이곳에 묻혔다. 스트랫퍼드는 셰익스피어가 생존했던 시절에는 흥청거리는 상업도시요 풍요로운 농업지대였으며, 런던으로 가는 교통의 요지였다. 아든 숲(The Forest of Arden)은 바로 셰익스피어의 생가 근처에 있었다. 그 숲 속에는 사슴들이 뛰놀고 있었다. 스트랫퍼드의 아름다운 자연은 셰익스피어를 자연의 시인으로 만들기에 충분했다.

스트랫퍼드는 또한 역사의 도시로서 장미전쟁의 유적이 남아 있다. 스트랫퍼드 근거리에 요크 가의 워릭(Warwick) 성(城)이 자리 잡고 있으며, 그곳으로부터 좀 더 떨어진 곳에는 랑카스터가의 교두보였던 성곽을 볼 수 있다. 셰익스피어의 사극들이 영국사의 이 시기를 즐겨 다루고 있는 것을 보면 스트랫퍼드의 역사적 환경이 그의 작품에 미친 영향을 결코 과소평가할 수 없을 것이다.

1555년, 스트랫퍼드에 부친 존 셰익스피어(John Shakespeare)가 이주해 왔다. 존은 스트랫퍼드에서 농산물 매매사업을 하면서 성공해 스트랫퍼드의 저명인사가 되었다. 1557년 유복한 집안의 딸 메리 아든(Mary Arden)과의 결혼은 그의 사회적 지위를 더욱 확고하게 만들었다. 왜냐하면 존은 1568년 스트랫퍼드시(市)의 행정에 관여하게 되어 극단의 공연허가증을 발부하는 책임을 맡게 되었기 때문이다. 1568년은 스트랫퍼드에 직업극단이 내방한 첫 번째 기록이 남아 있는 해가 되며, 윌리엄 셰익스피어는 이때 4세였으니 아버지 존 옆에서 처음으로 연극 공연을 구경할 수 있었다. 그러나 이때 이후 10년간 존은 사업에 실패해서 사회적 지위를 잃고, 파산의 위기를 겪게 되었다. 1578년의 기록에 의하면 주당 4펜스의 돈도 지불할 수 없었다는 기록이 남아 있다. 1586년 그는 시행정직에서 물러나게 되고, 1592년에는 교회에서 그의 모습을 찾아볼 수 없게 되었다.

윌리엄 셰익스피어는 그의 부친 존으로부터 이재(理財)에 밝은 상인의 생활력을 이어받았을 것이라고 추측된다. 모친 메리가 속했던 아든 가문은 워릭셔의 명문 집안이었다. 셰익스피어는 모친 메리로부터 고결한 심성과 올바른 생활태도, 역사와 자연에 대한 사랑과 종교적 신앙심을 이어받았을 것이다.

　　윌리엄 셰익스피어의 어린 시절에 대해서 남아 있는 기록은 얼마되지 않는다. 세례 기록과 결혼 서약에 관한 기록이 남아 있다. 교구기록부에 의하면 그는 1564년 4월 26일 수요일에 세례를 받은 것으로 되어 있다. 그러나 정확한 생일은 알려져 있지 않다. 윌리엄은 이 집안의 자녀들 중 살아남은 아들 가운데 장남이었다. 위로 누나가 둘 있었지만 유년 시절에 모두 사망했다. 세 형제 — 길버트(Gilvert), 리처드(Richard), 에드먼드(Edmund) — 가 그의 뒤를 이었으며, 두 여동생들 — 조앤(Joan)과 앤(Ann) — 또한 그의 뒤를 이었다.

　　윌리엄 셰익스피어는 그래머 스쿨이라는 당시의 초중등학교에 입학했다. 그 당시 이 학교의 교육은 라틴어 교습에 집중되어 있었다. 영어에 대한 교육도 이곳에서 받았을 것이라고 추측된다. 셰익스피어 생존 당시 스트랫퍼드의 그래머 스쿨 선생들은 대부분 옥스퍼드 출신들이었기 때문에 셰익스피어의 어문교육에 이들이 지대한 영향을 끼쳤을 것이라고 생각된다. 그리스와 라틴 고전문학에 관한 광범위한 독서 외에도 셰익스피어는 제네바판 성서를 탐독했을 것이다. 왜냐하면 셰익스피어의 희곡작품 속에는 이 성서를 읽은 흔적이 뚜렷하게 나타나 있기 때문이다. 그라머 스쿨의 수학 기간은 7년이었으니, 셰익스피어가 7세 때 입학했다면 1578년에 학교를 졸업한 셈이 된다.

학교를 졸업한 후, 1578년경 셰익스피어는 부친의 가업을 돕고 있었다. 이 시기에 셰익스피어를 열광시킨 것은 연극 공연이었을 것이다. 그 당시 스트랫퍼드에서 1584년까지 매년 계속해서 기적극(miracle plays)이 공연되었다. 또한 그는 때때로 아버지와 함께 야외 이동극(pageants)을 보았을 것이고, 1575년 스트랫퍼드에서 15마일 떨어진 케닐워스에서 레스터 경이 엘리자베스 여왕을 위해 공연했던 가면극을 관람했을 것이다. 존 셰익스피어가 촌장으로서 시정 일에 관여하고 있던 1568년에는 스트랫퍼드에서 흔하게 이동극단의 연극이 공연되고 있었다.

1582년 11월 27일 셰익스피어가 18세 때 그는 근처 마을 쇼터리(Shottery)의 유복한 농가의 딸인 8세 연상의 앤 해서웨이와 결혼했다. 1583년 5월 26일 딸 수재나가 태어나 트리니티 교회에서 세례를 받게 되었다. 수재나 출생 후 햄닛과 주디스 쌍둥이가 태어나서 1585년 2월 2일, 트리니티 교회에서 세례를 받았다.

이후 몇 년 동안 셰익스피어가 스트랫퍼드에 있었다는 기록은 없다. 아마도 셰익스피어는 쌍둥이 자녀 출생 이후 스트랫퍼드의 집을 떠나 청운의 꿈을 품고 더 넓은 세계로 향해 어디론가 출발했음이 분명하다. 셰익스피어는 아내를 스트랫퍼드에 남기고 떠났는데, 아들 햄닛은 1596년에 사망해서 매장되었고 아내와는 런던에서 상면할 기회가 없었다. 1585년 이후 이들 사이에는 후손이 생기지 않았다. 1597년경 셰익스피어는 스트랫퍼드의 호화주택 뉴플레이스(New Place)를 구입했는데, 만년에는 아내와 딸들을 그곳으로 이사시킨 뒤 런던 생활을 청산하고 스트랫퍼드로 돌아와서 가족들과 지내다 1616년에 세상을 떠났다.

그가 스트랫퍼드에서 종적을 감춘 뒤 다시 런던에 나타났을 때까지 7년

동안 무엇을 하고 지냈는지는 분명치 않다. 글로스터 지방에서 학교 선생을 했으리라는 추측이 믿음직하게 제기되고 있다. 왜냐하면 이 지방의 기록문서에 셰익스피어와 해서웨이의 이름이 되풀이되어 나타나고 있기 때문이다. 그는 코츠월드 지방에서 친지들과 사귀면서 학교 선생의 평온한 생활을 누리며 독서에 정진하고, 런던 생활의 대전환을 꿈꾸고 있었을는지도 모른다. 이 시기에 그는 아마도 런던에 극장이 서고, 새로운 극단들이 설립되고, 키드(Kyd)의 〈스페인의 비극〉이 공연에 성공을 거두고 있다는 소식을 접하고 있었을 것이다. 셰익스피어는 그 당시의 여러 가지 정황으로 보아, 1587년 혹은 1588년에 학교 선생을 그만두고 런던을 향해 출발했음이 분명하다.

그 후 25년간의 셰익스피어의 런던 생활이 시작된다. 즉 오늘날 우리가 알고 있는 극작가 셰익스피어의 생애가 바로 이 시기에 시작되고 완성된 것이다. 셰익스피어가 살아서 활동하던 당시의 런던은 중세도시의 모습 그대로였다. 120개의 뾰족탑이 서 있는 런던시는, 겉으로는 종교도시의 모습을 하고 있었지만 안으로는 르네상스의 물결이 거세게 휘몰아치고 있었다. 런던은 왕국의 수도였다. 정치·사회·경제 그리고 학문과 예술의 중심지였다. 중세시대의 규제와 억압에서 벗어난 런던 시민들은, 한결같이 새 시대의 자유와 열정 속에서 생의 무한한 가능성을 추구하고 있었다. 나그네들이 쉬고 가는 여관이나 술집은 먹고 자는 숙박업소일 뿐만 아니라 대중문화의 중심지가 되었다. 셰익스피어를 위시해서 존슨(Jonson), 보먼트(Beaumont), 플레처(Fletcher) 등 당대 저명한 극작가들과 시인·학자·예술가 등이 즐겨 만나던 술집은 머메이드 주막(The Mermaid Tavern)이었다. 때로는 데블 주막(The Devil Tavern)으로 자리를 옮겨 술을 마시며 문학과 예술의

담론을 나누기도 했다. 엘리자베스 시대의 연극 — 셰익스피어만이 아니라 존슨, 데커 그리고 미들턴 등 — 에는 런던 주막집의 술기운이 짙게 감돌고 있다. 그만큼 이들 주막집과 당대의 신연극은 깊은 관계를 맺고 있다. 여관집 앞마당은 연극 공연장이었다. 그곳은 런던에 새로운 극장이 건립되기 이전까지만 해도 신연극의 요람지였다. 셰익스피어 자신이 연기를 했다고 전해지는 크로스키즈 주막(The Crosskeys Tavern), 레드 불 주막(The Red Bull Tavern), 보아즈 헤드(The Boar's Head) 등에서는 끊임없이 공연이 진행되었다.

셰익스피어 시대에 신연극 형성을 위해 크게 공헌한 교육기관은 런던의 법학원이던 '인즈 오브 코트(The Inns of Court)' 였다. 13세기 또는 14세기까지 거슬러 올라가는 4대 명문 법학원은 이너템플(The Inner Temple), 미들템플(The Middle Temple), 링컨스 인(Lincoln's Inn) 그리고 그레이즈 인(Gray's Inn) 등이었다. 이들 법학원은 옥스퍼드나 케임브리지 대학과 흡사한 고등교육 기관이었다. 엘리자베스 시대의 수많은 고관대작과 저명인사들은 이들 학교 출신이었다. 시드니와 베이컨은 그레이즈 인 출신이었고 세크빌과 보먼트는 이너템플 출신이었으며, 존 던은 링컨스 인 출신이었다. 이들 학교들이 국왕을 위해 주연과 가면극과 연극 공연을 펼치는 일은 그 당시 중요한 문화행사가 되었다. 이들 법학원들은 한결같이 연극 공연에 지대한 관심을 기울였다. 토머스 세크빌과 토머스 노턴이 쓴 영국 최초의 비극작품 〈고보덕(Gorboduc)〉이 1561년 엘리자베스 여왕 앞에서 공연된 것을 보면 이들 학교가 신연극의 정착을 위해 기울인 열정과 관심을 짐작할 수 있다. 셰익스피어의 〈실수 연발(The Comedy of Errors)〉은 1594년 그레이즈 인에서 공연되었으며, 〈십이야(Twelfth Night)〉는 1602년 미들템플에서 공연되었다.

로마시대 세네카의 비극작품을 영국에 소개해서 국내 연극을 활성화시킨 공로도 이들에게 있었으니, 신연극에 대한 인즈 오브 코트의 영향은 심원하고도 항구적인 것이었다.

신연극에 대한 또다른 영향력의 원천은 엘리자베스 여왕의 왕궁이었다. 왕궁에서는 끊임없이 공연행사가 개최되었다. 여왕 자신이 르네상스 시대의 군주답게 열광적으로 극단을 후원하고 공연행사를 장려했다. 여왕은 이 행사를 위해 연예 담당 시종장을 임명했다. 1594년 이후, 셰익스피어의 극단은 여왕의 후원에 힘입어 매년 어전공연을 계속했다. 이 정기공연은 1603년 여왕이 서거할 때까지 계속되었다. 셰익스피어의 작품 〈사랑의 헛수고(Love's Labour's Lost)〉 〈실수 연발〉 〈베니스의 상인(The Merchant of Venice)〉 〈헨리 4세(King Henry Ⅳ)〉 〈헨리 5세(King Henry Ⅴ)〉 〈헛소동(Much Ado about Nothing)〉 등이 어전공연되었으며 〈윈저의 명랑한 아낙네들(The Merry Wives of Windsor)〉은 여왕 자신이 셰익스피어에게 요청해서 완성되었다고 전해진다. 엘리자베스 여왕이 보인 연극에 대한 애정은 제임스 왕에 의해 계승되어, 그는 셰익스피어 극단을 왕실 전속극단으로 만들어 이들을 후원하였다. 왕실과 셰익스피어와의 밀접한 관계 때문에 셰익스피어는 영국의 귀족들과도 두터운 교분을 맺게 되었다. 당대의 기라성 같은 귀족들—스탠리, 에식스, 사우샘프턴, 펨브로크 형제들인 윌리엄과 필립 등—은 그의 패트론이요 친구들이었다. 왕궁에서 만난 지성적이고 아름다운 숱한 여인들은 그의 작품 속에서 여주인공으로 재현되고 있다.

풍요롭고, 바삐 돌아가는 가운데 흥청대는 런던 시의 활기, '인즈 오브 코트'와 대학 출신의 지적이며 감성적인 신사들의 매력, 귀족들과 아름다운 귀부인들의 사교를 즐기는 왕실의 황홀한 문화예술 환경과 분위기는 셰익스피어가 스트랫퍼드에서는 몽상조차 할 수 없는 일들이었다. 셰익스피어는 햄릿 왕자처럼 르네상스가 잉태한 사람이었다. 런던에서 그를 휩싸고 있던 르네상스의 분위기는 그의 천재적 재능을 활짝 꽃피울 수 있도록 적절한 환경을 제공해주었다.

1585년 2월부터 1592년까지 셰익스피어가 어떻게 살았고 어떤 활동을 했는지에 관해서는 확실한 기록이 남아 있지 않다. 그래서 이 시기를 셰익스피어의 '잃어버린 연대(the lost years)' 라고 부른다. 셰익스피어와 동시대 극작가로서 불운한 생애를 마친 로버트 그린(Robert Greene)이 1592년에 죽으면서 남긴 자서전(Greens Groatsworth of Wit bought with a Million of Repentance)에 의하면, 셰익스피어는 배우로서 그리고 신진 극작가로서 런던 무대에서 두각을 나타내고 있었던 것으로 추측된다. 1593년과 94년에 셰익스피어는 「소네트(Sonnets)」를 썼다. 런던에 전염병이 유행해서 한때 문을 닫았던 극장이 1594년 여름에 다시 문을 열었다. 셰익스피어는 런던에서 이 당시 창설된 두 극단 중 한 극단인 로드 체임벌린 극단에 소속되어 배우로서 그리고 극작가로서 본격적인 활동을 시작했다. 셰익스피어의 선배 극작가들인 릴리(Lyly), 그린, 말로(Marlowe), 필(Peele), 그리고 키드 등은 1594년에 이르러 한결같이 작가 활동을 끝마치면서 런던 무대는 극작가의 공백 시기를 맞게 되었다. 새로운 극작가의 출현을 갈망하던 이 시기에 셰익스피어는 눈부시게 극계에 데뷔하였다. 1594년부터 1600년의 시기는 셰익스피어의 생애에 있어서 가장 바쁘고 행복했던 시기다. 〈리처드 3세〉(1592), 〈말괄량이 길들이기〉(1593), 〈로미오와 줄리엣〉(1594), 〈한여름 밤의 꿈〉(1595), 〈리처드 2세〉(1595), 〈베니스의 상인〉(1596), 〈존 왕〉(1596), 〈헨리 4세〉(1597), 〈헛소동〉(1598), 〈헨리 5세〉(1598), 〈줄리어스 시저〉(1599), 〈당신이 좋으실 대로〉(1599), 〈십이야〉(1599), 〈원저의 명랑한 아낙네들〉(1600), 〈햄릿〉(1600) 등의 작품 발표를 보면 쉽게 이 사실을 알 수 있을 것이다.

셰익스피어가 극작가로서 성공한 것은 그가 스트랫퍼드 최고의 저택인 뉴플레이스를 1597년에 매입한 사실로도 알 수 있다. 이곳은 만년에 그가 런던 생활에서 은퇴한 후 여생을 보낸 곳이기도 하다. 뿐만 아니라 당대의 출판업자들은 그의 작품을 출판하려고 혈안이 되어 있었다. 흥행의 성공과 작품집 출판에서 거둔 막대한 수입은 그를 부유하게 만들어주었다. 그래서 그는 극단의 운영에도 참여하게 되었다.

1599년 봄, 에식스(Essex) 경은 아일랜드에서 발생한 타이론 반란을 진압하기 위해 원정의 길을 떠났다. 이 원정에는 셰익스피어의 절친한 친구이며 패트론이었던 사우샘프턴 경도 수행하였다. 그러나 이 원정은 완전 실패로 돌아갔다. 타이론을 진압하라는 엘리자베스 여왕의 지시가 있었지만 그는 타이론을 굴복시키지 못하고 굴욕적인 휴전을 체결했던 것이다. 에식스 경은 왕실의 분노를 사 관직을 박탈당하게 되었다. 1601년 2월 에식스와 사우샘프턴은 그에 동조하는 군사들을 이끌고 런던으로 향해 진군했다. 왕실에 대한 이들의 반란은 런던 시민들의 반감을 불러일으켰다. 런던 시민들은 국민적 영웅이었던 에식스 편에 가담하지 않고 여왕 편으로 기울었다. 이들의 반란은 순식간에 실패로 돌아가 에식스는 체포되었다. 재판에 회부된 그는 반역죄로 몰려 런던탑에서 참수형으로 처단되었다. 사우샘프턴도 종신형을 언도받고 런던탑에 유폐되었다.

에식스의 처형은 엘리자베스 여왕의 영광스러운 통치의 종말이었다. 충신을 죽인 엘리자베스 여왕은 이후 침울한 세월을 보내다가 1603년 3월,

세상을 떠난다. 이 사건은 극작가 셰익스피어에게 큰 충격을 안겨주었다. 그래서 1600년 이후 그의 작품세계는 일대 전환을 맞게 된다. 이른바 그의 비극 시대가 시작된 것이다.

엘리자베스 여왕의 서거와 제임스 왕의 즉위는 셰익스피어의 생애에 있어서 새로운 시대를 열었다. 스튜어트 가문의 군주답게 제임스 왕은 예술을 사랑했고, 연극을 육성했다. 1603년 5월 제임스 왕이 런던에 도착하자마자 행한 중요한 일 가운데 하나는, 궁내대신극단(the Chamberlain's Men)을 국왕극단(the King's Men)으로 개편해서 왕 스스로가 극단의 패트론이 된 일이었다. 극단 단원들에게는 연봉이 지급되었고, 왕실 전속 극단답게 왕실 가문의 표시가 수놓아진 보랏빛 의상과 모자를 착용토록 했다. 뿐만 아니라 제임스 왕은 셰익스피어와 그 일행들에게 '그룹즈 오브 더 체임버(Grooms of the Chambers)'라는 명예로운 계급을 수여하기도 했다. 또한 제임스 왕의 치세가 시작되자 그의 패트론이었던 사우샘프턴은 감옥에서 풀려났다.

그렇지만 셰익스피어의 마음은 어둡고 침울했다. 그의 변화는 〈오셀로〉(1604), 〈리어 왕〉(1605), 〈맥베스〉(1606)에서 분명해졌다. 심지어 이 시기에 쓴 희극작품 〈트로일로스와 크레시다〉(1601), 〈끝이 좋으면 다 좋다〉(1602), 〈자[尺]에는 자로〉(1604)에조차 음산한 절망감이 감돌고 있다. 그의 작품에서 엿볼 수 있는 이 같은 변화의 원인을 여러 가지로 규명해볼 수 있으나, 가장 확실한 것은 첫째로 당대의 연극적 유행의 변화를 들 수 있다. 관객들은 낭만적 희극과 역사극에 식상한 나머지, 사실적이며 풍자적인 희극작품과 인간존재의 궁극적 가치의 문제를 다루는 비극작품을 선호하게 되었다. 둘째로 지적될 수 있는 것은 셰익스피어 자신의 예술적 각성이다. 주제의 변화는 그로 하여금 새로운 연극 형식을 갈망케 했을 것이다. 그는 나이가 들어감에 따라 르네상스 문화 저변에 깔린 비극적 실상을 깊이 인식하게 되었다. 그는 비극의 원천이, 악(惡)이 저지르는 폭력에 있음을 알게 되었다. 악의 막대한 위력 앞에 선(善)이 참패하는 절망적 상황을 그는 체험하게 되었다. 악과 선의 관계를 파헤치고 해명하는 것이 인간 존재의 의미와 목적을 정립하는 일이라고 그는 단정하였을 것이다. 그는 이런 엄숙하고 장엄한 주제를 다루는 데 있어서 비극의 형식이 가장 효과적인 극 형식이 된다고 생각했던 것이다.

1608년 셰익스피어의 건강이 갑자기 악화된다. 비극작품의 창작에서 엿볼 수 있는 결렬한 고뇌의 폭풍우를 겪고 난 뒤, 그는 그의 은퇴를 예고하는 듯한 〈겨울 이야기〉(1610), 〈템페스트〉(1611) 등을 발표한다. 1613년, 〈헨리 8세〉의 발표를 끝으로 그의 창작 생활은 종결된다. 1613년은 괴로운 해였다. 그의 주된 활동무대였던 글로브극장(Globe Theatre)이 불에 타 잿더미가 된 해이기도 하기 때문이다. 1616년 3월 25일, 그는 그의 변호사 프랜시스 콜린스(Francis Collins)를 시켜 유언장의 내용을 확정시켰다. 셰익스피어의 말년은 그 동안의 맹렬한 작품활동과 역사적 사건이 안겨다 준 중압감과, 가정생활의 고뇌로 피로에 지쳐 기진맥진한 상태에 놓여 있었을 것이라는 설이 지배적이다. 셰익스피어가 언제 런던을 떠나 스트랫퍼드로 갔는지 확실한 연대는 밝혀져 있지 않지만, 1605년부터 1609년까지 계속된 런던의 전염병을 피해 스트랫퍼드의 전원생활로 돌아갔을 것으로 짐작된다. 1610년에는 고향에 있었던 것이 분명한데, 그것은 1610년에서 1614년 사이에 상당한 액수의 부동산을 스트랫퍼드에서 사들인 사실로 알 수 있다. 물론 고향 땅에 머무르면서도 런던 나들이는 자주 했을 것이라고 짐작된다. 그는 유언장을 통해 딸 수재나, 주디스, 손녀 엘리자베스, 그리고 사랑하는 아내에게 재산을 분배한 뒤 1616년 4월 23일에 별세하였다. 그의 묘지는 지금도 스트랫퍼드의 홀리 트리니티 교회 안에 안치되어 있다. 수재나의 유일한 소생이었던 엘리자베스는, 1670년에 후손을 남기지 못한 채 사망했다. 주디스가 낳은 세 손자들도 어려서 모두 죽었다. 이 때문에 셰익스피어 가문은 손녀 엘리자베스에 이르러 대가 끊겼다.

셰익스피어의 초기 시절에 대해서 우리는 아는 것보다 모르고 있는 사실이 더 많다. 그의 만년은 더욱 깊은 신비에 싸여 있다. 그는 이 세상에 그 자신의 뚜렷한 모습을 나타내진 않았지만, 그의 작품 속에 영원히 지워지지 않을 이름을 남겼다. 그의 작품은 '불멸의 영광' 을 누리게 될 것이다. 셰익스피어는 '우리들의 영원한 동시대인' 인 것이다.

2. 셰익스피어의 비극 세계

영국에서 최초로 희극작품이 나온 것은 1550년이며, 최초의 비극작품이 햇빛을 본 것은 1560년이었다. 셰익스피어가 1601년까지 이미 〈헛소동〉 〈십이야〉 〈햄릿〉 등을 썼다고 볼 때, 16세기 후반에 있어서의 영국 희곡의 급격한 발전상을 알 수 있다. 결론적으로 말해서, 셰익스피어가 영국 극계에 데뷔하는 시기에 영국 희곡의 근대사가 시작되었다고 볼 수 있다. 1590년대에 셰익스피어가 극작가로서 활약을 하게 되는데 다행스럽게도 이 시기에 나라의 보호를 받고 있던 극단들(The Admiral' s and The Stage-Chamberlain Company)이 마련되었고, 또한 여러 극장들이 개설되었다는 사실을 잊어서는 안 된다. 훌륭한 극작가의 탁월한 작품과 안정된 극단과 극장의 개관이 시기적으로 일치되어 영국 연극의 황금시대가 열린 것이다.

1590년대 초에 극계에 진출한 셰익스피어는 약 10년간 사극과 희극에 중점을 둔 창작생활을 해왔는데, 1600년(36세)을 경계로 셰익스피어의 희곡세계는 일대 전환점을 맞이하게 되어, 어두운 인생의 뒤안길과 인간의 고뇌 · 절망 · 죽음 등의 주제를 주로 다루는 비극시대로 돌입하게 된다. 사랑과 믿음에 근거한 인간의 행복, 기쁨, 사회적 유대감 등의 주제를 그는 희극작품에서 주로 다루었는데, 비극 세계에 이르면 햄릿의 대사처럼 "숭고한 이성, 능력, 모습, 거동의 무한한 가능성, 놀라운 행동력, 천사 같은 이해력, 신처럼 보였던" 인간이 "먼지덩어리로 보이는" 상황에 이르게 된다. 낙천적 인생관이 염세적 인생관으로, 희망적 세계관이 절망적 세계관으로 바뀐 것이다. 존경하는 아버지를 잃은 햄릿은 사랑하는 모친의 도덕적 타락과 인간적 배신, 그리고 숙부의 배신, 어지러워진 나라 사정, 오필리어의 죽음 등으로 깊은 절망감에 빠져 비통한 최후를 맞는다.

로미오와 줄리엣은 양가의 해묵은 불화 때문에 그들의 청순한 사랑이 죽음으로 끝난다. 이아고의 간계에 빠진 오셀로 장군은 질투심 때문에 선하고 착한 데스데모나를 살해한다. 딸들의 불효에 분노한 리어 왕은 광야를 헤매고, 효심이 지극한 코델리아는 그녀의 선량한 행동 때문에 처참한 죽음을 당한다. 멕베스 장군은 마녀들의 꾐에 현혹되어 끔찍한 살인 행위를 범함으로써 스스로 치욕적인 죽음을 택한다. 거대한 악의 힘에 의하여 선한 의지와 행위가 무참히 파괴당하는 비극을 체험하면서 우리는 어둡고 침울한 인생의 단면을 직면하게 된다.

엘리자베스조(朝) 비극의 한 가지 형태로 그 당시 관객에게 인기가 있었던 것으로는 복수극이 있었다. 토머스 키드의 〈스페인의 비극〉(1589년?)은 그 대표적 예가 된다.

1) 햄릿

작품 〈햄릿〉이 등록(The Stationers' Register)된 일자는 1602년 7월 26일이다. 창작 시기와 첫 공연은 아마도 1601년에서 1602년 사이로 추정된다. 〈햄릿〉은 셰익스피어가 처음으로 만들어낸 작품이 아니다. 똑같은 소재의 작품이 영국 무대에서 공연된 것은 1580년대였다. 셰익스피어가 소속되어 있던 극단에서도 1594년과 1596년에 셰익스피어의 작품이 아닌 〈원형 햄릿〉이 공연된 적이 있다. 세네카류의 복수극이 런던 무대에서 유행하자 셰익스피어는 〈원형 햄릿〉을 개작해서 새로운 작품을 쓰기 시작했다. 셰익스피어의 이름이 붙은 〈햄릿〉 공연의 최초의 기록은 1600년이다. 그러나 이 공연의 인쇄 대본은 남아 있지 않다.

1603년 〈햄릿〉의 인쇄 대본이 런던에서 판매되었다. 이것이 최초의 쿼토판(the first Quarto) 〈햄릿〉이다. 그러나 이 대본은 불량판이었다. 셰익스피어는 이 불량판을 수정 보완하여 1604년 두 번째 쿼토판(the second Qrarto) 〈햄릿〉을 출간하였다. 세 번째 텍스트는 1623년에 발간된 폴리오판(first Folio) 〈햄릿〉이다. 현대판 〈햄릿〉은 주로 두 번째 쿼토판 〈햄릿〉과 폴리오판 〈햄릿〉을 종합한 것이다.

햄릿 이야기는 아득한 옛날 바이킹 시대의 덴마크에서 시작된 것이다. 구전된 전설이 12세기에 이르러 활자화되었고, 1582년경 프랑스어로 번

역되어 이후 엘리자베스 시대 영국 무대에서 공연되었다. 이 〈원형 햄릿〉 판은 현재 남아 있는 것이 없다.

얀 코트(Jan Kott)는 이렇게 말하고 있다. "〈햄릿〉을 완벽하게 무대에 올리기 위해서는 약 6시간이 필요하다. 따라서 이 작품은 연출가에 의해 압축되어 공연될 수밖에 없다. 그러기 때문에 당연히 제각기 다른 〈햄릿〉 공연이 있게 마련이다. 따라서 어떤 〈햄릿〉 공연도 셰익스피어 시대의 〈햄릿〉보다는 축소된, 불완전한 〈햄릿〉 공연이 될 수밖에 없다. 그러나 이 때문에 〈햄릿〉 공연은 제각기 시대와 나라에 따라 개성의 빛과 의미를 지니게 되어 동시대적 〈햄릿〉이 성립된다."

〈햄릿〉은 얀 코트가 말한 대로 시대와 나라를 비추는 '거울의 기능'을 하고 있다. 가장 이상적인 〈햄릿〉 공연은 셰익스피어에 충실하면서도 동시에 현대성을 획득하고 있는 것이 되어야 한다. 즉 〈햄릿〉 공연 무대 속에 얼마나 진실한 셰익스피어가 있고, 얼마나 절실한 우리들 자신이 표현되고 있는가가 중요하다. 〈햄릿〉의 주제는 실로 다양하다. 정치 · 폭력 · 도덕 · 복수 · 효도 · 사랑 · 우정 그리고 존재의 의미와 인생의 목적 등이 그것인데, 우리들은 이 모든 주제들을 몇 가지만 선택하거나 전체를 종합 · 연관시켜 읽어야 한다. 중요한 것은 선택의 기준과 이유다. 〈햄릿〉을 성격 비극의 대표적인 예로 꼽는 까닭은 왕자 햄릿의 비극적 성격을 통해 이미 지적한 숱한 주제들이 표출되고 있기 때문이다.

작품 〈햄릿〉에 있어서 가장 크게 논의되고 있는 문제는, 어째서 햄릿은 복수할 수 있는 기회가 있었는데도 과감히 실천하지 못하고 종국적인 죽음의 파국을 맞이하였는가 하는 점이다. 이 점에 대해선 그의 성격이 우유부단해서 못 했다는 성격적 무능설, 인생을 지나치게 비관하고 있었기 때문에 행동이 불가능했다는 비관론설, 개인적 복수보다는 혼란과 파탄 속에 빠져 있는 덴마크를 먼저 구했다는 구국사명설, 부왕에 대한 질투심 때문에 부왕의 명령을 따르고 싶지 않았기 때문이라는 오이디푸스 콤플렉스설 등 갖가지 논의가 제기되고 있는데, 필자는 이 모든 이유가 종합된 복합적 원인 때문에 복수를 지연할 수밖에 없었다는 절충설을 믿고 싶다. 복수를 어떻게 했는가 하는 것만을 따진다면 키드(Kyd)류(類)의 복수극과 큰 차가 없겠는데, 유의해야 할 점은, 복수행위를 과제로 삼고 있으면서도 수행해내기 힘겨워하는 한 인간의 정신이 더듬는 고뇌의 역정과, 그 과제에 대한 정신적이며 육체적인 의식적 반응 등인 것이다. 〈햄릿〉을 읽으면서 마음속에 살아 있는 햄릿을 느낄 수 있는 순간은 바로 이런 각도에서 이 작품을 읽었을 때가 된다.

플롯 시놉시스

제1막 : 심야의 성벽에 부왕(父王)의 망령이 나타난다.

부왕이 서거한 지 한 달, 왕비 거트루드는 선왕의 동생 클로디어스와 재혼한다. 클로디어스는 새로운 국왕이다. 비텐베르크대학의 학생인 왕자 햄릿은 이런 돌변한 상황이 불만이다. 부왕에 비해 모든 점에서 열등한 클로디어스와 재혼한 모친에 대해서도 이해할 수 없다. 망령과의 만남에서 부왕이 암살당했다는 것을 알고 그는 복수를 맹세한다.

내무대신 폴로니어스는 새로운 왕에게 아부하는 속물이다. 햄릿은 그를 싫어한다. 폴로니어스는 홀아비로서 아들 레어티즈와 딸 오필리어가 있다. 레어티즈는 프랑스에 유학 중인데 새로운 왕의 대관식 때문에 일시 귀국해 있다. 미모의 딸 오필리어는 햄릿과 사랑하는 사이지만 레어티즈는 그녀에게 사랑을 단념하도록 종용한다. 폴로니어스도 이 의견에 동조한다.

제2막 : 우리는 실의에 빠진 햄릿 왕자를 본다. 부왕의 복수 명령을 따르겠다고 했지만 일은 간단치 않았다. 일국의 왕을 살해한다는 것은 중범죄다. 국민에게 그럴 만한 이유가 제시되어야 한다. 현재 증거는 망령의 말뿐이다. 그 망령이 자신을 현혹하기 위한 악령이라면 어떻게 할 것인가. 구체적이고 확실한 증거가 있어야 한다. 왕은 건장하고 용맹한 스위스 근위병의 호위를 받고 있다. 암살의 기회를 잡는 일은 결코 쉽지 않다. 게다가 부왕의 명령은 가혹하다. 복수를 하되 거트루드 왕비를 해쳐서는 안 된다, 복수를 하되 위기에 빠진 왕국을 구하라는 등 조건부여서 햄릿 왕자가 수행하기에는 너무나 벅찬 일이다. 햄릿은 이 때문에 깊은 고민에 빠진다.

우울증에 빠진 햄릿은 광기를 부린다. 그의 광증은 자신의 속셈을 은폐하기 위해서 일부러 하는 짓이지만, 그럴 만한 충분한 이유도 있어서 주변 사람들은 쉽게 속는다. 우선 왕과 왕비, 그리고 폴로니어스 등은 왕자의 광기가 오필리어에 대한 사랑 때문이라고 속단한다. 그러나 새로운 왕 클로디어스는 음모에 능한 정치가다. 그는 햄릿의 광기의 원인을 쉽게 받아들이지 않는다. 클로디어스 왕은 햄릿의 친구를 불러 햄릿 왕자의 우울증의 진상을 파악하도록 명한다. 그 시기에 유랑 극단이 엘시노어 왕궁에 도착한다. 햄릿은 대환영이다. 공연을 이용해서 국왕의 범죄를 확인하고 증거를 잡고자 한다.

제3막 : 햄릿의 고민과 증거 포착 계획이 한꺼번에 나타나는 장면이 계속된다. 유명한 독백 "죽느냐, 사느냐, 그것이 문제로다…"라는 대사가 나오는 것도 제3막이다. 햄릿은 여전히 망령의 말에 반신반의하면서 우유부단한 성격으로 실천을 주저하는 자신에 대해서 혐오감을 느낀다. 동시에 세상의 타락과 혼란을 증오하면서 허무주의적인 자포자기에 빠지기도 한다. 그래서 복수는 계속 지연된다. 그는 지혜를 짜서 극중극을 연출한다.

이 극에서 새로운 왕의 암살 장면을 재연한다. 햄릿은 친구 호레이쇼에게 부탁해서 클로디어스의 반응을 관찰하기로 한다. 극중극 장면을 보고 클로디어스 왕은 얼굴이 새파랗게 질려서 퇴장한다. 이 광경을 보고 햄릿과 호레이쇼는 클로디어스를 살인범으로 단정한다. 살인범을 쫓는 햄릿은 "알았다!"라며 쾌재를 부른다. 한편 클로디어스 왕도 "알았다!"라고 소리를 지른다. 햄릿이 자신의 암살 행위를 알고 있다는 것을 확인했다는 소리다. 이 장면이 연극 〈햄릿〉의 클라이맥스가 된다. 지금까지는 햄릿이 클로디어스를 쫓는 입장이었다. 앞으로는 클로디어스가 햄릿을 쫓는 과정이 된다. 그러나 우리가 놓쳐서는 안 되는 중요한 장면이 있다. 극중극 후 클로디어스가 혼자서 기도하는 장면이다. 햄릿은 어머니의 호출을 받아 가는 길에 우연히 이 장면을 목격한다. 그는 클로디어스의 죄악 고백 장면을 목격한다. 그래서 칼을 빼고 그를 죽이려 한다. 그러나 단념한다. 클로디어스가 악행을 저지를 때 죽여야 그를 지옥에 보낼 수 있다고 생각해서였다. 그러나 이 행위는 복수의 지연이다.

햄릿이 어머니와 만나고 있을 때, 방의 장롱 뒤에서 이들의 대화를 엿듣고 있던 폴로니어스를 햄릿은 클로디어스 왕인 줄 알고 찔러 죽인다.

제4막 : 햄릿은 국왕의 명을 받아 영국으로 출범한다. 클로디어스 왕은 영국 왕에게 보내는 친서 속에 햄릿을 살해해달라는 부탁을 하고 있다. 오필리어는 햄릿으로부터 버림을 받은 데다, 부친마저 살해되자 발광해서 익사한다. 레어티즈는 부친의 사망 소식을 듣고 무장한 민중을 이끌고 왕궁으로 쳐들어간다. 그에게 클로디어스는 부친을 살해한 사람은 자신이 아니라 햄릿임을 알려준다. 클로디어스는 그에게 햄릿과 결투해서 독살할 것을 종용한다. 레어티즈의 칼에 독을 칠하고, 햄릿이 마시는 물에도 독약을 풀어놓는다는 것이었다.

제5막 : 묘지 장면에서 시작한다. 오필리어의 장례 행렬이 나타난다. 이 장면에 영국에서 살아서 돌아온 햄릿이 친구 호레이쇼와 함께 몰래 나타난다. 햄릿은 오필리어의 죽음을 알게 된다. 장면은 바뀌어 햄릿과 레어티즈의 결투장면이 된다. 결투 도중 왕비는 햄릿을 위해 건배를 하는데, 마신 잔이 독배(毒杯)였다. 결투 도중 독검이 햄릿을 찌르고, 싸우다가 칼이 바뀌어 레어티즈의 독검을 손에 든 햄릿이 레어티즈를 찌른다. 왕비가 쓰러진다. 이 광경을 보고 레어티즈는 햄릿에게 진상을 고백한다. 햄릿은 모든 범죄를 꾸민 클로디어스를 살해한다. 그에게 독배를 마시게 한 것이다. 그렇게 해서 클로디어스도 죽는다. 레어티즈도 죽는다. 햄릿도 죽는다. 모두가 죽는 처참한 종말에 깊은 침묵이 흐르는 가운데 노르웨이 군의 예포가 울려 퍼지면서 서서히 막이 내린다.

2) 오셀로

16세기 말부터 17세기 초 영국에서는 '가정비극' 이라고 불리는 작품이 성행했다. 그동안 비극의 주인공들은 대부분 왕후귀족이나 역사상의 인물들이었는데, 이 '가정비극' 에서는 중산층 인간을 주역으로 하고, 그 당시의 상황을 그 시점에서 수용하여 주로 가정 내에서 일어나는 애정문제나 가족 간의 갈등과 살인사건을 다루고 있었다. 토머스 헤이우드의 〈순하기 때문에 살해된 여인〉(1603년)이 그 대표작이라 볼 수 있다. 셰익스피어가 〈햄릿〉의 비극을 복수극의 패턴에 맞춰 써나갔다고 할 때 〈오셀로〉는 복수극의 패턴을 답습하고는 있지만 초점을 가정의 비극에 두고 있다는 점이 특이하다. 셰익스피어는 이 작품의 소재를 이탈리아인 지란디 친지오의 〈백 개의 이야기〉(1565?)에서 얻어왔다.

그러나 우리는 〈오셀로〉를 단순히 가정비극 작품으로만 읽지 않는다. 피부색이 검은 오셀로가 원로원의 딸 백인 미녀 데스데모나를 아내로 맞이하는 일이 자신의 탁월한 존재 가치를 인정하는 일이었다면, 그녀를 상실한다는 것은 자기 자신의 존재를 잃고 마는 일이 된다. 그는 남달리 질투심이 강한 사람은 아니었다. 정열적이고, 용감하고, 고결한 정신의 소유자였다. 그토록 자신만만하던 그가 보잘것없는 일개 부하인 이아고의 간계에 넘어가 질투심에 빠져, 고결한 성격의 인간이 짐승 같은 인간으로 타락하는 운명의 비극을 이 작품은 다루고 있다. 더욱 큰 문제는 오셀로의 파멸과 데스데모나의 비극적 죽음만이 아니라 이아고의 엄청난 악의 파괴력이다. 어떻게 보면, 오셀로는 질투심에 사로잡혀 데스데모나를 죽이는 것이 아니라, 이아고의 초인적인 선동력에 꼭두각시가 되어, 이아고 밑에서 살인의 하수인이 된 듯하다.

이아고에게는 어떤 동기가 있었을까. 이아고의 성격이 부자연스럽게 보인다면, 그것은 그의 악행에 뚜렷한 동기가 없기 때문이 아닌가라는 의문이 생긴다. 이 작품을 읽으면서 더욱 불가사의하게 생각되는 것은, 이 작품이 극중의 실제 경과 시간과 등장인물과 관객의 심리적 시간 사이에 이중의 시간구조를 갖고 있어서, 처음에는 천천히 극이 전개되다가 제3막 3장서부터는 굉장한 스피드로 플롯이 전개되어, 관객은 오셀로가 이아고에게 빠른 속도로 조종되는 것 같은 느낌을 받으며 극 속으로 휘말려들기 때문에 이아고의 동기를 생각할 겨를이 없다는 것이다.

그러나 이아고에게 동기가 없는 것은 아니다. 권력에 대한 욕망을 달성하는 데 방해가 되는 모든 요소를 제거하려는 의지가 있었다. 물욕이 남달리 강했다. 돈을 얻기 위해 온갖 힘을 기울인다. 권력욕과 물욕이 이아고의 병든 지력과 부도덕한 정신에 상승작용을 일으키며 엄청난 파괴력이 가동된다. 그는 자기 자신의 운명과 타인의 운명에 대해서는 무관심하다. 악을 위한 악행에 헌신하는 집념에 사로잡혀 있다. 또한 오셀로의 성격이 자기 자신을 미화시키고 이상화시키면서 있는 그대로의 상황과 자기 자신의 허점을 무시할 때 이아고의 영향력은 더욱 커질 수 있다. 손수건 사건이 이 점을 잘 설명하고 있다. 한 장의 손수건을 증거로 아내를 살해하는 동기로 삼는 오셀로의 잘못이 이아고가 역이용하는 무기가 된다.

〈파우스트〉에 나타나는 메피스토펠레스에게는 두 면이 있다. 악의 이념의 부담자로서의 일면과 파우스트의 동반자로서의 현실적인 일면이다. 메피스토펠레스의 악의 이념이 어떤 것인가는 그와 파우스트와의 최초의 대화에서 명백해진다. 그는 자신을, 항상 악을 바라면서도 끊임없이 선을 만드는 힘의 일부라고 규정한다.

그의 악이란 것은, '천상의 서곡'에서 주님이 메피스토펠레스를 가리켜 "대수로운 자가 아니다"고 언명했듯이 궁극적으로 선에 대항하는 악이 아니라는 것은 명백하다. 즉 파우스트가 잠시 메피스토펠레스와 타협하는 것은 메피스토펠레스를 사역해서 자기 완성에의 길을 한층 더 강렬하게 추구하기 위해서였다. 따라서 파우스트는 방황하면서도 꾸준히 노력하는 일을 단념하지 않는다. 이처럼 파우스트에 있어서는, 악은 선에 대립하는 요소가 아니라 지고의 선에 이르는 한 방편이었다. 그러나 이아고의 경우는 메피스토펠레스의 역할과는 전혀 다른 악의 의미였다. 이아고는 악을 행하며 악을 철저히 악으로서 사랑한다.

〈오셀로〉는 셰익스피어의 어느 작품보다도 비극적 구성이 우수한 작품이라 할 수 있다. 뿐만 아니라 오셀로 장군은 셰익스피어가 창조한 다른 어떤 인물보다도 사실적이다. 그에게는 초자연적이며 신비로운 부분이 전혀 없다. 오셀로 장군이 또한 고결한 비극적 인물로 묘사되어 있는 것도 중요한 특징이라 할 수 있다. 작품 〈오셀로〉에서 특이한 존재는 이아고다. 그는 이기심과 악의의 상징이 되고 있다. 데스데모나는 오필리어나 코델리아처럼, 아름답고 가련한 비극적 여주인공이다. 작품 〈오셀로〉는 〈햄릿〉과 비교하여 그 주제가 덜 철학적이고 〈리어 왕〉과 비교하여 덜 격정적이지만, 그 대신 사실적이요 낭만적인 작품이라는 특징을 지니고 있다. 그 이유는 이 작품이 지니고 있는 시(詩)의 매력 때문이다. 〈리어 왕〉과 〈오셀로〉가 구별되는 또 다른 중요한 특징은 〈오셀로〉와는 달리 〈리어 왕〉은 명백한 이중 플롯을 지니고 있다는 점이다. 리어 왕과 딸들의 관계가 메인 플롯이라고 한다면, 글로스터와 그의 아들들과의 관계는 서브 플롯이 된다. 이 두

가지 플롯이 평행하여 서로 얽히면서 주제가 대조적으로 부각된다. 그리고 중요한 부분이 강조된다. 〈리어 왕〉은 〈오셀로〉나 〈맥베스〉가 지니고 있는 통일성과 집중성은 잃고 있지만 상징적 의미의 표현에는 성공하고 있다.

선이 싫고, 선을 증오하기 때문에 악을 행한다. 이아고의 행위에는 복수라든지, 질투라든지, 혹은 야망 같은 것이 있어 행동상의 동기가 되는 면도 있지만, 그보다는 악의라든지 자신의 악으로 인한 타인의 고통에서 느끼는 희열이 있음을 잊어서는 안 된다. 도덕에 대한 생리적인 혐오와 타자에 대한 경멸감, 선에 대한 의식적인 반항, 악한 행동 자체에 대한 향락 등이 복합적으로 얽혀 이아고의 악을 낳고 있는 것이다. 오셀로는 전적으로 이아고의 손아귀에서 희롱당하기만 한다. 이아고의 악이 오셀로를 각성시켜 그를 향상시키는 채찍이 되지 못하고 무서운 폭군이 되어 그의 운명을 좌우하고 있다. 오셀로는 햄릿, 리어 왕, 맥베스 등의 경우와 같이 극한 상황에 도달한 인간의 비극이다. 그는 어두운 인간 고뇌의 심해에 도달한다. 빅토르 위고는 "오셀로는 무엇이냐. 그는 밤이다. 거대한 운명적 인간이다"라고 말했고, 배우 로렌스 올리비에는 "이아고가 오셀로 곁에 있는 것은 오셀로가 무너져내리는 산벼랑에 서 있는 것과 같다"고 말한 적이 있는데, 이 두 비극적 인물들의 관계를 잘 설명하고 있는 말이다. 우리는 〈오셀로〉를 읽고 선(善)이 산벼랑 아래로 무너져내리는 비통감을 맛본다. 이 비통감은 정의가 끝내 실현되지 못한 깜깜한 밤과도 같은 것이다. 이아고를 마지막에 사로잡아 아무리 그를 고문해도 데스데모나는 돌아오지 않는다.

플롯 시놉시스

제1막 : 무대는 베니스가 독립된 국가로서 지중해의 패권을 장악하며 터키와 항쟁하던 시기의 이야기다. 악인 이아고가 베니스의 남자 로더리고를 동반해서 등장한다. 로더리고는 사람은 좋지만 순진하고 어리석어 이아고에게 이용당하고 있다. 이아고는 승진 문제로 울분을 삼키고 있다. 베니스 지중해군 총사령관은 무어인 장군 오셀로다. 그 부관으로 이아고는 자신이 임명되리라 믿었는데, 캐시오가 차지했다. 이 때문에 이아고는 캐시오도 미웠지만 오셀로 장군을 더 증오한다. 뿐만 아니라 오셀로는 원로원 의원 브러밴쇼의 딸 데스데모나와 사랑을 나누는 사이가 된다. 무어인 주제에 베니스 최고의 미녀를 차지했다는 점 때문에 이아고는 질투심을 갖는다.

이아고는 한밤중에 브러밴쇼 의원의 집으로 가서 무어인 이 댁의 따님을 농락하고 있다고 고자질한다. 브러밴쇼는 딸의 방을 가본다. 딸이 없다. 데스데모나는 오셀로와 데이트 중이다.

터키 함대가 키프로스 섬을 향해 출동했으니 오셀로는 출진 명령을 받는다. 오셀로 장군이 한 걸음 먼저 가고, 뒤따라 신부 데스데모나가 남편과의 재회를 위해 출발한다. 이아고는 그녀를 수행한다. 이아고의 처 에밀리아도 함께 가면서 데스데모나의 뒷바라지를 한다. 데스데모나를 짝사랑한 로더리고는 낙심하고 있다. 이아고는 그에게 "돈을 잔뜩 들고 나를 따라오라"고 설득한다. 데스데모나가 곧 오셀로에 싫증을 낼 터이니, 그때 데스데모나에게 값진 선물을 하면 로더리고에게도 기회가 올 것이라고 말한다. 로더리고는 그의 간계에 넘어가 이아고를 따라 키프로스로 간다.

제2막 : 이후는 키프로스 섬이 무대가 된다. 터키 함대는 폭풍을 만나 해상 조난을 당해 전멸했다. 오셀로 일행과 데스데모나 일행이 키프로스섬에서 재회한다. 이아고는 부관 캐시오가 데스데모나에게 연정을 품고 있다고 믿는다. 또한 오셀로가 자신의 처 에밀리아를 간음하고, 캐시오도 똑같은 짓을 했을 것이라고 속단한다. 그는 이들에게 앙심을 품는다. 모두 혼내주겠다고 결심한다.

오셀로는 부관 캐시오에게 밤사이 경비를 맡기고 자신은 신혼의 잠자리에 든다. 키프로스섬은 전승 파티로 요란하다. 모두들 취해 있다. 캐시오는 이아고가 준 술을 받아 마시고 만취 상태에서 몬타노와 싸움을 한다. 몬타노는 칼에 찔려 죽을 고비를 맞고 있다. 경비 초소의 종이 울리고 시끄러워지자 오셀로 장군이 잠자리에서 일어나 나온다. 캐시오가 만취해서 사건이 발생했다고 이아고가 오셀로 장군에게 보고하자, 오셀로 장군은 "부관은 면직이다" 라고 말한다. 이아고는 캐시오에게 데스데모나를 찾아가서 사죄하라고 일러준다. 그녀는 그를 도와줄 것이라고 말한다. 캐시오는 이아고의 흉계를 알아차리지 못하고 그에게 고마워한다.

제3막 : 이아고의 흉계가 효과를 내고 있다. 캐시오는 몰래 데스데모니를 만나서 일을 부탁한다. 데스데모나는 그에게 호의를 베푼다. 캐시오가 급히 사라진 다음 오셀로 장군이 나타나자, 이아고는 일부러 "앗, 실수였다" 라고 말한다. "왜 그래?" 라고 묻는 장군에게 이아고는 "아무 일도 아닙니다. 저는 아무것도 모릅니다……" 라고 말한다. 오셀로 장군은 그가 등장하자 급히 도망치듯 사라진 캐시오가 미심쩍다. 게다가 이아고의 이상한 발뺌이 마음에 걸린다. 이아고는 이 모든 것을 계산에 넣고 있다.

데스데모나는 오셀로 장군에게 캐시오의 구명을 간청한다. "이상하다?" 오셀로는 의심을 품는다. 이아고는 계속 두 사람의 불륜을 암시하는 말을 한다. 생쥐 한 마리가 바위를 갉아서 무너지게 만드는 일이 시작되었다. 오셀로는 무어인으로서 검은색 피부에 대한 열등감이 언제나 있다. 캐시오는 백인 미남이다. 셰익스피어의 대사 처리, 인물 설정의 신기(神技)를 엿보게 하는 장면이 계속된다.

이아고는 다음 단계의 책략을 펼친다. 아내 에밀리아에게 부탁해서 데스데모나의 손수건을 입수해달라고 한다. 이아고는 그 손수건을 캐시오의 방에 떨어뜨린다. 이 손수건은 오셀로 장군이 신부에게 준 귀한 선물로서, 오셀로 장군의 어머니가 간직했던 사랑의 보물이다. 이아고는 오셀로 장군에게 캐시오가 그 손수건으로 머리를 닦고, "사랑하는 데스데모나"라고 말하는 것을 들었다고 말한다. 오셀로의 질투심에 불이 당겨진다. 오셀로는 아내에게 손수건의 행방을 묻지만 데스데모나는 제대로 답변을 못 한다. 아내는 계속해서 캐시오의 착한 면을 상기시키면서 그의 사면만을 간청하고 있다.

제4막 : 이아고는 오셀로에게 데스데모나가 캐시오에게 안겨 있었다고 말한다. 캐시오의 정부 비앙카가 캐시오에게 매달리면서 사랑을 호소하는 장면을 멀리서 부분적으로 목격한 오셀로는 그 여자를 데스데모나로 착각하고 더 이상 참지 못하고 있다. 이성을 잃은 오셀로는 데스데모나에게 폭언을 하고 폭력을 휘두른다. 데스데모나의 필사적인 변명을 묵살한 오셀로는 완전히 이아고의 간계에 빠진 하수인처럼 되었다. 이아고의 처 에밀리아가 오셀로 장군 앞에서 데스데모나를 옹호해도 그는 아랑곳하지 않는다. 데스데모나는 절망적이다.

제5막 : 로더리고가 칼을 뽑아 캐시오를 습격하지만 오히려 역습을 당하고 살해된다. 캐시오는 중상을 입는다. 이것도 이아고의 흉계였다. 로더리고를 충동질해서 캐시오를 죽이는 한밤중의 난투극 중에 이아고 자신이 캐시오를 찌르고 로더리고를 죽였다. 한편 이성을 잃은 오셀로는 혼자 침실에서 잠들어 있는 데스데모나에게 가서 그녀를 죽이려고 한다. "살려달라"고 애원하는 데스데모나에게 오셀로는 "창녀!"라고 말하며 매도한다. 오셀로는 데스데모나를 교살한다. 살해 직후 손수건이 이아고에게 전달된 경위가 에밀리아의 입을 통해 오셀로에게 전달된다. 이 일이 폭로되면서 모든 것이 이아고의 흉계에 의한 것임이 밝혀졌다. 오셀로는 이 이야기를 듣고 통곡하며 후회한다. 그는 눈물을 흘리면서 스스로 목을 찔러 자결한다. 이아고는 체포되어 끌려 나간다.

3) 리어 왕

〈리어 왕〉은 홀린셰드의 〈연대기(Chronicles)〉와, 1594년경에 쓰여서 1605년에 간행된 〈리어 왕의 진정한 사기(True Chronicle History of King Lear)〉(작자 불명)와 스펜서의 〈선녀 왕(Faerie Queene)〉, 시드니의 〈아카디아(Arcadia)〉 등에서 그 소재를 얻어온 작품이다. 선악의 영원한 테마를 토대로 하여, 인간의 여러 성격을 병적이며 심리적인 측면에서 규명하고, 인간성의 그로테스크한 비극을 〈리어 왕〉만큼 예술적으로 심층적으로 그려나간 극작품은 드물다. 리어 왕의 성격은 작품의 핵심을 이룰 뿐만 아니라 모든 사건이 어쩔 수 없이 분출되는 근원이 된다. 성격들이 형성되어 사건이 전개되고, 그 사건 속에서 선과 악의 행동은 똑같이 파멸되었다. 코델리아의 죽음과 리어 왕의 광증, 글로스터의 육체적인 박해 등을 선의 낭비라고 생각한다면, 고네릴의 자살, 리건의 독살, 콘월의 살해, 에드먼드의 죽음 등은 악의 멸망이라고 생각해도 좋을 것이다. 셰익스피어는 선에게 궁극적인 승리를 주긴 했지만 악에 대항하기 위한 선한 여러 성격들의 의지는 너무나 박약했고, 그들의 행동은 맹목적이었다.

개인적 선에 가장 긴요한 미덕은 강력한 의지다. 개인적인 도덕적 이상이 확고하지 못하면 진정한 인격은 함양될 수 없다. 리어 왕의 박약한 의지와 맹목적인 아집은 선의 힘을 쇠퇴시킨 동시에 악의 유발을 촉진시켰고, 비극의 전주곡이 되었다. 이처럼 선이 악에 의하여 압도당하고 큰 피해를 입는 것을 보고, 스윈번은 리어 왕을 해석하는 데 있어서 숙명적 운명론을 강조했고, 브래들리는 비관론적 입장을 취했다. 그러나 〈리어 왕〉의 세계는 비극적 신음 소리가 광풍에 섞여 들리는 어두운 밤이기는 하지만 〈오셀로〉의 캄캄한 밤과 달리 찬란히 별이 빛나는 밤인 것이다.

우리는 이 작품에서 코델리아, 켄트, 에드거, 바보광대 등의 별이 높이 솟아 반짝이는 것을 본다. 리어 왕의 광증은, 그가 모순된 현실을 깨닫고 불완전한 자아를 확인했을 때 그 모순과 불완전성을 탐색하려는 신비한 노력이었다. 리어 왕과 코델리아가 순수한 사랑만으로 결합되기 위해 궁극의 힘은 온갖 희생을 강요했다. 그것은 선한 행위를 위하여 선 자체가 악으로 인해 겪는 고뇌와 같으며, 그 고뇌를 딛고 환희에 이르려는 눈부신 고투였다. 이 같은 고투가 있을 때 비로소 선 의식이 확고해진다.

궁극의 힘은 인간에게 시련을 안기며 숱한 싸움에서 패하게 하고 숱하게 많은 선한 인간을 죽일 수도 있다. 그러나 궁극의 힘이 존재하는 것은 선의 궁극적인 승리를 위해서다. 궁극의 힘은 인간에게 불안, 공포, 고통을 주면서 인간을 각성시킨다. 궁극의 힘은 인간으로 하여금, 여자의 정절을 믿어야 하는가〈햄릿〉〈오셀로〉), 정치의 도의적인 결백성은 과연 있는 것이냐〈줄리어스 시저〉), 여자들 간의 화합은 가능한가〈리어 왕〉〈아테네의 타이몬〉) 등의 허다한 의문을 갖게 하여 인간을 시련 속으로 몰아 넣는다.

따라서 비극작품이 인간에게 주는 교훈은, 고통을 부정하지 말라는 것이다. 코델리아의 죽음은 이 궁극의 힘이 상징적으로 가장 강렬하게 표현된 형태라고 볼 수 있다. 선과 악의 투쟁 속에서 희생되는 코델리아의 죽음은 '세계의 해체와 붕괴'라는 이 작품의 주제를 가장 강렬하게 표현하고 있는데, '고통을 통해서 리어 왕이 정화되고 그의 비극적 위대성이 회복되는' 상대적 반응이 있었기 때문에 코델리아의 죽음은 해체와 붕괴를 통한 생의 완성일 수 있었던 것이다.

플롯 시놉시스

제1막 : 막이 열리며 켄트 백작, 글로스터 백작, 에드먼드 세 사람이 등장한다. 우렁찬 나팔 소리에 리어 왕이 등장한다. 그리고 세 딸들이 그 뒤를 따른다. 고네릴, 리건, 코델리아 세 자매들이다. 고네릴은 알바니 공작이 남편이요, 리건은 콘월 공작이 남편이다. 리어 왕은 왕국의 영토를 세 딸에게 분배하려고 한다. 딸들의 효성에 따라 영토를 결정하고 싶은 리어 왕은 딸들의 말을 듣고자 한다. 고네릴은 최대의 사랑을 호소하고, 리건도 푸짐한 찬사를 보낸다. 이들의 말에 만족한 리어 왕은 영토를 3분의 1씩 분배한다. 정직한 코델리아는 허황된 말을 하지 않는다. 리어 왕은 마음이 상해서 고함을 지른다. "너는 내 딸이 아니다. 영토 분배는 없다. 나가라!" 정직한 코델리아를 변호하던 켄트 백작에게도 추방령을 내렸다. 이 자리에는 버건디 공작과 프랑스 왕도 참석하고 있다. 이들은 코델리아의 남편 후보들이다. 코델리아가 영토를 받지 못하자 버건디 공작은 사퇴한다. 그러나 프랑스 왕은 코델리아를 아내로 맞는다고 선언하면서 그녀의 손을 잡고 나간다.

글로스터 백작에게는 적자인 에드거와 사생아 에드먼드 두 아들이 있다. 에드먼드는 계략을 꾸며 자신이 집안을 승계하려고 한다. 그는 에드거로부터 받은 편지를 위조해서 부친이 올 때 읽는 척하다가 숨긴다. 글로스터는 묻는다. "지금 읽고 있는 것이 무엇이냐?" "아무것도 아닙니다." 편지 내용은 두 형제가 작당해서 부친의 재산을 가로채자는 것이었다. 그 편지를 읽은 글로스터 백작은 에드거의 배신을 증오하며 에드먼드에게 기대를 건다.

제2막 : 글로스터 백작은 부친의 암살을 기도한 에드거를 추적한다. 에드거는 신변의 위험을 느끼고 도주한다. 그는 거지꼴로 미친 사람 행세를 하면서 산야에 파묻혀 산다.

리어 왕은 장녀 고네릴의 집에 머문다. 고네릴은 리어 왕을 푸대접한다. 리어 왕의 가신들을 당초 100명에서 50명으로 줄이라고 한다. 한때 추방당한 충신 켄트 백작은 신분을 숨기고 변장해서 리어 왕을 돌보고 있다. 리어 왕은 고네릴의 곁을 떠나 리건의 집으로 간다. 고네릴은 집사 오즈월드를 리건에게 보내 서로 협력해서 리어 왕을 괴롭히려고 한다.

켄트 백작이 리어 왕의 도착을 알리는 사자(使者)로서 먼저 리건의 집에 도착하는데 리건과 남편 콘월 공작은 누추한 켄트 백작을 난폭자로 보고 족쇄를 채우고 가둔다. 리건의 집에 도착한 리어 왕은 자신의 신하가 족쇄를 찬 것을 보고 격분한다. 숱한 무례와 천대를 받은 리어 왕은 딸들의 집에 있지 못하고 미친 듯이 들판으로 나간다. 리어 왕에게는 어릿광대가 따라다니고 있다. 그는 시종 웃기는 말을 하면서 리어 왕에게 숱한 경고를 발설한다.

제3막 : 황야를 헤매는 리어 왕의 곁에는 어릿광대 한 사람과 충신 켄트가 변장하고 따라다니며 시중든다. 마침 그 시기에 프랑스군이 도버에 상륙했다. 켄트는 사람을 보내 군 진영에 혹시 코델리아가 있는지 수소문한다. 그는 리어 왕의 곤경을 알려서 구원을 요청하고자 했다. 어릿광대와 함께 황야를 헤매던 리어 왕은 폭풍을 피해 오두막 속으로 들어간다. 그곳에서 에드거를 만난다. 글로스터 백작도 리어 왕의 행방을 찾아 이곳에 온다. 그러나 백작은 에드거를 알아보지 못한다. 글로스터 백작은 리어 왕을 옹호하다가 리건과 콘월 공작의 비위를 건 드려 성에서 추방당해 방랑자가 되었다. 백작은 프랑스군에게 연락해서 리어 왕을 구출하고자 한다. 그 비밀을 그는 에드먼드에게 말했다. 에드먼드는 밀서를 들고 콘월 공작에게 간다.

글로스터 백작은 체포되어 리건과 콘월 공작 앞에 나타난다. 콘월 공작은 글로스터 백작의 두 눈을 칼로 찔러 뽑는다. 이 같은 잔악행위를 보고 하인 한 사람이 칼을 뽑아 콘월 공작에게 대들지만 역으로 그는 참살당한다. 콘월 공작도 이 때문에 상처를 입고 퇴장하지만 이 상처로 목숨을 잃는다. 이 시점에서 글로스터 백작은 에드먼드가 악당인 것을 알고 자신의 어리석음을 개탄한다.

제4막 : 글로스터 백작은 두 눈을 잃고 황야를 배회하다가 아들 에드거를 만난다. 에드거는 두 눈을 잃은 노인이 자신의 아버지인 것을 알지만 자신의 신분을 속이고 노인을 친절하게 돌본다. 글로스터 백작은 에드거에게 부탁한다. "도버 해협으로 데려다 주오. 그곳에 가면 벼랑이 있다지."

에드먼드는 여자를 농락한다. 고네릴과 리건 두 여자에게 추파를 던지는 것이다. 두 여자는 에드먼드를 두고 사랑싸움을 한다. 한편, 충신 켄트 백작이 코델리아에게 한 연락이 성공해서 편지가 전달되었다. 편지를 전달한 신사는 리어 왕의 참담한 소식을 접한 코델리아의 모습을 다음과 같이 전했다.

한두 번 '아버님!' 하고 소리 내어 부르셨지요. 가슴속 깊은 곳으로부터 애타게 터져 나오는 소리였습니다. 그러고는 '언니들, 언니들! 여성으로서 부끄러운 일이에요! 언니! 켄트! 아버님! 언니들! 폭풍우 속에서? 한밤중에? 이 세상엔 자비심도 없는가!' 하고 울부짖으셨습니다.

프랑스와 영국의 싸움이 시작되어 프랑스군이 도버 해협을 건너 진군했다. 프랑스 왕은 본국에 급한 일이 생겨 급히 귀국했다. 도버 주둔군의 세력은 영국군에 비해 열등하다. 영국군 사령관은 알바니 공작이다.

도버 해협에 도달한 글로스터 백작과 에드거도 큰일이다. 글로스터 백작은 벼랑에서 투신자살할 생각이다. 그는 이 일을 에드거에게 부탁한다. 에드거는 글로스터 백작을 벼랑 끝으로 데리고 가는 시늉을 한다. 눈이 안 보이는 글로스터 백작은 에드거의 말을 믿고 결심하고 뛰어내리는데 아무런 상처도 입지 않는다. 에드거는 언덕 밑으로 가서 딴 사람으로 변장한 뒤 백작을 도와 일으켜 세우며 기적이 일어나서 신의 은총으로 살아났다고 하면서 희망을 갖고 살아야 한다고 호소한다. 이 장면에서 리어 왕이 나타난다. 글로스터 백작과 에드거가 가까이 가서 보니 리어 왕은 미쳐 있다. 두 사람이 비탄에 빠져 있을 때, 충신 켄트와 밀사로 일했던 신사가 리어 왕을 찾아온다.

악당 패거리의 집사 오즈월드는 리건의 하수인이 되어 글로스터 백작을 죽이려고 나타났다가 에드거와 결투해서 참살당한다. 리어 왕은 코델리아의 진영에서 보호를 받으면서 의사의 치료를 받고 깊은 잠에 빠져 있다. 이윽고 리어 왕은 코델리아와 재회한다. 그러자 그는 광기에서 회복된다. 그러나 영국군의 공격이 임박했다. 영국군의 지휘를 맡은 사람은 에드먼드다. 고네릴과 리건이 그의 지시를 받고 있다.

제5막 : 프랑스군은 영국군에 패배한다. 리어 왕과 코델리아가 포로가 되어 감옥에 갇힌다. 에드먼드는 부하에게 두 사람을 암살하라고 명령한다. 알바니 공작과 고네릴이 있는 자리에서 과부가 된 리건이 자신의 새 남편으로 에드먼드를 선택했다고 공언한다. 고네릴은 이 선언에 반대한다. 남편이 있지만 그녀도 에드먼드를 택하고 싶은 것이다. 알바니 공작이 두 자매의 싸움에 끼어들면서 에드먼드의 죄악을 폭로한다. 이 때 나팔 소리가 나면서 전령이 전한다.

"우리 군대에 복무하고 있는 높은 지위의 명문 출신들 가운데, 글로스터 백작이라 불리는 에드먼드에 대하여 그가 대역죄를 범한 죄인임을 주장하고 싶은 자는 나팔 소리가 세 번 울릴 때까지 나서라. 에드먼드는 자신의 명예를 지킬 자신이 서 있다."

이 일은 에드거가 꾸민 작전이다. 이 말에 에드거가 등장한다. 그는 에드먼드에게 결투를 신청하고 싸운다. 에드먼드가 깊은 상처를 입고 쓰러진다. 이때 에드거는 자신의 신분을 밝힌다. 그는 부친 글로스터 백작이 자신의 팔에 안겨 서거했다고 전한다. 자신의 입장을 비관한 고네릴이 동생 리건을 독살한다. 또한 자신도 단검으로 가슴을 찌르고 자결한다. 코델리아는 이미 죽은 시체가 되어 리어 왕이 안고 나온다. 리어 왕의 애절한 대사가 이어진다.

"아니, 아니, 아니, 아니다! 어서 우리는 감옥으로나 가자. 둘이서 새장 속의 새들이 되어 노래를 부르자. 네가 나의 축복을 빌어주면 나는 무릎을 꿇고 너의 용서를 구하마. 그렇게 우리는 살아가자. 기도하고 노래하고 옛날 얘기를 나누며 금빛 나비들 보고 웃고 …(중략)… 이 세상 돌아가는 신비에 관해서, 우리는 신들의 밀사(密使)인 양 아는 척하며 지내자."

결투로 입은 상처 때문에 에드먼드는 사망하고, 리어 왕도 죽는다.

4) 맥베스

〈맥베스〉도 홀린셰드의 〈연대기〉에서 그 소재를 구했다. 〈맥베스〉는 창작 연대로 볼 때 〈리어 왕〉과 〈안토니와 클레오파트라〉 사이에 있다. 셰익스피어는 이미 〈로미오와 줄리엣〉 〈줄리어스 시저〉 〈햄릿〉 〈오셀로〉 그리고 〈리어 왕〉 등의 작품 공연으로 극작가로서의 지위가 확고해지고, 극작술이 원숙기에 접어들어 있었음을 알 수 있다. 〈오셀로〉가 극 후반에서 관객들에게 숨쉴 틈을 주지 않은 것과는 대조적으로 〈맥베스〉는 처음부터 중반에 이르기까지 관객을 긴장시키면서, 맥베스의 흉중을 살피게 한다. 처음의 마녀 장면에서, 마녀들이 지껄이는 주문과 맥베스의 대사를 통해 우리는 환상과 현실의 이중적 상황을 알게 된다. 맥베스가 국왕 살해의 흉계를 품고 한 걸음 한 걸음 목적 달성을 향하여 다가서는 숨 막히는 과정에서 긴장감이 고조되다가 드디어 살인이 행해질 때까지 우리는 마음을 놓을 수 없다. 전반부에 맥베스의 일거일동으로 집중되던 초점이 국왕 살해 후에는 여러 사건으로 확대되면서 맥베스의 몰락으로 귀결된다. 드라마 구성의 압축감과 긴밀성은 다른 비극작품에서 찾아볼 수 없는 탁월한 극작술이었다.

　맥베스는 11세기 스코틀랜드에 실재했던 인물이었는데, 셰익스피어는 〈연대기〉와 역사적 사실, 전기 등을 자유롭게 참고하여 이 비극을 완성하였다. 이 작품은 〈햄릿〉과 〈오셀로〉와는 달리 현실과의 관련성이 큰 것으로 평가되고 있다. 화약 음모 사건(1605)의 재판 때 이 사건에 가담한 신부 헨리 가네트가 사용한 언어의 양의성(兩義性)을 마녀 예언에 도입하여 맥베스를 혼돈시킨 사례라든지, 가네트의 처형이 1606년 5월인데 〈맥베스〉의 공연은 같은 해 후반에 있었고, 이 사건의 표적이었던 국왕 제임스 1세는 밴쿠오의 후손이며 『악마론』의 저자이기도 한 점 등이다. 문제는 마녀의 정체가 무엇이냐 하는 점이 흥미롭다. 외부 세계의 인물인 고결한 맥베스에게 야심을 불어넣어 영혼을 지옥으로 타락시킨 것이 악마인가, 아니면 맥베스 자신의 야망이 투영된 환상인가 하는 점이다. 그러나 아무리 유혹을 한다 하더라도 맥베스 자신에게 그런 야심이 전혀 없었다면 살인이 가능하지 않았을 것이지만, 또 한편으로는 마녀를 만나지 않았다면 덩컨을 살해하려는 야망을 전혀 품지 않았을지도 모를 일이다. 그러나 맥베스는 운명적으로 마녀들을 만났으니, 그 순간부터 마녀의 지배를 받게 된다.

덩컨 왕의 살해는 맥베스를 악의 길로 인도하여 그를 파멸시킨다. 살해 직전에도 주저했고 살해 후에도 몹시 참회하며 겁에 떤다. 그러나 그는 다시 돌아설 수 없고 죄의 보상을 달리 받을 수도 없다. 일단 죄업의 길로 들어서다 보니 연속적으로 또 다른 죄를 저지르게 되는 함정에 빠진다. 이것도 죄를 의식적으로 저지르기 위한 행위가 아니라 자기 자신을 파멸로부터 보호하기 위한 방어 본능에서인 것이다. 밴쿠오에 대한 공포와 증오감이 그에게 살의를 품게 하는 경우를 보면 알 수 있다. 폭력을 통해 획득한 왕관을 보유하기 위해 그는 계속 악행을 거듭하는 폭군이 되고 만 것이다.

그러나 흥미로운 것은 셰익스피어가 맥베스를 살인마의 성격으로 창조하지 않았다는 점이다. 이것은 주인공에 대한 관객의 공감을 불러일으키자는 능숙한 극작술인데, 맥베스에게 악행을 행하게 하면서도 그에게 인간적인 약점이나 부드러운 인간성, 고결한 성품을 약간 부여하여 주인공에 대한 관객들의 혐오감을 억제시켜 극적 공감을 획득하도록 하는 수법인 것을 알 수 있다. 맥베스 부인을 과격한 악의 화신으로 성격을 창조하여 그와 대조시킨 의도도 이런 각도에서 생각해보면 쉽사리 수긍이 간다. 그러나 종국에 가서 맥베스 부인이 정신착란을 일으켜 자살하는 장면은, 셰익스피어가 악을 하나의 추상적인 개념으로 다루지 않고 살아 있는 인간속에 구상화시키려 했던 노력을 엿볼 수 있다. 마녀 장면으로써 어두운 인간악의 상황을 강조한다든지, 극적 아이러니를 사용함으로써 극적 긴장감을 높이는 방법은 놀라운 수법이라 아니할 수 없다. 셰익스피어의 다른 어떤 작품보다도 〈맥베스〉는 대조의 체계적 방법을 극에 도입해서 큰 성과를 거두고 있는데, 이는 죽음과 생의 끊임없는 갈등을 주제로 삼고 있는 이 작품을 성공시킨 요인이기도 하다.

〈맥베스〉는 초자연적 환상의 의미 표출을 위한 극작술이 탁월한 작품일 수 있다. 마녀들과 밴쿠오의 망령 등이 등장해서 극 전개의 결정적 역할과 가능을 다하고 있는 장면은, 희곡에 있어서 초자연적인 요소가 어떤 극적 분위기를 조성하며 극적 행동의 동인이 될 수 있는가 하는 문제에 정확한 해답을 준 경우라 할 수 있다.

플롯 시놉시스

제1막 : 황야에서 세 마녀가 나타난다. 그들은 맥베스 장군을 기다리고 있다. 덩컨 왕은 맥베스 장군의 승전보를 계속 듣고 있다. 마녀들이 기다리는 장소에 개선하는 맥베스 장군과 밴쿠오가 지나간다. 마녀가 나타나서 맥베스 장군에게 "글래미스의 영주님"이라고 부른다. 두 번째 마녀는 "코더의 영주님"이라고 부른다. 세 번째 마녀는 "미래의 국왕"이라고 부른다. 맥베스는 이 말에 깜짝 놀란다. 밴쿠오가 이들에게 예언을 부탁하니, "국왕은 될 수 없지만, 자손이 왕위에 오른다"고 예언한다.

왕궁에 도착한 두 장군을 국왕은 눈물을 흘리며 환영한다. 그 자리에서 국왕은 왕자 맬컴을 태자로 책봉한다고 선언 한다. 이 말을 듣고 맥베스는 마녀들의 예언을 의심한다. 그래서 비상수단을 강구한다.

맥베스 부인은 마녀를 만난 이야기를 전하는 맥베스의 편지를 읽는다. 맥베스 부인은 몹시 흥분한다. 그때 사자(使者)가 와서 국왕의 방문을 알린다. 부인은 악행을 저지를 만한 용기가 없는 남편 대신 그녀 스스로의 결단력으로 대망을 실행할 결심을 한다.

맥베스의 성에 국왕 덩컨, 왕자 맬컴, 도널베인, 밴쿠오 등이 도착한다.

맥베스는 왕의 신임을 받고 있기 때문에 왕을 살해하는 일에 양심의 가책을 느끼며 주저한다. 이를 눈치 챈 맥베스 부인은 남편의 우유부단함을 심하게 면박한다. 맥베스는 결국 국왕 살해를 결심한다. 이들은 왕의 종신들을 취하게 한 후 왕을 살해해서 그 죄를 종신들에게 뒤집어 씌울 계획을 짠다.

제2막 : 맥베스의 거대한 성의 안뜰. 한밤중, 밴쿠오는 우연히 맥베스를 만나면서 마녀의 예언을 상기하지만 그 이야기는 서로 피한다. 밴쿠오가 간 후, 맥베스는 공중에 단검이 걸려 있는 것을 본다. 그 단검에는 피가 묻어 있다. 맥베스는 그 단검이 자신의 행동을 암시하고 있다고 생각한다. 맥베스는 결국 왕을 살해한다. 그러나 그 죄악 때문에 맥베스는 미칠 지경이다. 하지만 맥베스 부인은 오히려 냉정하다. 맥베스가 자고 있는 종신에게 쥐여줄 단검을 부인이 직접 가져간다. 그 때문을 심하게 두드리는 소리가 들린다. 이 장면에서 맥더프와 레녹스가 등장한다. 맥베스는 맥더프를 왕의 침실로 안내한다. 그리고 왕의 암살이 발견되어 대소동으로 이어진다. 맥베스는 종신 둘을 살해하고 암살자는 종신들이라고 말한다. 맥베스 부인은 실신하고, 왕자 맬컴과 도널베인은 신변의 위험을 느껴 전자는 영국으로, 후자는 아일랜드로 망명하려고 결심한다.

성 바깥. 한 노인이 귀족 로스와 국왕 암살 전후에 일어난 천지 이변에 관해서 이야기하는 자리에 맥더프가 나타나 도망간 두 왕자가 암살의 혐의를 받고 있다는 것, 왕위는 맥베스가 계승하고 스쿤에서 즉위식이 거행된다는 소식을 전한다.

제3막 : 포레스 왕궁. 밴쿠오는 마녀의 예언이 실현된 것을 보고, 그 자신의 예언도 성취된다고 믿고 있지만, 한편 맥베스도 밴쿠오에 대한 예언에 신경을 쓴다. 그래서 그는 밴쿠오 부자를 죽이려고 이들을 만찬에 초대하면 자객이 성 바깥에서 그들을 암살하도록 계략을 세운다.

왕궁. 왕위에 올랐지만 맥베스는 마음의 안식을 얻을 수 없다. 부인은 그의 허약한 마음을 질책한다. 왕궁의 앞뜰. 자객이 매복하고 있는 곳에 밴쿠오와 그의 아들 플리언스가 말을 타고 온다. 자객이 밴쿠오를 죽이는 순간, 플리언스는 도망친다. 왕궁 내의 홀. 맥베스를 둘러싸고 향연이 벌어지고 있다. 맥베스의 인사가 끝나갈 무렵, 자객이 그에게 와서 밴쿠오는 죽였지만 아들 플리언스를 놓쳤다고 보고한다. 맥베스는 마음의 안정을 잃고 제정신이 아니다. 그는 자신의 좌석에 밴쿠오의 망령이 앉아 있는 것을 보고 당황해서 광기가 발작한 다. 좌석에 앉은 일행들은 모두 어리둥절하여 놀라고 있다. 망령은 맥베스에게만 보인다.

황야. 천둥번개가 치는 가운데 마법의 여신 헤카테가 세 마녀를 만나 그녀를 제쳐놓고 맥베스에게 예언한 것을 질책한다. 헤카테는 환영을 보여주면서 맥베스를 파멸시키려고 한다.

왕궁. 레녹스와 던컨 왕의 암살, 밴쿠오의 횡사, 그리고 그 배후자는 맥베스라는 말이 돌고 있다. 왕자 맬컴과 도널베인은 그곳으로 피신해 온 맥더프와 계략을 세워 영국 왕 에드워드의 힘을 빌리고 노섬벌랜드 후작의 원조를 얻어 부왕의 복수전을 치르기 위해 스코틀랜드 침공을 준비한다.

　제4막 : 황야. 동굴 속, 헤카테와 세 마녀들을 만나러 맥베스가 온다. 그는 이들에게 자신의 운명을 묻고자 한다. 마녀의 예언이 시작된다. "맥베스여, 맥더프를 경계하라." "여자의 몸에서 태어난 자로서 맥베스를 해칠 자는 아무도 없다." "버남의 대삼림이 던시네인의 높은 언덕까지 쳐들어오지 않는 한 맥베스는 패하지 않는다." 맥베스는 자신의 지위가 안전하다는 말에 위안을 느끼고 기뻐한다. 그러나 뱅쿠오의 자손이 왕위에 오르느냐는 질문에 마녀의 예언 속에 뱅쿠오의 망령이 나타난다. 맥베스는 그 뜻을 이해하고 격노한다. 마녀들은 사라진다.

　이때 레녹스가 와서 맥더프가 영국으로 도주했다고 보고 한다. 맥베스는 맥더프의 성을 습격해서 그곳에 남아 있던 맥더프의 처자들을 살해할 결심을 한다. 이윽고 자객을 보내 맥더프의 아내와 아들을 살해한다.

　영국. 왕궁 앞. 맬컴이 맥더프를 만나서 그가 믿을 만한 사람인가를 시험하고 있다. 그곳에 로스가 와서 맥더프 부인과 아들이 살해된 것을 전한다. 맥더프는 복수심에 불탄다. 일만 대군이 시워드 장군의 지휘 하에 스코틀랜드를 향해 진군한다.

　제5막 : 던시네인성. 맥베스 부인은 몽유병자처럼 밤에 돌아다니고 있다. 그녀는 끊임없이 두 손을 비빈다. 핏자국을 없애려는 시도다. 던시네인성 부근. 레녹스와 멘티드 등이 영국군의 지원을 받아 진군을 계속하고 있다. 부인의 정신착란, 배반자들의 속출, 적군의 습격 등으로 맥베스는 반광란에 빠져 있다. 그는 거의 절망 상태다. 다만 맬컴이 여자의 몸에서 태어났다는 것, 버남의 숲이 움직이지 않는다는 것 등이 위안이 되고 있다.

버남의 숲 근처. 맬컴과 영국의 시워드 장군이 적병들을 혼란시키려는 작전으로 자신의 병사들에게 나뭇가지를 들고 진군할 것을 명한다. 던시네 성내. 맥베스에게 부인의 죽음이 전달된다. 그때, 버남의 숲이 움직이며 오고 있다고 전해진다. 맥베스는 최후가 임박한 것을 느낀다. 맥베스의 성이 함락된다. 맥더프는 맥베스를 만난다. 맥베스는 여자의 몸에서 난 아이는 무섭지 않다고 말한다. 맥더프는 자신은 어머니의 배를 가르고 나왔다고 말한다. 맥베스는 맥더프의 칼에 쓰러진다. 맬컴이 왕위에 오른다. 사람들은 스코틀랜드 만세를 부른다.

3. 셰익스피어를 어떻게 읽을 것인가?

1) 무대적 상황을 상상할 수 있어야 한다

셰익스피어를 쉽게 읽어내기 힘든 이유는, 셰익스피어와 현대인들 사이에 언어 · 사상 · 관습 그리고 연극적 인습의 차이가 있기 때문이다. 이 문제는 독자들이 노력만 하면 쉽게 극복할 수 있다. 작품에 붙은 주해나 해설 자료들, 그리고 방대한 양의 셰익스피어 연구서들은 이해의 장벽을 무너뜨리는 길잡이가 된다. 그의 비극작품을 이해하는 데 도움이 될 만한 참고서를 두 권만 들라고 한다면 나는 서슴지 않고 브래들리(A.C. Bradley)의 『셰익스피어 비극론(*Shakespearean Tragedy*)』(London, 1904)과 얀 코트의 『셰익스피어는 우리들의 동시대인(*Shakespeare Our Contemporary*)』(London, 1965)을 권하고
싶다.

우리는 셰익스피어의 작품을 읽을 때 작품의 다층적 구조 속에 잠재해
있는 의미의 다의성을 여러 각도로 해명해보도록 노력해야 한다. 그의 작
품의 의미를 해명해주는 열쇠는 하나가 아니라 여러 개가 된다. 완전한 의
미는 존재하지 않을지도 모른다. 그러나 한 가지 분명한 것은 작품을 감상
하는 한 사람 한 사람이 자신의 열쇠 하나씩을 지니고 있어야 한다는 것이
다. 그 열쇠를 들고 해명할 수 있는 신비의 문을 열어야 한다. 예컨대 〈햄
릿〉 속에는 왕자 햄릿만 있는 것이 아니다. 음모가요 정략가며 왕권의 찬
탈자이면서 형수를 차지한 클로디어스가 있고 햄릿의 어머니인 불행한 거
트루드의 파탄에 빠진 정절이 있다.

햄릿의 명상적이며 염세적인 독백이 있는가 하면 복수를 맹세하는 잔혹
한 언동이 있다. 오필리어의 이루지 못한 사랑과 죽음의 슬픔이 있고, 로젠
크랜츠와 길든스턴의 계략과 배신이 있다. 호레이쇼의 충절과 우정이 있
는가 하면 노회한 마키아벨리스트인 재상 폴로니어스가 있으며, 햄릿과
결투를 감행하는 그의 아들 레어티즈가 있다. 이토록 작중인물의 성격만
보아도 〈햄릿〉은 복잡한 작품임을 알 수 있다.

셰익스피어를 제대로 읽는 사람은 그가 발견한 극적 진실에 대하여 풍
부한 상상력을 통해 민감하게 반응하고, 극적 상황 자체를 자신의 체험인
것처럼 받아들인다. 셰익스피어를 제대로 읽는 사람은, 희곡의 감상을 뛰
어넘어 무대적 체험을 완성하는 관객의 입장을 받아들인다. 셰익스피어
시대의 희곡작품은 무대 형상화를 위한 텍스트에 불과했다. 그것은 한 편
의 시나리오요 대본인 것이다. 연출가와 배우는 그 대본에 연극적 생명력

을 불어넣는다. 셰익스피어를 제대로 읽는 사람은 눈으로 활자만을 읽지 않는다. 마음으로 무대를 그리면서 읽는다. 그는 연출가로서, 배우로서, 무대 미술가로서 — 이 모든 역할을 함께 지닌 사람으로서 작품을 읽는다.

희곡작품은 소설과 시와는 다르다. 희곡에는 활자화된 대본에 대한 우리들의 반응과는 전혀 다른 비언어적 표현 양상이 있다. 셰익스피어의 희곡작품을 읽었을 때에는 불분명하게 인식되던 사실들이 무대 속에서는 명백하게 전달되는 경우가 허다하다. 그래서 우리는 셰익스피어의 작품을 읽을 때 특히 무대 지시문에 주목할 필요가 있다. 상상력을 동원해서 치밀하게 읽으면, 우리는 희곡 속에 숨어 있는 공연적 자료로서의 대본을 발견하게 된다. 이 대본은 작품의 의미에 관해서 많은 것을 암시해주고 있다. 예컨대 〈리어 왕〉 제3막 7장의 글로스터의 고문 장면에서 육체적 상황의 지시라든지, 광증에서 차차 정상적 의식을 회복하는 리어 왕이 코델리아를 보고 "눈물을 흘리고 있느냐? 그렇군, 눈물이로군. 제발 울지 마라"(제4막 7장) 등에서의 제스처와 스테이지 액션의 암시 등은 생동감 넘치는 사실적 표현이라 할 수 있다. 뿐만 아니라 이 부분은 리어 왕과 그의 딸 코델리아와의 관계를 새로 정립하는 부분이어서 작품의 주제적 의미와 밀접한 연관을 맺고 있다.

〈코리올레이너스〉나 〈줄리어스 시저〉 〈로미오와 줄리엣〉 〈맥베스〉 〈햄릿〉 등의 개막 장면의 무대적 상황은 한결같이 작품의 주제를 상징적으로 암시하고 있다. 그것은 읽지 않아도 눈으로 보면 즉시 어떤 메시지가 전달되는 시각적 효과를 만들어내고 있다. 〈햄릿〉(제4막 7장)에서 레어티즈가 익사한 오필리어를 보고 "가엾은 오필리어. 물은 그만하면 충분할 테니,

나는 더 이상 눈물은 흘리지 않겠다'고 하는 대사에서 우리는 레어티즈가 울지 않으려고 애를 쓰면서도 눈물이 복받쳐 오르는 광경을 상상하게 된다.

이토록 셰익스피어의 텍스트는 제스처, 동작, 배우들의 연기적 앙상블 등에 관한 무궁무진한 지시와 암시로 가득 차 있다. 그것을 읽을 수 있느냐 없느냐 하는 것은 작품 감상에 큰 차이를 만들어준다. 대사 속에 있는 대명사, 부사 등도 분석해보면 대소도구의 실제적 사물과 동작과 무대 공간과 긴밀한 연관이 있음을 알 수 있다. 〈햄릿〉에서 폴로니어스가 클로디어스 왕에게 햄릿 왕자와 오필리어의 사랑 관계를 알려줄 때 그는 그의 말을 강조하는 제스처를 하게 된다. "만일 제 말에 어긋남이 있다면, 이것과 이것을 분리시켜주십시오."(제2막 2장)라고 말하는데, 우리가 '이것'이 지시하는 명사를 알지 못하면 이 대사를 전혀 이해할 수 없게 된다. 이때 제스처는 머리와 어깨를 가리키는 것이다. 즉 "제 어깨로부터 머리를 잘라내십시오"라는 뜻이 된다.

셰익스피어의 작품 속에서 사용되고 있는 소품도 아주 중요한 연극적 기능을 수행하고 있다. 그 한 가지 예가 〈오셀로〉에 나오는 데스데모나의 '손수건'이다. 이 '손수건' 하나 때문에 오셀로 장군의 파멸이 발생했기 때문이다. 무대의상도 마찬가지다. 셰익스피어 시대에도, 무대미술에 있어서 장치는 허술하고 간혹 생략될 수도 있다 하더라도 의상만은 완벽하게 갖추었다. 의상은 무대의 선이요 색채요 작중인물의 성격이었다. 의상에 의해서 작중인물의 역할이 관객에게 전달되었다. 더욱이 엘리자베스 시대에 의상은 동족과 사회계층과 직업의 표상이 되었다. 〈로미오와 줄리엣〉에서 캐퓰리트 집안과 몬태규 집안을 시각적으로 구분 짓는 유일한 방법은 의상이었다. 특히 무대에서 서로 대립하고 갈등하는 집단들의 반목과 증오를 보여주는 방법이 의상이었다. 〈템페스트〉의 제2막 1장에서 "에리얼이 눈에 보이지 않게 등장한다"라는 지문이 있다. 제3막 3장에서 프로스페로도 '눈에 보이지 않게' 등장한다는 지문이 있다. 그러나 이 두 인물은, 관객에게는 그 모습이 보여야 한다. 무대 위의 등장인물에게만 보이지 않을 뿐이다. 이들의 의상을 다른 등장인물과 어떻게 구분 짓고, 그 '보이지 않는' 특징을 관객들에게 어떻게 전달하느냐 하는 문제는 연출자의 중요한 과제라 하지 않을 수 없다. 독자들은 그 의상을 상상할 수 있어야 한다. 〈한여름 밤의 꿈〉에 등장하는 퍽도 오베론의 명령을 수행하기 위해서 스스로의 모습을 숨기고 다녀야 한다.

〈햄릿〉의 망령이나 〈맥베스〉의 마녀들에게 어떤 의상을 입혀서 이들의 초자연적 특성을 표출하느냐 하는 문제에 대해서도 독자들은 텍스트를 읽으면서 상상해볼 수 있어야 한다. 셰익스피어의 작품에서 전투 장면이 벌어질 때면, 이상하게도 화려하게 잘 입은 군대 쪽이 한결같이 패배하게 된다. 역사극의 무대에서는 이 문제도 소홀히 넘길 수 없는 디테일이다. 이같은 디테일을 낱낱이 살펴 건져올리고 음미하면서 작품을 읽는다는 것은 여간 흥미로운 일이 아니며, 이 일은 작품 감상에 큰 도움을 준다. 〈리어왕〉에서 의상의 이미저리는 실상과 허상의 주제적 의미를 부각시키고 있기 때문에 중요하며, 〈맥베스〉에서도 의상의 이미저리는 작중 인물의 심리적 상태와 성격의 특징을 표현하는 일에 사용되고 있다.

셰익스피어 극에서는 음향이나 음악도 중요한 기능을 다하고 있다. 〈줄리어스 시저〉에서 시저를 환호하는 군중들의 함성은 시저의 정치적 야심의 간접적 표현이 되고 있다. 〈리어 왕〉의 폭풍 장면에서 자연의 폭풍은 리

어 왕의 마음속에 일고 있는 분노의 격정을 나타내고 있다. 천둥·번개·바람 등이 불러일으키는 소리는 곧 인간 내면의 소리가 된다. 그 소리는 모두 연극화된 소리다. 소리는 또한 시간의 흐름을 나타내는 일에도 사용되고 있다. 엘리자베스 시대의 극장은 일부 야외극장의 형태인데, 공연은 오후 시간에 진행되었다. 해가 뜨겁게 내리쬐는 한낮에도 〈로미오와 줄리엣〉의 낭만적인 달밤의 장면을 보여주지 않으면 안 된다.

밤이 새벽이 되는 시간의 흐름을 또한 나타내 주지 않으면 안 된다. 이때 새소리 등을 포함해서 시간의 경과를 알리는 청각적 이미저리를 사용하게 된다. 셰익스피어의 텍스트에는 지문과 대사를 통해 이 일이 가능하도록 만들어주는 언어가 있다. 그 언어의 무대적 기능을 모르고 넘어갈 때 우리는 셰익스피어를 제대로 읽었다고 할 수 없다. 물론 당대 셰익스피어의 무대에서는 시간의 경과나 낮과 밤의 차이를 알리기 위해 소리 이외에도 횃불, 촛불이나 등잔불의 도구를 사용하기도 했다. 종소리의 사용도 효과적이었다. 〈햄릿〉 제1막 1장에서 한밤중을 알리는 종소리가 들리는 것도 그 한 예라 할 수 있다. 지문에 '닭 울음소리 들려온다'는 것이 있다. 이는 닭이 새벽을 알리면서 망령이 퇴장하는 시간을 암시해주고 있다.

2) 셰익스피어 시대의 무대적 인습을 알아야 한다

연극은 무대와 관객 사이의 약속으로 진행된다. 무대와 관객은 픽션을 상상적 진실로 수락하는 일에 서로 동의하고 있다. 엘리자베스 시대의 무대적 인습은 그 원리에 있어서 현대연극의 무대와 다를 바 없다. 인습은 무대 형상화 방법에서 생겨났다. 왜냐하면 무대적 방법이란 어떤 한계상황에 직면하지 않으면 안 되기 때문이다. 전기가 발명되기 이전에 무대에서 표현된 밤의 시간도 그것은 양쪽의 약속을 전제로 한 것이었다.

엘리자베스 시대의 무대에서 지적될 수 있는 첫번째 중요한 인습은 여자 역할을 소년 배우가 담당한다는 것이었다. 그런 까닭에 셰익스피어는 현대연극의 경우와는 달리, 여자 역할의 연기적 범위를 축소하는 착상을 하게 되었다. 외관상의 매력을 제시하기보다는 될수록 언어의 힘에 의존해서 여성스러움을 표현한다든지, 또는 육체적 사랑의 행위 등의 장면을 될수록 축소하거나 제외하였다. 따라서 셰익스피어 작품에 있어서 여성의 성격은 남성보다도 더 지혜롭고 활기차고 침착하게 묘사되고 있다.

셰익스피어는 여성의 성격에 미모와 여성적 매력 이외에 또 다른 특성을 부여하여 그 인물의 호소력을 강화시키고 있다. 이 점에서 셰익스피어 희극의 특성으로 지적되고 있는, 변장을 통한 인물의 전환, 성의 전환을 음미해볼 수 있고, 그 연기적 용이성도 긍정할 수 있다.

두 번째 중요한 인습은 독백과 방백의 인습이다. 이 방법을 통해 작중인물은 인물들 상호 간의 대화를 통하지 않고서도 관객에게 직접 말을 할 수 있게 되었다. 엘리자베스 시대에 유행한 이 같은 방법은 메시지 전달방법이 대화의 구속으로부터 벗어나는 형식인데, 미국의 작가 유진 오닐도 양심과 죄의식의 내면적 목소리를 관객에게 전달하는 방법으로 독백과 방백을 그의 극작술에 대폭 도입하고 있다. 셰익스피어 시대의 에이프런 무대(apron stage) 구조는 이 기법의 사용을 더욱 효과적으로 만들었을 것이라고 짐작된다.

독백은 셰익스피어의 악역들이 즐겨 사용하는 방법이다. 〈오셀로〉에서의 이아고의 독백은 그 대표적 경우라 할 수 있다. 〈햄릿〉에서도 햄릿 왕자의 독백장면은 그가 클로디어스와 대결하는 증오심이 최고조에 도달하는 장면인데, 평상시 대사를 통해 제시되는 햄릿의 모습과는 다른 성격적 측면을 보여준다. 또한 햄릿의 독백은 무대적 상황의 진행과도 밀접하게 연관되고 있다는 것을 알아야 한다. 그 순간 그 장면은 독백 이외에 다른 방법이 없거나, 독백에 의하지 않고는 극적 분위기가 고조되지도 않을뿐더러 다음 장면으로의 전환과 발전의 필연성도 생기지 않는 경우이다.

방백은 진실을 토로하는 기능을 지니고 있다. 방백은, 작중 인물이 관객의 이해와 협조를 요청하면서 관객을 극 속으로 끌어들이는 기술인데, 가령 〈리어 왕〉 제1막 1장에서 코델리아가 하는 방백 "코델리아는 뭐라고 말해야 좋담?"이라든지 "다음은 가엾은 코델리아 차례로군!……" 등은 코델리아의 내면적 목소리의 전달인데, 이같이 억제되어 외부로 발설되지 못한 마음이 일단 관객들에게만은 전달되어야 코델리아와 고네릴, 리건 세 자매의 성격적 차이가 확실해질뿐더러 다음으로 이어지는 "아무 할 말이 없습니다" 그리고 계속 이어지는 "없습니다"의 진의가 관객에게 쉽게 전달될 수 있다. 코델리아는 어떤 행위에 대한 비판적 언어 행위로써 방백의 방법을 효과적으로 사용하고 있다. 방백은 언제나 갑자기 튀어나오기 때문에, 앞뒤가 뒤엉키는 플롯상의 불일치와 부조화가 발생되지만, 극작가의 대담한 표현의 자유를 보장해주는 극작술상의 기교가 되면서 동시에 불필요한 설명적 대사를 제거할 수 있는 이점 때문에 셰익스피어는 이 방법을 그의 작품 속에서 즐겨 사용하고 있다. 〈햄릿〉에서의 방백의 사용은 돌연히 시작됨으로써 극적 흐름의 조화가 깨어지지만, 이 때문에 오히려 작중 인물의 마음 상태가 강렬하게 제시되고 표현되고 있어서 강렬한 연극적 효과가 달성된다. 클로디어스의 돌연한 기도장면은 클로디어스의 악행이 극명하게 표현되고 있는 장면이다. 그리고 양심의 아픔과 쓰라림이 고백적으로 전달되는 장면이기도 하다.

오필리어와 햄릿이 밀회하는 장면을 숨어서 지켜보고 있는 클로디어스가 폴로니어스의 말을 듣고, "아, 참으로 옳은 말이로다. 그 말이 채찍처럼 내 양심을 치는구나"고 방백을 통해 말한다. 이 같은 고백적 방백은 클로디어스가 극중극 장면 이전에 보여주기 때문에 극의 구조상 유익하다고 할 수 있다. 방백은, 악역들에게는 그들의 죄를 관객에게 전달하면서 스스로 변명을 늘어놓을 수 있는 편리한 방법이다. 그러나 셰익스피어는, 그러면서도 악역들이 죄의식 때문에 번민하고 고뇌하는 모습을 관객들에게 전달하는 것을 잊지 않았다. 그래서 방백은 비평적 아이러니의 기능이 되기도 한다.

셰익스피어의 여주인공들은 너무나 순결하고 아름답다. 오셀로의 질투심은 데스데모나의 부정(不貞) 때문이 아니라는 대전제가 비극 〈오셀로〉의 감상에는 필수적이다. 그러기 위해서 데스데모나는 더욱 순결하게, 그리고 아름답게 묘사되어야 한다. 데스데모나는 실제로 도덕적으로 타락한 여성이 아니다. 오셀로가 이아고의 간계에 빠져, 부질없는 질투심으로 데스데모나의 순결을 믿지 못하고 있을 뿐이다. 그래서 비극인 것이다.

〈햄릿〉의 오필리어를 보자. 그녀 역시 순결하고 단순하고 아름답다. 셰익스피어는 오필리어를 정치적 음모나 도덕적 타락의 구렁텅이에 빠지지 않도록 그녀를 보호하고 있는 듯하다. 그녀를 이토록 순진하고 결백한 여인으로 표현하면 할수록 폴로니어스, 클로디어스 그리고 거트루드 등의 도덕적 타락은 대조적으로 강조된다. 오필리어의 죽음에 대한 거트루드의 대사는 오필리어의 아름다움을 찬양하는 한 편의 시(詩)가 된다. 이와 같이 셰익스피어의 작품에 등장하는 여주인공들의 아름다운 인간상이, 직접적인 행위가 아닌 간접적이며 객관적인 언어 묘사를 통해 표현된다는 사실은 엘리자베스조 시대의 연극적 인습을 이해할 때 충분히 납득되고 수긍되리라 생각된다.

이태주

연도	윌리엄 셰익스피어	시대 배경
1564 (0세)	4월 23일 출생. 4월 26일, 존과 메리의 장남으로서 세례 받음.	C. 말로 탄생. 갈릴레오 탄생. 미켈란젤로 사망.
1565 (1세)	7월 4일 존, 스트랫퍼드 시참사위원(alderman)으로 피선(被選). 9월 12일 임명.	『지혜의 보고』의 저자 프랜시스 미아즈 탄생.
1566 (2세)	10월 13일, 존과 메리의 차남 길버트 세례.	해군대신극단 대표배우 에드워드 아렌 탄생.
1568 (4세)	9월 4일 존, 스트랫퍼드 시장(bailiff)에 선출됨.	메리 스튜어트 폐위. 영국에서 유폐됨.
1569 (5세)	4월 15일, 존과 메리의 다섯 번째 아이 조앤(Joan) 세례.	여왕극단, 우스터백작극단 스트랫퍼드에서 공연.
1571 (7세)	이즈음 윌리엄은 문법학교 킹즈 뉴 칼리지에 입학. 9월 28일 4녀 앤 세례 받음.	윌리엄 세실 경, 벌리 경이 됨.
1574 (10세)	3월 11일, 존과 메리의 일곱째 아이 리처드 세례. 전염병으로 런던 공연 금지.	5월 10일 레스터경극단이 왕실의 후원을 받음.
1575 (11세)	존, 스트랫퍼드에 정원과 과수원이 있는 두 채의 집을 40파운드로 구입. 윌리엄은 아마도 케닐워스의 축제를 봤을 것이다. 〈한여름 밤의 꿈〉에 반영되어 있다.	7월, 엘리자베스 여왕, 케닐워스 성 방문.
1576 (12세)	존, 문장(紋章) 허가 신청. 이때부터 존은 마을 의회 결석이 잦음. 군비 의연금도 미납.	제임스 버비지의 상설극장 '시어터(The Theatre)'가 쇼어디치에 건립됨.
1577 (13세)	존, 이때부터 재정적 어려움 때문에 공식회의 불참.	커튼극장 건립. 홀린셰드, 『연대기』 초판 발행.
1578 (14세)	11월 14일, 존은 부인의 유산 일부인 윌름코트의 집과 토지를 담보로 의형 에드먼드 란바트의 돈 40파운드 차입.	8월 24일, 존 스톡우드가 설교 중에 극장 비난.

연도	윌리엄 셰익스피어	시대 배경
1579 (15세)	4월 4일, 4녀 앤 매장. 존, 스니타필드의 토지를 4파운드에 매각.	노스 역 『플루타르크영웅전』 출판. 존 플레처 탄생.
1580 (16세)	5월 3일, 4남(여덟 번째 아이) 에드먼드 세례. 존, 치안유지법 위반으로 20파운드의 벌금 지불.	『영국연대기』 출판.
1581 (17세)	8월 3일, 랭커셔에 사는 알렉산더 호턴의 유언장에 '배우 윌리엄 셰익스피어'에게 연금 2파운드를 남긴다는 기록이 있음. 윌리엄의 이름이 최초로 문서에 기록.	10월, 6세의 헨리 리즐리가 3대째의 사우샘프턴 백작이 됨.
1582 (18세)	11월 27일, 윌리엄, 8세 연상의 앤 해서웨이와 결혼.	버클레이경극단, 스트랫퍼드에서 공연. 에든버러대학 창립
1583 (19세)	5월 26일, 윌리엄과 앤의 장녀 수재나 세례.	옥스퍼드백작극단, 우스터백작극단 등이 스트랫퍼드에서 공연.
1585 (21세)	2월 2일, 쌍둥이 햄닛과 주디스 세례.	제임스 버비지, 커튼극장의 경영권 장악.
1586 (22세)	9월 6일, 존, 시위원에서 해임. 윌리엄, 런던행(?).	여왕극단, 레스터백작극단이 스트랫퍼드에서 공연.
1587 (23세)	6월 13일에 발생한 상해 사건으로 결원을 채우기 위해 윌리엄이 여왕극단에 가입한 가능성 있음.	헨슬로, 로즈극장 건립. 홀린셰드, 『연대기』 제2판 간행.
1588 (24세)	윌름코트 토지가옥 변제를 청구하면서 윌리엄이 란바트에 소송 제기.	레스터 백작 사망. 영국 해군, 스페인 무적함대 격파. 리처드 탈턴 매장(9월 3일).
1589 (25세)	윌리엄, 스트랑경극단과 해군대신극단이 합병해서 만든 극단에 관계함.	로버트 그린의 『Menaphon』에 쓴 토머스 내시의 서문에 〈원햄릿(Ur-Hamlet)〉이 언급됨.
1592 (28세)	윌리엄 그린의 책 『문(文)의지혜』(9월 20일 출판등록)에서 윌리엄을 비난하는 문구 '벼락출세한 까마귀(upstartcrow)' 발견.	6월, 극장 폐쇄. 9월 3일 그린 사망. 에드워드 알레인, 헨슬로의 양녀와 결혼해서 헨슬로와 동업자가 됨.

연도	윌리엄 셰익스피어	시대 배경
1593 (29세)	사우샘프턴 백작에게 〈비너스와 아도니스〉 헌정. 출판등록 4월 18일. 같은 해에 4절판으로 등록. 〈타이터스 앤드로니커스〉 집필. 〈말괄량이 길들이기〉 집필. 〈루크리스의 능욕〉 집필.	극작가 크리스토퍼 말로 살해당함(5월 30일). 전염병으로 윌리엄이 소속된 펜브루크백작극단이 어려움을 겪음.
1594 (30세)	윌리엄, 궁내대신소속극단에 단원으로 참가. 〈타이터스 앤드로니커스〉 출판 등록(2월 6일). 동년에 양(良)사절판으로 출판. 로즈극장에서 공연(1월 23일). 〈헨리 6세 2부〉 출판 등록(3월 12일). 동년에 악(惡)사절판 출판. 〈루크리스의 능욕〉 출판 등록(5월 9일). 동년 양사절판으로 출판. 〈실수 연발〉 그레이 법학원에서 공연(12월 28일). 〈베로나의 두 신사〉 집필. 〈사랑의 헛수고〉 집필. 〈로미오와 줄리엣〉 집필. 〈말괄량이 길들이기〉 공연(6월 13일).	1592년부터 이래로 폐쇄되었던 정규공연이 6월에 시작됨. 스트랫퍼드 대화재(9월 22일). 헨리 거리의 셰익스피어의 가옥도 피해를 입음. 펜브루크백작극단 해체(12월 28일). 6월 7일에 유대인 의사 로더리고 로페즈가 여왕 암살 용의로 처형됨.
1595 (31세)	3월 15일에 전년 12월의 어전공연에 대한 지불 명부에 20파운드의 액수와 간부단원 윌리엄의 이름이 기록됨.	9월, 스트랫퍼드 화재. 〈리처드 2세〉 또는 〈리처드 3세〉 공연(12월 9일). 프랜시스 랭글리, 펜브루크백작극단의 본거지인 스완극장 건립.
1596 (32세)	8월 11일, 장남 햄닛 매장(11세). 10월 20일에 존, 문장 사용 허가받음. 윌리엄, 비숍게이트의 세인트헬렌에 거주(10월).	스완극장에서 네덜란드의 관광객 한니스 드 위트가 관객을 3천명으로 추산. 2월 4일에 제임스 버비지가 블랙프라이어즈극장을 600파운드로 구입.
1597 (33세)	5월 4일에 윌리엄, 스트랫퍼드에서 가장 아름답고 두 번째로 큰 '뉴 플레이스' 저택을 60파운드에 구입. 〈윈저의 즐거운 아낙네들〉 공연(4.22~23). 〈리처드 2세〉 출판등록(8.29), 동년 양사절판 출판. 〈리처드 3세〉 출판 등록(10.20), 동년 양과 악의 중간사절판 출판. 〈헨리 4세 1부, 2부〉 집필(1597~1598). 〈사랑의 헛수고〉 공연.	2월 2일 제임스 버비지 매장.

연도	윌리엄 셰익스피어	시대 배경
1598 (34세)	〈헨리 4세 1부〉 출판 등록(2.25). 출판. 〈베니스의 상인〉 출판 등록(7.22). 윌리엄, 벤 존슨의 〈각인각색〉에 출연(9.20 이전). 〈사랑의 헛수고〉 양사절판 출판(12월). 〈헛소동〉 집필(1598~1599). 〈헨리 5세〉 집필(1598~1599)	재상 윌리엄 세실 사망. 프랜시스 미어스의 수기 『지식의 보고』 출판(9.7). 이 책에는 윌리엄에 관한 여러 가지 언급이 있음.
1599 (35세)	2월 21일, 윌리엄, 주주의 한 사람으로서 글로브극장 건설 운영에 관한 계약서 작성. 세인트 헬렌에 보관된 세금 관계 서류에 윌리엄의 이름 있음. 글로브극장 개장. 〈줄리어스 시저〉 집필. 글로브극장에서 공연(9.21). 〈로미오와 줄리엣〉 양사절판 출판. 〈당신이 좋으실 대로〉 집필(1599~1600). 〈십이야〉 집필(1599~ 1600).	시인 에드먼드 스펜서 사망. 풍자문학 금지(6.1). 에식스 백작의 아일랜드 원정 실패.
1600 (36세)	〈당신이 좋으실 대로〉 등록(8.4), 출판 보류. 〈헛소동〉 등록(8.4). 양사절판 출판(10월). 〈헨리 4세 2부〉 등록(8.23). 양사절판 출판. 〈헨리 5세〉 등록(8.23). 악사절판 출판. 〈한여름 밤의 꿈〉 등록(10.8). 템스강 남안(南岸) 크린크 지구 납세자 리스트에 13실링 4펜스 미납 기록.	동인도회사 설립. 헨슬로, 520 파운드를 들여서 포춘극장 건립.
1601 (37세)	부친 존 사망. 9월 8일 매장. 궁내대신극단이 에식스 백작 일당의 요청에 의해 왕위 찬탈극 〈리처드 2세〉 글로브극장에서 공연(2.7). 〈십이야〉 궁전에서 공연(1.6). 〈햄릿〉 집필(1601~1602). 〈트로일로스와 크레시다〉 집필(1601~1602).	2월 8일, 에식스 백작, 런던에서 반란 일으키다 체포되어 사형됨(2.25). 사우샘턴 사형 면함.
1602 (38세)	5월 1일 윌리엄, 스트랫퍼드에 107에이커의 토지를 320파운드로 구입. 윌리엄, 런던 크리플게이트에 하숙. 〈윈저의 즐거운 아낙네들〉 등록(1.18). 악사절판 출판. 〈햄릿〉 등록(7.26). 〈끝이 좋으면 다 좋다〉 집필(1602~1603).	

연도	윌리엄 셰익스피어	시대 배경
1603 (39세)	5월 19일, 궁내대신극단이 국왕극단이 되다 (5.19). 〈트로일로스와 크레시다〉 등록(2.7). 〈햄릿〉 악사절판 출판.	엘리자베스 여왕 사망(3.24). 튜 더 왕조 끝남. 제임스 1세 즉위 하여 스튜어트 왕조 출범. 3월 19일 전염병으로 극장 1년간 폐 쇄.
1604 (40세)	〈오셀로〉 집필. 11월 1일 궁정에서 공연. 〈자 에는 자로〉 집필(1604~1605). 12월 26일 궁전 에서 공연. 〈햄릿〉 양사절판 출판. 〈윈저의 즐 거운 아낙네들〉 궁정에서 공연(11.4).	4월 9일, 극장 개관. 제임스 1세 스페인과 화평 체결.
1605 (41세)	국왕극단이 〈헨리 5세〉를 궁정에서 공연(1.7). 국왕극단이 〈베니스의 상인〉을 궁정에서 공연 (2.10). 〈리어 왕〉 집필(1605~1606).	11월 15일, 가이 포크스의 의사 당 폭파 음모사건(화약음모사 건) 발각. 레드불극장 개관.
1607 (43세)	6월 5일 장녀 수재나, 의사 존 홀과 결혼(6.5). 〈리어 왕〉 출판등록(11.26). 〈코리올레이너스〉 집필. 〈아테네의 타이몬〉 집필. 〈맥베스〉 아마 도 햄프턴코트에서 덴마크 왕 크리스찬 4세 방 문을 기념해서 공연(8.7). 〈햄릿〉 영국 함선 드 래곤호 선상에서 공연. 12월 31일 윌리엄의 동 생 배우 에드먼드 셰익스피어 매장(12.31).	7월~11월, 전염병으로 극장 폐 쇄.
1608 (44세)	수재나의 장녀 엘리자베스 출생(2.8. 세례). 모 친 메리 사망(9.9. 매장). 〈안토니와 클레오파 트라〉 등록(5.20). 〈리어 왕〉 양과 악의 중간판 본 출판. 〈페리클레스〉 집필(1608~1609), 등록 (5.20).	시인 존 밀턴 출생. 8월 9일, 국 왕극단이 블랙프라이어즈 극장 임대권 매입.
1610 (46세)	윌리엄, 고향에 은퇴. 〈겨울 이야기〉 집필 (1610~1611).	2월, 제임스 1세 의회 폐쇄.
1611 (47세)	〈심벨린〉 관극(4월 하순) 기록(점성가 사이먼 포맨). 〈겨울 이야기〉 글로브극장에서 공연 (5.15). 〈템페스트〉 집필(1611~1612). 동년 궁 정에서 공연(11.1).	흠정(欽定)영역성서 출판.
1612 (48세)	〈헨리 8세〉 집필(1612~3).	태자 헨리 사망.

연도	윌리엄 셰익스피어	시대 배경
1613 (49세)	2월 4일 동생 리처드 매장. 런던 블랙프라이어즈 지구에 140파운드를 들여 게이트 하우스 (Gate-House) 구입.	〈헨리 8세〉 공연 중(6.29) 글로브극장 소실. 곧 재건립 착수.
1614 (50세)	글로브극장 6월 준공(1400파운드 소요됨).	호프극장 건립.
1615 (51세)	〈리처드 2세〉(제5쿼토판) 출판(90월).	조지 채프먼이 호메로스의 『오디세이』 완역.
1616 (52세)	1월 26일경, 윌리엄 유언장 작성. 차녀 주디스가 토머스 퀴니와 결혼(2.10). 유언장 수정, 서명(3.25). 4월 23일 윌리엄 셰익스피어 사망. 스트랫퍼드 홀리 트리니티교회에 매장(4.25). 11월 23일, 토머스와 주디스의 아들 셰익스피어 세례. 『루크레스의 능욕』 출판.	1월 6일 헨슬로 사망.
1623	8월 6일, 윌리엄의 아내 앤 사망(67세). 11월 8일 윌리엄의 전집 첫 폴리오판이 셰익스피어의 동료배우들인 존 헤밍스와 헨리 콘델에 의해 출판.	

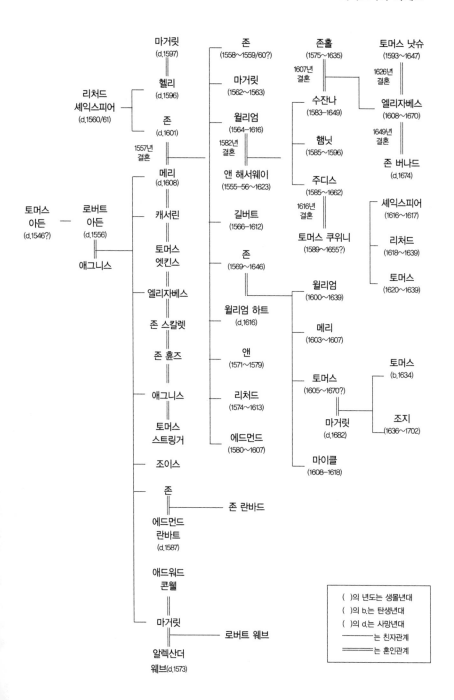

셰익스피어 가계도

마거릿
(d.1597)

헬리
(d.1596)

존
(d.1601)

리처드
셰익스피어
(d.1560/61)

1557년
결혼

존
(1558~1559/60?)

마거릿
(1562~1563)

윌리엄
(1564-1616)

1582년
결혼

앤 해서웨이
(1555~56~1623)

존홀
(1575~1635)

1607년
결혼

수잔나
(1583-1649)

햄닛
(1585~1596)

주디스
(1585~1662)

1616년
결혼

토머스 쿠위니
(1589~1655?)

토머스 낫슈
(1593~1647)

1626년
결혼

엘리자베스
(1608~1670)

1649년
결혼

존 버나드
(d.1674)

셰익스피어
(1616~1617)

리처드
(1618~1639)

토머스
(1620~1639)

토머스
아든
(d.1546?)

로버트
아든
(d.1556)

애그니스

메리
(d.1608)

캐서린

토머스
엣킨스

엘리자베스

존 스칼렛

존 훈즈

애그니스

토머스
스트링거

조이스

존

에드먼드
란바트
(d.1587)

애드워드
콘웰

마거릿

알렉산더
웨브(d.1573)

길버트
(1566-1612)

존
(1569~1646)

윌리엄 하트
(d.1616)

앤
(1571~1579)

리처드
(1574~1613)

에드먼드
(1580~1607)

존 란바드

로버트 웨브

윌리엄
(1600~1639)

메리
(1603~1607)

토머스
(1605~1670?)

마거릿
(d.1682)

마이클
(1608-1618)

토머스
(b.1634)

조지
(1636~1702)

( )의 년도는 생몰년대
( )의 b.는 탄생년대
( )의 d.는 사망년대
────는 친자관계
════는 혼인관계

장미전쟁 역사극의 가계도

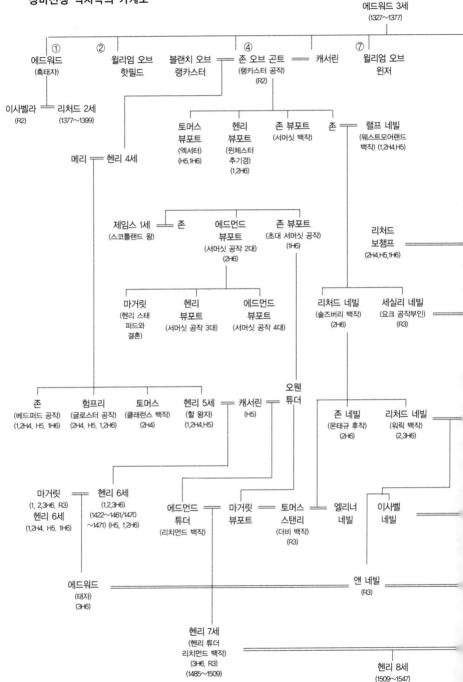

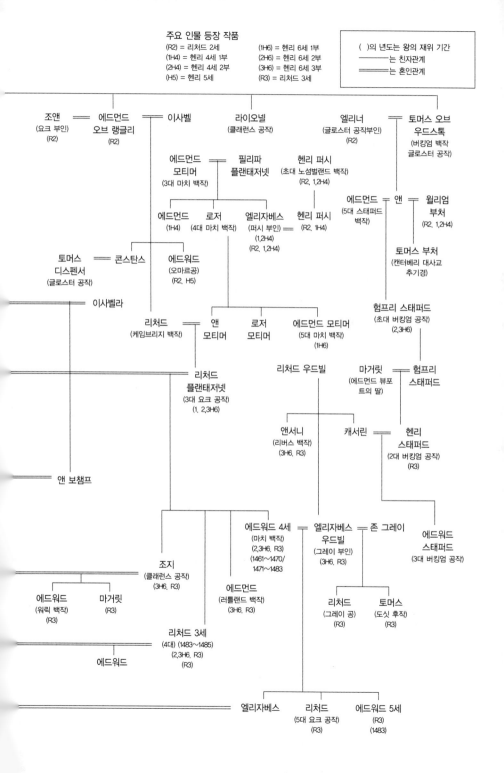

영국 왕가 족보 (1)

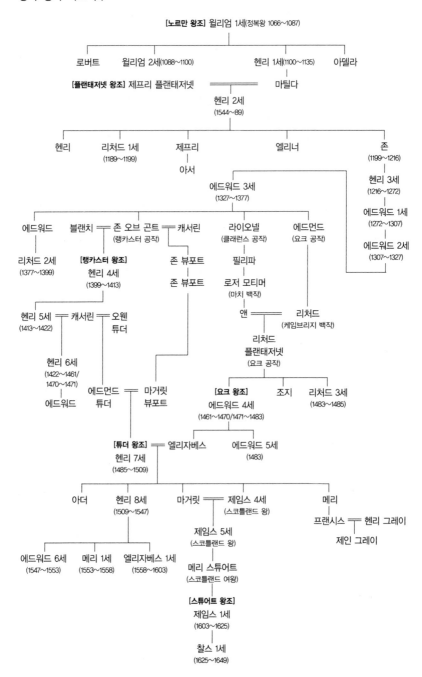

영국 왕가 족보 (2)

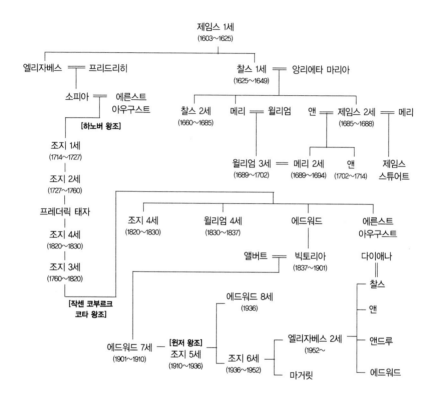